烈士周荣久

蒋丽敏　郭海　文国辉　著

抗日救国军

内蒙古人民出版社

图书在版编目(CIP)数据

烈士周荣久 / 蒋丽敏，郭海，文国辉著. -- 呼和浩特：内蒙古人民出版社，2025. 1. -- ISBN 978-7-204-18176-6

Ⅰ. I25

中国国家版本馆 CIP 数据核字第 2024XF5848 号

烈士周荣久

LIESHI ZHOURONGJIU

作　　者	蒋丽敏　郭　海　文国辉	
责任编辑	郭婧赟	
封面设计	吉　雅　赵殿武	
出版发行	内蒙古人民出版社	
地　　址	呼和浩特市新城区中山东路 8 号波士名人国际 B 座 5 楼	
网　　址	http://www.impph.cn	
印　　刷	内蒙古恩科赛美好印刷有限公司	
开　　本	710mm×1000mm　1/16	
印　　张	14.75	
字　　数	200 千	
版　　次	2025 年 1 月第 1 版	
印　　次	2025 年 1 月第 1 次印刷	
书　　号	ISBN 978-7-204-18176-6	
定　　价	88.00 元	

如发现印装质量问题，请与我社联系。联系电话：(0471)3946120　3946124

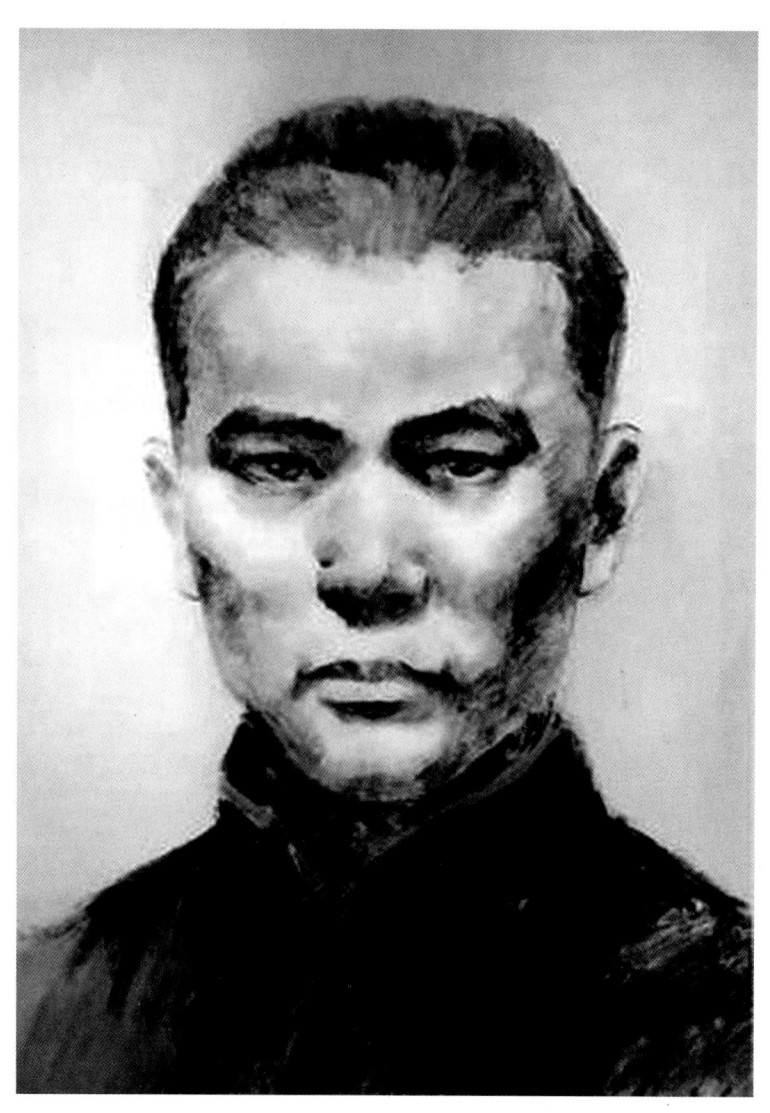

烈士周荣久画像

内政字〔2021〕31 号

内蒙古自治区人民政府
关于同意追认周荣久为烈士的批复

通辽市人民政府：

你市《关于追认周荣久为烈士的请示》（通政发〔2021〕8 号）收悉。现批复如下：

根据《民政部关于对辛亥革命、北伐战争、抗日战争中牺牲的国民党人和爱国人士追认革命烈士问题的通知》（民发〔1983〕优 46 号）第二条："对参加辛亥革命、北伐战争、抗日战争，确因对敌作战牺牲的国民党人和其他爱国人士，其遗属主动提出申请，并有可靠证明者，经省、自治区、直辖市人民政府或者民政部批准，可以追认为革命烈士，其家属享受革命烈士家属的待遇"的规定，同意追认周荣久为烈士。

2021 年 5 月 6 日

（此件依申请公开）

内蒙古自治区人民政府关于同意追认周荣久为烈士的批复

2

散吉拉拉尔古其尔
木尔古阿其敦德
扎布道那阿敦德
布其老那敦德
力格尔敦
布旺朝额额周
旺朝额额荣
久

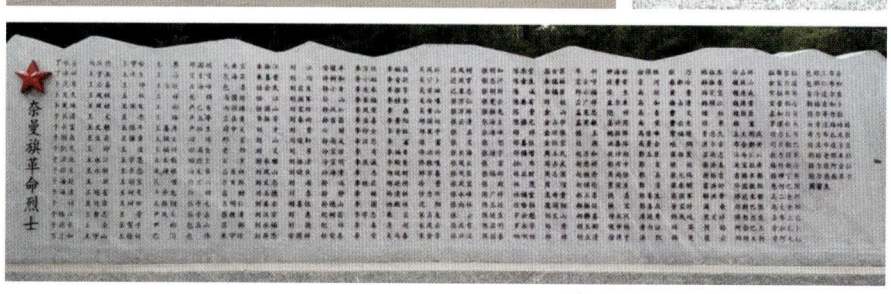

周荣久的名字被刻在奈曼旗人民英雄纪念碑上

周荣久三弟周明

周荣久三妹周桂琴

3

赵殿武老师（中）在乌兰木图山，他身后的大青石是周荣久牺牲的地方

赵殿武老师（左四）在鹦哥山河南杖子周荣久旧居

周荣久抗日救国军重要策划者卜相臣
的孙女卜燕颖（现居住阜新市）

周荣久二女儿周玉兰之子宋化民

赵殿武（左）和奈曼旗作家张斌

蒋丽敏在青龙山小东北沟村
采访村民

蒋丽敏（右）与抗日救国军战士后代邱连科

抗日救国军核心将领周凤林的儿子邵喜丰、孙女邵桂芸

蒋丽敏在周荣久抗日救国军营地旧址

周荣久抗日救国军策划地——卜相臣家老宅

《烈士周荣久》创作组成员

以文存史　告慰英烈（代序）

习近平总书记在颁发"中国人民抗日战争胜利 70 周年"纪念章仪式上强调："一个有希望的民族不能没有英雄，一个有前途的国家不能没有先锋。"当山河破碎、民族危亡之际，中华儿女同仇敌忾，谱写了感天动地、气壮山河的壮丽史诗。在奈曼这片土地上，也涌现出了以周荣久为代表的抗日英雄群体。

青山不墨千秋画，绿水无弦万古琴。时光荏苒，硝烟远去，如今"攻打八仙筒"等抗日故事和历史事件依然被奈曼人民口耳相传，震撼着人们的心灵。对于周荣久的英雄事迹，原国家副主席乌兰夫同志曾指示："史学家要记载，文学家要歌颂。同时，教育后人永远不能忘记这段悲壮、光荣的历史。"中央党校副校长、全国政协常委苏星同志了解到周荣久的故事后指出："周荣久的抗日行动是自发的，没有党的领导，在强大的日本侵略者面前，很难不失败。但他们的抗日精神长了中国人的志气，给予家乡人民极大的鼓舞。"

多年来，许多人一直发掘和整理周荣久抗日史料，老作家张斌创作的纪实文学《抗日侠魂》早在 1999 年就已经由远方出版社出版。

2021 年 6 月，内蒙古自治区人民政府作出关于同意追认周荣久为烈士的批复。而这背后，离不开申烈事宜的主持者、申烈档案资料的挖掘者和追认烈士的申请者，更离不开内蒙古中共党史学会常务理事、内蒙古农业大学赵殿武老师的不懈努力。赵殿武老师以奈曼为精神故乡，以周荣久为偶像，历时两年时间，遍访英雄及其当年战友的后代以及知情者，四处搜集查阅史料，多方奔走呼吁，苦心孤诣，终有所成。赵老师在《为了英雄受到世代尊崇》中讲述了自己为抗日英雄周荣久被追认烈士而奔走呼号的前前后后，用情之真，用心之苦，用力之劳，读来令人动容。

而蒋丽敏、郭海、文国辉等奈曼中青年作家也一直在搜集整理着周荣久的抗日史料。随着诸多新的史料被陆续发现，周荣久及其领导的抗日救国军共赴国难、奋勇杀敌的英雄事迹也更加清晰地展现在世人面前。"应该把英雄的事迹和奈曼人民的抗日故事更加生动详实地展现出来，以告慰英烈，启迪后人！"这成了大家的共同心愿。就这样，由奈曼旗文联牵头，《烈士周荣久》纪实文学创作小组成立了。该书按照引言及上、中、下篇的体例进行编排，赵殿武、张斌二位老师为顾问，蒋丽敏、郭海、文国辉三位作家共同执笔，蒋丽敏负责统稿。经过近一年的时间，从实地调研到纸上耕耘，孜孜矻矻，几易其稿，终成此书。

从历史的秦风汉雨到抗战烟云，从日本的经济蚕食到全面入侵，从少年顽劣、啸聚山林到舍身救国，从抗日的星星之火到燎原之势……该书讲述了以周荣久为代表的一群抗日英雄的故事，以及蒙汉各族人民心手相牵、共御外侮的时代壮歌，脉络清晰，人物众多，笔触细腻，读来可窥见历史之厚重。在编纂过程中，创作者以历史文献和采访记录、调研成果为依据，多方印证，反复推敲，还历史本来面目，同时采用恰当的文学表达方式，力求可信、可读、可感。

天地英雄气，千秋尚凛然。抗日的硝烟早已飘散于历史的长河，在英雄曾经战斗过的这片土地上，到处充满政通人和，尽显一派生机。然而，昨天的屈辱不应被岁月遗忘，民族的英雄永远值得崇敬。述往事，思来者，铭记历史，方能赢得未来。

得内蒙古人民出版社的厚爱与支持，《烈士周荣久》一书将于2024年12月付梓，这也是奈曼旗文学艺术界学习贯彻党的二十大精神，书写北疆文化奈曼篇章的又一成果。由于写作时间仓促，水平有限，疏漏之处在所难免，就教于方家。

本书由著名书法家亚中跃题写书名，奈曼旗美术家协会画家王其普绘制封面和插图，在此一并表示感谢。

《烈士周荣久》编委会

2024 年 4 月 22 日

目　录

引言 ……………………………………………………… 1

上篇 ……………………………………………………… 9

　鄂尔吐板兴衰 …………………………………………… 11

　少年周荣 ………………………………………………… 14

　谋生之初 ………………………………………………… 17

　马帮生涯 ………………………………………………… 19

　围场时光 ………………………………………………… 22

　日军对奈曼旗的经济侵略 ……………………………… 24

　军旅生活 ………………………………………………… 26

　奈曼旗沦陷 ……………………………………………… 28

　冯占海雪夜怒斩倭寇 …………………………………… 30

　热河抗战张学良下野 …………………………………… 34

　周荣在绥东县自卫团 …………………………………… 38

　沦陷后的奈曼旗公署 …………………………………… 41

　周荣在奈曼旗保安大队 ………………………………… 44

　贺生从军 ………………………………………………… 47

　鄂尔吐板杀鬼子 ………………………………………… 48

　于家地精心谋划 ………………………………………… 51

　秘密发动 ………………………………………………… 54

　日军对奈曼旗的文化侵略 ……………………………… 57

　向阳所卜家 ……………………………………………… 61

1

秘密策划 ·· 66

招兵买马 ·· 69

日军全面侵略奈曼旗 ······································ 70

义旗高举 ·· 72

悲壮诀别 ·· 74

中篇 ·· 79

摩拳擦掌 ·· 81

拜见马老牌 ··· 84

与栾天林会合 ··· 87

北票聚义 ·· 92

制定军纪 ·· 96

攻打八仙筒：大战前周密部署 ························· 99

攻打八仙筒：攻城之战 ································· 102

攻打八仙筒：击毙山守荣治 ·························· 105

攻打八仙筒：强烈反响 ································· 109

攻打八仙筒：分道扬镳 ································· 111

中日史料解读八仙筒事件 ····························· 114

疯狂的报复（一） ·· 119

疯狂的报复（二） ·· 122

不屈的宁中孚 ··· 125

攻打黑城子王府 ··· 134

北票之战 ·· 138

阜新察森大坝之战 ·· 144

浴血大黑山 ··· 146

最后的战斗 ··· 152

血洒乌兰木图山 ·· 154

继续战斗 ·· 160

壮志未酬 ·· 162

血沃中华 ·· 164

下篇 ··· 173

永远不能忘记的历史／苏星 ······························ 175

为了英雄受到世代尊崇／赵殿武 ························ 179

这是一片英雄的土地／蒋丽敏 ·························· 207

赓续英烈精神　传承红色血脉／蒋丽敏 ················· 217

后记 ·· 222

引　言

　　努鲁尔虎山肩扛锄头，手举镰刀来到这里；科尔沁草原策马扬鞭，手擎套马杆，向南驰骋。雄浑的山和宽广的草原，几经交战，不分胜负，最终握手言和，努鲁尔虎山不再扩张，科尔沁草原不再延伸，各自退让，形成了"南山中沙北河川，两山六沙二平原"的神奇地貌，以及半农半牧、农牧交错的生产生活格局。

　　这就是现在的奈曼旗。

　　这块曾经上演了刀光剑影、鼓角争鸣的土地，既留下了千年古城——土城子遗址，也留下了蜿蜒起伏的"土龙"——燕长城遗址，更有揭开大辽王朝神秘面纱的陈国公主和驸马合葬墓，以及一座世袭罔替十六任王爷的清代郡王府邸——奈曼王府。

　　两千多年前，战国时期燕国著名将领秦开就是在这里驱逐了东胡，开拓了疆土。公元前331年，在刚刚结束一场国破家亡的灾难后，燕昭王即位，他推行改革，招揽人才，以图振兴燕国。此时羸弱的燕国北有东胡袭扰，南有强齐觊觎，腹背受敌，燕昭王被迫将爱将秦开送往东胡作人质，秦开的报国之心与燕昭王的强国之志高度契合。秦开在作人质期间，忍辱负重，赢得了东胡人的好感，并借机了解掌握了东胡骑兵的活动规律和作战特点。此后，燕昭王改革奏效，燕国强盛，秦开逃回燕国。公元前3世纪初，秦开受命率领燕军一举击败东胡，拓地千里，取得了重大胜利。燕昭王下令在新拓之地自西向东设置上谷、渔阳、右北平、辽西、辽东五郡，并在五郡北边筑起一道长城，自此一条长长的"土龙"逶迤蜿蜒，将山区与沙地隔开。北上的燕人在这里停住了脚步，在"土龙"南侧春种夏锄，秋收冬藏。南下的东胡人也停止南侵，在"土龙"北面放牧养马。一道"土龙"让这里和平了几个世纪，直到清王朝建立后，这条历经两千多

1

年风蚀雨淋的长城才基本被废弃。

如今在奈曼旗土城子乡的田野山林中，还依稀可见那道透迤蜿蜒的燕长城。而"秦开却胡"的故事却通过司马迁《史记》的记载流传了下来。

时光流转，公元6世纪前期，曾经被秦开击溃的东胡后裔——契丹兴起了。唐太宗贞观二年（628年），契丹部落联盟背弃突厥，归附唐朝。契丹与唐朝之间，既有朝贡和贸易，也有战争和掳掠。907年，契丹建立了政权，成为中国北方的一个强大势力。916年，契丹首领耶律阿保机创建契丹国。947年，太宗耶律德光改国号为辽，辽成为当时中国北方极为重要的政权。契丹王国强盛，其疆域东自大海，西至流沙，南越长城，北绝大漠。

在如今的青龙山镇东北10公里有一个小村叫斯布格图。在斯布格图村西的山坡上，埋葬着英年早逝的辽陈国公主及其驸马萧绍矩。这里地处辽西山地北缘的浅山丘陵地带，山脉绵延，树木繁茂，和风吹拂，泉水清澈。辽国皇陵的考古材料甚少，辽陈国公主与驸马合葬墓，就其等级而言，是仅次于皇陵的重要遗存，该墓的发现，就其考古、学术价值来说，可以和皇陵相提并论。该墓构筑规模虽然不大，但随葬器物却非常丰富、精致。公主与驸马均头枕银枕，身着银丝网络，戴金面具，着银靴，胸佩琥珀璎珞，束带。公主头戴珍珠琥珀头饰，颈戴琥珀珍珠项链，两腕各戴一副金镯，每个手指各戴金戒指一枚，身佩金荷包、金针筒、铁刀以及各种玉佩和琥珀佩。驸马腰束金銙银蹀躞带，带上挂银刀、银锥。整个墓中的随葬品多为金银、玉石、玛瑙、琥珀、珍珠、水晶等贵重材料制成，共用黄金1700克，白银1万余克。另外，还在墓中首次发现了木鸡冠壶、木围棋等。

在所出土的辽墓中，辽陈国公主与驸马合葬墓是保存最完整、规模最大、出土文物最多的墓葬。此外，在其周围还陆续勘查出大量的墓葬，据专家推断，这些墓葬应该就是萧氏家族的墓群，像辽陈国公主与驸马合葬墓这样规模的墓葬应该不止一座。

辽陈国公主与驸马合葬墓出土的这批珍贵文物，是我国考古工作中的一项重要发现，这对重新评价我国北方少数民族在缔造中华民族文化中的历史贡献，及深入研究辽代政治、军事、经济、文化、外交以及西辽河文明等提供了宝贵的实物资料。而据历史记载进行分析，契丹开国之都龙庭龙化州就在奈曼旗的孟家段附近，它的神秘面纱还有待人们慢慢揭开。

1204 年，铁木真征服了太阳汗所属的乃蛮部。1206 年，铁木真在斡难河源头召开大会，得到"成吉思汗"称号，意为"拥有海洋四方的大酋长"。

时光流转到清朝。据《清史稿》记载："奈曼部辖一旗：札萨克驻章武台，在喜峰口东北七百里。西南距京师一千一百十里。古，鲜卑地。隋，契丹地。唐属营州都督府。辽、金为兴中府北境。明为喀尔喀所据，分与亲弟，号曰奈曼。"《清史稿》又载："元太祖（成吉思汗）十五世孙达延车臣汗（达延汗），游牧瀚海北杭爱山，称其部曰喀尔喀。其长子图鲁博罗特，于明代由杭爱山徙牧瀚海，南渡老哈河。图鲁博罗特之次子纳密克，纳密克之子贝玛土谢图生二子，长子岱青杜楞，号所部曰敖汉；次子额森伟徵诺颜，以奈曼为部号。额森伟徵其子衮楚克（又称衮出斯），称巴图鲁台吉，附属于当时势力最强的察哈尔部（该部当时在辽西）。察哈尔部酋长林丹汗侵略科尔沁部，所行无道，引起奈曼等部不满。天聪元年（1627 年），衮楚克率全部人员归附后金，受到皇太极的嘉奖。赐之牧地为潢河、老哈河合流之南岸。东界科尔沁，南界土默特，西界敖汉，北界翁牛特。广九十五里，袤二百二十里。北极高四十三度十五分。京师偏东五度。"天聪八年，又明确划定奈曼部界。崇德元年（1636 年），依据衮楚克多年的功勋，皇帝赐授之札萨克多罗达尔罕郡王的爵位，世袭罔替。从此共经十六任郡王，统治奈曼 300 余年。

清代初年，蒙古族人在这里放牧搞养殖，也种植糜子这种植物，制作蒙古族特有的食品——炒米，人们保持着日出而作、日落而息的简单生活。

清世宗雍正元年（1723 年），直隶、山东一带遭受严重自然灾害，清政府为救济灾民而采取"借地养民"政策，说服蒙古各王公把灾区贫民移

3

居到蒙旗境内。至乾隆十三年（1748 年），清政府继续执行"借地养民"政策，提倡从关内移民，开垦蒙旗地。奈曼旗南部山区开始流入少数移民。为了便于管理移民，乾隆三十九年（1774 年），清政府设置三座塔厅，管理喀尔喀贝勒旗、奈曼王旗、土默特贝勒旗、库伦喇嘛旗的蒙民交涉事务，并兼管税务。乾隆四十年（1775 年），三座塔厅在奈曼旗鄂尔吐板（今奈曼旗青龙山镇古庙子村境内）设置"巡检署"，就近处理移民事务。

青龙山山峰原名为鄂尔盖山，蒙古语意为"断崖"，是辽西努鲁尔虎山系余脉。山虽然不高，属于浅山丘陵，但是气势磅礴，雄浑壮观，绵延起伏，犹如一条卧龙。主峰高 770.08 米，山势险峻陡峭，怪石嶙峋，特别是顶峰西坡数十米高的断崖巍然矗立，大有压顶之势，不可攀越。由于此山南北起伏，状如青龙，故于 1932 年改名为青龙山。

传说很早以前，青龙山一带只有一些凹凸不平的丘陵，莽莽荒原，没有人烟。后来，外地有些百姓不堪忍受恶霸地主和封建官府的剥削压迫，逃到这里。大自然不负这些拓荒者，竟然是风调雨顺，年年丰收。一天，玉皇大帝巡游发现这里的百姓怡然自乐，就很生气。回到天庭一查，原来这里只一龙治水。于是，玉帝施展出他的鬼蜮伎俩，派九龙治水。龙多四靠，甘霖就在金樽里装着，可谁也不去行雨，这可苦了那一带百姓。

天不降雨，地下大旱，田野赤地冒烟，荒山树木要着火，老百姓心如汤煮。第九条龙是一条小青龙，它看到人间的疾苦，心生怜悯。一天，趁其他八条龙睡大觉，便从金樽中捧出一掬甘霖洒向人间，顿时喜雨普降，救了那里的百姓。玉帝知道后勃然大怒，注销了它的天籍。这条小青龙便抱起盛有甘霖的金樽，降到它治水的地方。其身骨化为累累青石，那金樽和甘霖便化作汩汩清泉。从此，这地方便有了一座远近闻名的青龙山。位于山腰的关公庙前，有一眼天然的水井，称"圣水灵泉"。井口直径约 1 米，水不深，弯腰就能舀上水来，泉水甘甜清澈，永不干涸。山中有泉便有了灵气。因"圣水灵泉"有王母掷簪成井的传说，称饮用此水能祛病强身，引来四面八方百姓纷纷到寺庙拜佛求水。

最早来到青龙山的移民，大多数祖籍在山东日照、诸城、莱州、临邑、安丘等地，但是奈曼却不是他们的第一落脚点。从清初到民国年间，内地闯关东的人数达到了 3000 万人次，他们大多数是为躲避天灾和战乱而寻找生计的。他们从内地到关东需要克服种种困难，他们钻山林、涉河流、挨饥饿、斗野兽、避土匪……因为道路艰险，大部分"闯关东"的脚步，到了辽宁之后就停了下来。当大批中原的破产农民进入辽阔的东北地区，发现当地匪患严重，"本境胡匪，少或三五，多或百十成群，忽聚忽散，出没无常……"他们开垦荒田、做工打鱼，用自己勤劳的双手建起了新的家园，闯出了自己的一片天地。还有一部分再次北上，来到了奈曼。

奈曼有明确记载的移民是卜氏家族。卜氏始祖名商，字子夏，孔子七十二门生之一，深得孔子学说的真传，所谓"夫子表彰六经，而子夏之功居多"，后人曾评论说："诗书礼乐定于孔子，章句发明始于子夏。"孔子认为，诸多学生中，论文学成就，子夏是最突出的一个。

根据奈曼旗档案馆收集到的两部《卜氏家谱》记载，卜氏六十四世裔孙卜珺（一些资料写作"卜玥"，根据卜氏七十三世裔孙卜繁增查阅家谱考证，应为"卜珺"）于乾隆十三年（1748 年）从山东日照县来到承德府朝阳县北乡青沟村，后移居小木耳头沟，"世以务农为业"。其子卜崇光（六十六世裔孙）入小学就读，因家境贫困而不得不昼耕夜读，但是他刻苦用功，孜孜不倦。自幼胸怀远大抱负，曾自信地说："取青紫（古代官印上青色或者紫色的绶带）如拾草芥矣。"父母去世后，家务繁杂，情况也愈加窘迫，弟弟尚在年幼，也要靠他抚育，终于无奈辍学。后于嘉庆十三年（1808 年）自朝阳"匹马而来"，迁入当时阜新县东南乡衙门营子（今奈曼旗青龙山镇，当时阜新县治所在今青龙山镇西北之鄂尔吐板），以教书为业。自此卜氏家族在奈曼创下了"叔侄二人两进士"的神话。

卜崇光之子卜云程，字鹏九，号图南，谥号文贞，卜氏六十七世裔孙。清道光五年（1825 年）乙酉科顺天举人，道光六年（1826 年）丙戌科联捷进士，钦点知县。特授陈州府项城县县令，"政事甚著"，敕封文林郎，例封儒林郎候选，布政使司理问。同治十一年（1872 年）离世，享年70。死后获赠朝议大夫，户部陕西司主事，加三级。其墓地在今青龙山镇

北卜氏墓地。卜云程著有《思益斋诗文稿》。1936年版《朝阳县志·艺文志》内载有卜云程撰写的《重修文庙凤仪书院碑记》，文辞精美，书法雅洁。

卜崇光次子卜云图，字化峰，晚年号淡国居士。道光二十八年补入邵学弟子员。曾七赴秋试，屡受推荐。咸丰十一年辛酉科顺天乡试，曾得房批"气清、笔健、诗雅"。虽蒙极力推荐，但因限额已满而未中。卜云图一生未涉足仕途，但久居官场者也不如他识时务、达政体。

卜云图长子卜燕宾，卜云程之侄，字乐嘉，号鹿笙，又号仁雅。同治癸酉（1873年）科顺天举人，光绪丁丑（1877年）科进士。钦点主事（主事在清代是中央六部下的一个官职。六部下设许多司，司的长官为郎中，其下为员外郎和主事。主事为正六品的官员），签分户部陕西司行走，河南司主事，验放后奏留，题补为贵州清吏司主事兼陕西司掌印副主稿。俸满截取。由吏部核定选用，保举为直隶州知州用分发安徽。因父母年迈，请求就近任职，得准，遂改补为山西沁州知州，加五级。光绪二十三年（1897年）丁酉科山西乡试，被任命为搜监官，后又奉命督办朝阳府团练事务。诰授为朝议大夫，例授中宪大夫。著有《退思斋诗文稿》。据民国十九年（1930年）五月版《朝阳县志》（卷二一）载：卜燕宾"辛亥革命后归里，课业农商，淡于仕进，年老寿终"。

来到奈曼旗的还有一个读书人家族，根据《宁氏家谱》记载：大约在嘉庆年间（公元1796—公元1820年），有宁氏弟兄三人从山东省济南府临邑县夏口庄老家闯关东，一路风餐露宿，吃尽苦头，但是，过了山海关之后，兄弟三人之中走失了一个。只剩下老哥俩继续北上，最终在今内蒙古赤峰市敖汉旗牛古吐镇河南村双窝铺屯定居下来。宁氏兄弟二人从山东到塞外生息繁衍了四代后，开枝散叶，家族兴旺。根据敖汉史料记载，光绪十八年（1892年）和光绪二十一年（1895年），宁氏后人有三位考中秀才，被族中和当地人尊称"三秀才""五秀才""六秀才"。后来"三秀才"宁伸、"六秀才"宁侃"涉水过河"来到奈曼旗，他们在距离奈曼王府南几公里的"三七地"村定居下来，奈曼王爷非常敬重两位秀才的学识和为人，言必称先生，还聘请这两位秀才及后人到王府担任教师。王爷将桥河村南三七地50亩熟茬子地无偿划拨给"三秀才"宁侃之孙宁琳（人称"五先生"），作为教书的"佣金"。

从卜氏家族到宁氏家族，因为家学渊源，将读书的传统流传下来，例如，宁氏家族流传下来的两副对联："忠厚传家远，诗书继世长""塞北新事业，山东旧家风"。这些移民在第一代或第二代站稳脚跟后，就建立起私塾馆，让其后代进馆读书。但是绝大多数移民依然是农民，他们日夜劳作，仍旧过着很贫困的日子。

光绪十七年（1891年）10月5日，在敖汉旗杨家湾子起事的"金丹教"（又称"学好会"，俗称"红帽子"）教民军占领了大沁他拉，冲入奈曼王府，将备存仓粮、军械、财物抢掠一空，档案、文牒付之一炬。奈曼旗最大的喇嘛庙——大沁庙被烧毁。奈曼旗札萨克（札萨克，官名，蒙古语意为"执政官"，是一种清朝时主要对蒙古族和满族授予的军事、政治官职爵位，札萨克之等级依次为汗、亲王、郡王、贝勒、贝子等，均由朝廷册封，受当地办事大臣或参赞大臣节制。札萨克是朝廷册封的，都有爵位，可以世袭。一般称为"王爷"）玛什巴图尔率领旗官员兵丁，配合进军奈曼旗的奉天官军奋力抵抗，于奈曼旗哈他海庙战胜最后一部教民军，奈曼旗始告平靖。奉天提督左宝贵所属总兵张永清部进驻奈曼旗鄂尔吐板。12月，"金丹教"之乱被平息后，清政府拨银17万两，赈济奈曼等五部八旗被匪灾区，全部用于灾后重建。光绪十八年（1892年）2月，奈曼旗札萨克郡王玛什巴图尔传令召回因骚乱而逃亡在外的旗民。整修王府、寺庙，重建家园。他将旗属牧地奖给那些抵抗教民骚乱的有功人员和阵亡人员遗属，免租耕种。是年11月，玛什巴图尔因"平息骚乱，安抚地方有功"而被晋升为和硕亲王衔多罗郡王。

此时奈曼旗鄂尔盖山（今青龙山）一带迎来了最大的一次移民潮，总兵张永清部撤出鄂尔吐板后，一部分清兵留了下来，在当地娶妻生子。更多的还是从山东等地来到了这里，有的是亲兄弟，有的是同宗族人，于是在鄂尔盖山（青龙山）脚下出现了许多这样的村子：李家杖子、于家地、

7

杨家沟、木匠沟……移民们用长满老茧的双手和一副副铁肩膀在这里开垦荒地、种植谷物。

山东人是中国受孔孟思想文化影响较深的群体，有情深似大海、义重如泰山、忠心黄河长的文化传统。如果说，当年闯关东的祖先从山东来到奈曼，带来了儒家思想的仁、义、礼、智、信，其后代们又将蒙古族的如天空般的义气、草原般的包容、骏马般的豪爽、河流般的不倦完美组合，形成了奈曼人独有的个性：坚强、勇敢，团结，面对困难不屈不挠。

一千年前汉民族和契丹族的文化碰撞，再到一百多年前儒家思想和草原文化的融合，成就了奈曼这片土地厚重悠久的历史文化和崇尚民族大义、注重家国情怀的群体人格。

众志同心驱敌寇，满腔热血染山河。当日寇横行、民族危亡之际，以周荣久为代表的奈曼儿女同仇敌忾、前赴后继，书写了一段可歌可泣的英雄史诗。

上
篇

鄂尔吐板兴衰

鄂尔吐板，蒙古语之意是有山丁子树的村庄，因起起伏伏的丘陵上长满了山丁子树而得名，今天的青龙山镇古庙子村就是昔日的鄂尔吐板。鄂尔吐板也叫板街，在历史上不仅是库伦、奈曼等地通往朝阳、承德的交通要道，也是库伦、奈曼、阜新等地的政治中心和经济中心。

对鄂尔吐板的记载最早出现在《承德府志》中。《承德府志》谈及朝阳县时，有这样的记载："乾隆三十九年，设三座塔捕盗把总一员；鄂尔吐板外委把总一员，并隶督标管辖。专听热河道府等差遣侦捕。"乾隆四十年（1775年），朝阳县三座塔厅又在鄂尔吐板设立了巡检兼典史署。鄂尔吐板巡检署基址位于鄂尔吐板街北，巡检署的主要任务是调解处理附近地区的各种民事案件，收缴各种官税，有时候也帮助王府催缴地租，还负有防匪防盗的任务。

嘉庆年间，在清政府"兴教建庙"风气的影响下，鄂尔吐板修建了工程庞大的庆安寺，当地人称"老爷庙"。

光绪年间，鄂尔吐板的商业有了比较大的发展，街内出现了买卖家、当铺等。为了增加经济来源，老爷庙老住持广村与其徒弟本慧在庙里办起了赁息铺，顾客可租借成套餐具及结婚用的禧裤、禧衣等，并无偿为百姓传书送信。广村去世后，本慧的徒弟本真掌管庙中诸事。民国时期，本真又在庙中厢房办起了学堂，请来先生，收徒授课。

光绪二十九年冬（1903年），朝阳府为管理北部汉族居民，决定设阜新县于鄂尔吐板，县衙署设在原巡检署内，巡检署与县衙并存，知县兼管司法。从此，库伦旗、喀尔喀旗、土默特左旗和奈曼旗等地的汉族居民一律由县衙管理，各旗王爷之间发生矛盾时也由县衙予以调解。阜新县成为朝阳府管理北部蒙汉地区的重要行政机构。

将阜新县设置于鄂尔吐板期间，是这里商业发展最兴盛的时期。东西不到一公里的街面上挤满了买卖家、当铺、手工作坊。最热闹的是，南大门聚集着大量的买卖家和大车店，还有一处私塾，设师授徒。当时较大的商号有福兴和、德发和、益尚兴、福德店等 30 余家。这些买卖不仅有当铺、商店，还有规模较大的烧锅。

阜新县的设立，使鄂尔吐板的商业迅速发展起来。虽然清政府有明令规定，蒙汉分治，县理汉事，蒙管旗务，但是实际并非如此。常常是旗札萨克保息股催地租，前脚出门，随后就有县衙门的保甲跟进来要地饷。在这种双重压迫下，贫苦农民逐渐破产，土地大部分都集中到大买卖家和少数官吏、地主手里。普通百姓只能利用房前一二亩小园种点大烟，或给人榜青（榜青是一种土地雇佣关系，主要在清代和民国时期的满蒙农业开发区

绥东县鄂尔吐板钱币

域中流行。其内容是地主负责一切生产费用，包括种子、役畜和农具，甚至住房。佃农只提供劳动力，但没有经营自主权，不像一般佃农那样有劳动自由，作物的选择、耕种的程序完全被地主所控制。被雇佣者只分得产量的一小部分，比例很小）来维持生活。

社会治安也未见好转，县衙兵丁只会敲诈民财，吃喝嫖赌，根本不去维护社会治安。百姓这样形容当时的状况："听不到狗叫算安宁，闻不到枪声算太平。"光绪三十四年（1908 年），人称"畅瞎子"的畅老爷任知

县时，一个比较大的"绺子"（聚众掠夺民财的土匪，在东北地区又叫作"胡匪"或"胡子"，这些一伙一伙的"胡匪"，到后来被称为"绺子"，按各股匪首所报"字号"的不同，每股绺子的名称也不一样，例如"一铁鞭""草上飞""桑大刀""凤双侠"等）强占了鄂尔吐板，胡子队里有一个叫温宝璋的人，人称"温皇上"，看中了知县家的小姐，畅老爷无法逃身，只好将女儿嫁给了他。三日后，温宝璋上街的时候被仇人杀死，畅老爷无奈只好逃回康平老家。平民百姓家更是苦不堪言，若遇到砸明火（意即公开抢劫）的，只有家破人亡。

宣统三年（1911 年）八月，阜新县移址水泉（今阜新蒙古族自治县）后，鄂尔吐板归绥东县管理，少部分买卖家也搬到水泉，但鄂尔吐板仍然有20 多处商号，人口千余人。接福兴昌后兴起的保和水烧锅成了板街最大的商号。县里在街上设立了增税局，管理本地的商号，热河都统汤玉麟先后派大营、二连、十二连等部队驻扎在街内，维护本地的社会治安。

少年周荣

　　鄂尔盖山（今青龙山，位于奈曼旗南部）有一座很特别的山峰。站在鄂尔吐板的街上，向偏南望去，这座山峰峰顶犹如一只鹦鹉在引吭高歌，于是这座山峰被称为鹦歌山。山坡植被茂盛，峡谷溪水潺潺。山下有个小村子叫河南杖子，这个小村子原来叫何莲杖子，何莲是人名，后来被叫成河南杖子。

　　清光绪二十年（1894 年）正月二十八，承德府朝阳县鄂尔吐板巡检兼典史署所属的河南杖子屯（今内蒙古奈曼旗青龙山镇河南杖子屯），周家一名男婴出生。婴儿哭声响亮，给这个贫苦的家庭带来了生气。父亲给孩子取名为周荣，乳名正月。

　　住在河南杖子屯的周氏宗族原籍山东。光绪年间，周氏祖辈携妻带子，跨过山海关、闯荡关东，最终来到河南杖子屯。这里地处牤牛河东岸 10 公里，土地肥沃，丘陵环抱，屯里住着 20 多户人家，百姓以从事农业生产为主。从此，周氏宗族在这里垦荒务农。

　　周荣的祖父是个老实厚道的庄稼人，家境窘迫，除了耕种家里的几亩薄田，再给地主家榜青，挣点收入，勉强维持生活。那个时代的农民大多克勤克俭，精明刚强，依靠自身奋斗维持生计。周荣的父亲不到 20 岁便开始当家理事，因为家境困难，农闲时节再打点零工，维持家用。鄂尔吐板在河南杖子屯北七里地左右，这里商贾如云，店铺林立。周荣的父亲在这里跑堂打水，赶车扛货，有什么活就干什么活，无形中也增长了不少见识，逐渐积累了一些银钱。在河南杖子屯购置了二十几亩土地，这样每年就有了二十几担粮食的收成。

　　由于父亲经常不在家，周荣从七八岁起就能像个小大人一样跟着母亲做一些家务和农活。春天帮着大人送粪、耕种，夏秋农忙季节帮忙拔草榜地、收割庄稼、打场，冬天就到山里拾柴，沿途捡粪作肥料。

周荣有两个弟弟，分别叫周贵、周明，还有三个妹妹。

父亲让周荣兄弟三人在鄂尔吐板王家私塾断断续续地读了几年书。王先生知道周家贫困，象征性地收了几个银钱，但是对周家兄弟的学业也并不太用心。

周荣读了两年私塾，三弟周明读书时间较长。那个时代的孩子，读书的时间总是短暂的。父母不重视是一方面，主要原因可能是，孩童觉得读书是件很枯燥的事情。周荣本身就是比较淘气、不安分的孩子，又在鄂尔吐板这样繁华的城市生活，渐渐地，周荣的心思就不在读书上了，不到一年的工夫，他就开始逃课了。

周荣十三四岁的时候，阜新县从鄂尔吐板移址到水泉，周荣的父亲在鄂尔吐板的短工也就断了，家境日渐窘迫。只读了两年私塾的周荣也就退学了。

周父对子女很是严厉，督促孩子有空就去做农活。他性情暴躁，常常打骂周荣兄妹几个。周父的严厉倒是练就了周荣干活非常勤快的秉性。种、耪、割、收等全套农活，他样样都在行，养成了山区农家子弟吃苦耐劳、勤快朴实、不畏艰难的本色。

周荣比较早熟，虽然才十三四岁，可是个头已经不小了，性格豪爽，体格强壮，很有带头大哥的气质。他很会团结人，喜欢当老大，在河南杖子的同龄孩子中很快就混成了"孩子王"，这群孩子也喜欢听他的话，所以常常惹是生非，小事不断。周父看到自己的儿子崇拜关羽，喜欢打打杀杀，也会经常责骂他。但是父亲的责骂和劝告不过是耳旁风，吹过也就算了。

在距衙门营子东约5公里左右，有个叫于家地的小村子。这里也有一户周姓人家，他们兄弟五个和周荣的祖辈一起闯关东，来到衙门营子。兄弟五人团结肯干，凭借勤劳的双手、智慧的头脑，渐渐地置办了几亩地、养了几匹马，兄弟几个还娶上了媳妇，日子过得挺不错。其中兄弟五人中的老四，人称"周四爷"。周四爷为人豪爽正直，不仅在村子里很有威望，

在衙门营子周围的十里八乡也很有名气，号称"四方说客，八面响应"，大事小情都离不了他。有一次，鄂尔吐板两家人因为一块地的归属发生纠纷，甚至要动起手来，双方剑拔弩张，眼看着就要发生流血事件，人们连忙请来了周四爷。周四爷赶到鄂尔吐板，恰逢奈曼王玛什巴图尔的儿子，即五爷苏达那木达尔济（苏达那木达尔济，奈曼旗札萨克，玛什巴图尔第五子，出生于1898年。民国初年封二等台吉。1931年，奈曼旗札萨克公署推荐苏达那木达尔济为协理，上报国民政府，1933年4月，国民政府行政院批准苏达那木达尔济为昭乌达盟奈曼旗札萨克。由于当时昭乌达盟已被日军占领，通信中断使札萨克之《荐任状》未能及时送达，暂存于蒙藏委员会驻北平办事处。至此，苏达那木达尔济被确认为奈曼旗第十六任札萨克）到鄂尔吐板办理公务，两家人见是周四爷来调停，都放下了手中的武器。一件扯不清的事，被周四爷分析得头头是道。周四爷说："我们老家山东有个孔子，在两千多年前就说了'礼之用，和为贵'！做买卖的讲究和气生财，种庄稼的讲究和和气气过日子。咱们都是山东人，算一算都有亲戚，握手言和吧！"周四爷的一番话语让两家人心悦诚服，也让苏达那木达尔济敬重不已。苏达那木达尔济暗想：如果我将来成就一番事业，周四爷定能辅佐大业。于是当即摆上香案，拜周四爷为"干爹"，周四爷也认下了这个"干儿子"。

周四爷儿子周凤林和周荣年龄相仿，脾气相投，周凤林姑姑是周荣的舅妈，也就是说这两个人是表兄弟，而且都姓周，还一同在王家私塾读书，所以两人就格外亲近。于是周荣经常到周凤林家，周四爷也非常喜欢周荣，说周荣身上有山东人的豪气，还有几分侠气。周荣和周凤林也经常往来于河南杖子屯和于家地村。你在我家吃，我在你家住，两人成了形影不离的好兄弟。

谋生之初

周荣辍学后，不愿意像父辈那样每天围着几十亩薄田辛勤劳作，苦心经营。他整天无精打采，无所事事。

日子总是要过的，儿子总是待在家里也不是个办法。父亲了解周荣的秉性，知道孩子的世界不在河南杖子这个小山村。于是就把十四五岁的周荣送到鄂尔吐板，在一家茶馆里当伙计，烧水端茶，干些杂活。在茶馆里，周荣有机会结识三教九流、各色人等，也大大开阔了小周荣的眼界。

周荣性格豪爽，在鄂尔吐板当伙计的几年时间，给地主扛过活，当过装卸货工人、大车店伙计、酒馆跑堂……到处结交朋友，在街面上混得很熟。周荣眼光敏锐，为人处世善于察言观色，人缘相当不错，在迎来送往中，逐步获得了商家的认可，也积累了些人脉。

周荣天生是闲不住的人，闲暇时间爱去茶馆酒肆蹭场子，爱听评书戏曲，了解了《三国演义》《水浒传》《封神榜》等故事，拥有了一颗难得的侠义之心。他总是想象着，有朝一日，自己也能像关羽那样干一番大事。

周荣不甘心总是干些能够一眼看到尽头的活计，他要去比鄂尔吐板更大一些的地方去看看。20岁那年，周荣得到商户们的信任，把商户们在鄂尔吐板收购的药材、粮食、羊毛、牛羊肉、皮毛等物资贩运到阜新清河门、务欢池、承德等地，再把这些地方的花旗布、大布、酱油、醋、盐等商品运到鄂尔吐板，主要运输工具就是毛驴、骆驼、马匹等，平均三四天跑一个来回，约100公里。

赶驴驮子（早年间山区重要的运输工具，驮架用当地硬杂木制作而成，重约20斤左右，一般可以负重100斤左右）时，最重要的是保证货物的安全。赶驮拉货过程中，周荣兢兢业业、恪尽职守，千方百计保全货

物，住店歇脚都打起十二分的精神，唯恐货物丢失。鄂尔吐板到清河门有100多公里，路途并不太平，时常有劫道的胡子出没。周荣长得人高马大，还有一把好力气。他凭借过人的体力和好勇斗狠的性格，遇到胡子能跑就跑，能谈则谈，陷入绝境则抡刀上阵，与土匪搏杀，多次化险为夷。渐渐地，周荣在道上也混出了名声，人们都知道了鄂尔吐板有个叫周荣的，他有勇有谋，能打敢打，很是厉害，从此，从阜新到鄂尔吐板这一路，周荣在黑白两道结交了不少朋友，不少客商把运货的活都交给周荣，周荣家境也得到很大改善。数年赶驮生涯，练就了周荣性情刚毅、桀骜不驯的性格。

周荣赶驴驮子，走南闯北，见识了外面的花花世界。阜新是辽西著名的煤都，贸易繁荣，商客云集，经济比较发达，街道车水马龙，行人熙熙攘攘，酒肆、赌坊林立，很是热闹，充满了诱惑。但是这里贵贱分明，贫富悬殊，"天堂"和"地狱"并存。

周荣赶驮拉货中，免不了要在阜新歇脚住店，时常逛逛商铺、下下饭馆。周荣毕竟年轻，加之手里有了点钱，在阜新这个灯红酒绿的都市染上了赌钱的习惯。周荣人生地不熟，还是赌场新手，在赌场上连连败北，多次输光腰包。

上了赌场的人是很难回头的。在赌场屡战屡败的周荣急于扳回败局，就在去阜新赶驮子的空当再次进入赌场，却遭人设套，输光了本钱。输红了眼的周荣失去理智，在庄家的怂恿下，妄图再赌一把，捞回本钱，赌上了商户的驴驮子，结果驴驮子被人扣住抵押。周荣身无分文，被撵出赌场。

周荣的父亲得知这个消息后，又气又急，东拼西凑了一笔钱，连夜派人去赌场，又托人说情，这才赎回了驴驮子，避免了一场牢狱之灾。但是周荣好赌的名声却很快传开了，鄂尔吐板的一些商户也不敢轻易地把货物交给周荣驮运了。

马帮生涯

　　父亲为了笼住周荣的心，托人给快二十岁的儿子说了一门亲事。姑娘姓温，家住在鄂尔吐板。婚后，温氏生了一儿一女，儿子叫周行文，女儿叫周淑清。这一阵子，周荣跟随父亲日出而作、日入而息，过上了恬静的田园生活。

　　此时，中国正处在北洋政府统治时期。"二十一条"签订后，袁世凯计划仿照德国、日本建立君主立宪制国家，最终因日本从中作梗和地方军阀的反对而终止。这一阶段的中国局势动荡，人民生活在水深火热之中。这一切似乎与奈曼旗这个闭塞的地方关系不大，但此时的奈曼旗也正经历着一场动荡。

　　阜新县移址水泉后，鄂尔吐板曾经的繁华也渐渐地远去。民国三年（1914年），绥东县在这里设警察事务分所，但依然不太平，土匪遍地，民不聊生。民国十九年（1930年），绥东县从库伦迁到八仙筒，县公署又在鄂尔吐板设立了警察署，管理本地一些事务。当时又有部分商户迁往八仙筒，板街只剩下十几户商铺了。昔日熙熙攘攘的街市不见了，那冒着袅袅蒸汽的烧锅也停了火。

　　周荣是个不认命的人。随着家庭人口的增加，几亩薄田已不够家人的开销。无奈，周荣又开始了赶驴驮子的生活。不过这次，他是带着好几个人和他一起拉货、运货，俨然一个马帮。

　　当时有句顺口溜："有钱的怕绑，有姑娘的怕抢，走路的怕劫，出门的怕攘。"那年月，人们外出首先担心的就是路上被胡子抢了。

　　一次，周荣带着马帮，驮着货物，走到牤牛河边的祥顺号，还没等喘口气歇歇脚，就听见一声刺耳的口哨，过后一伙胡子拿着大刀、端着枪冲了出来。周荣也立刻掏出了枪，但是他发现胡子的人数比赶马的人数多了

好几倍，就立刻向同伴使了个眼色，"撤！"几个人迅速跑进了附近的林子，躲了起来。胡子们要抢的是货物，看到周荣他们几个跑了，便也不再追赶。丢了货物的周荣发现这里离板达营子很近，还听说这里有一位叫栾天林的好汉，就决定去找栾天林碰碰运气。

在这兵荒马乱的时代，这些店铺和外地商旅都要靠地方上的保护。栾天林在当地区公所当巡警，结交了不少朋友。栾天林听了周荣的叙述，立刻骑马去了祥顺号，通过烧锅李二东家，了解到这次劫道的是"转山子"一伙干的。那时候的土匪都是根据自己姓的谐音报字号，胡子头姓杨，羊在山上吃草转山，所以叫"转山子"。栾天林当即请李二东家说和说和。李二东家是个官私都交的人物，黑白两道都能说得上话。他找到"转山子"，并提到栾天林，"转山子"二话没说，立刻将马和货物如数退还给周荣。

周荣非常佩服栾天林义薄云天的精神，主动提出和栾天林结为金兰之好。他们各自报了生辰八字，周荣生于光绪二十年（1894 年）正月二十八，栾天林生于光绪二十五年（1899 年）九月十八，周荣年长栾天林五岁，所以栾天林称周荣为大哥。

栾天林是北票市泉巨永乡栾家窑人，生于一个贫困的农民家庭。25 岁时，曾在板达营子镇警察所当巡警，两年后到奉天当兵。1930 年秋，栾天林在锦县东苇塘一带，带领当地农民占领盐滩，号称"平东"，劫富济贫，颇有绿林英雄气概。

生活稍加安定后，此时周荣已经是三个孩子的父亲了，二女儿叫周玉兰。一次，周荣的马帮在沈阳西柳地区路遇一伙胡子，这伙劫匪没抢夺周荣的马帮，而眼尖的周荣发现马背上驮着一个穿红衣服的姑娘，只见姑娘手脚被绑，嘴里还被塞着一块布。周荣立刻打马上前，冲着领头的双手抱拳，说："大丈夫做事光明正大，你抢夺民女，算个什么好汉！把她放了吧！"领头的歪着眼睛说："我要她做我的压寨夫人，你管哪门子闲事！"周荣剑眉一立，此时，恰好树上传来一声鸟叫，周荣抬手枪响，一只鸟儿落在树下，领头的认为遇到了"硬茬儿"，就撂下被捆住的姑娘，打马扬长而去。

　　周荣给姑娘松了绑，拽出嘴里的布，姑娘立刻跪下，"哇"的一声大哭了起来，说抢她的是当地的土匪"野狖歹（野狼）"，还是在出嫁那天被抢走的，现在也没办法回去了。姑娘泪流满面地说："好汉，你是好人，你就收下我吧！"

　　周荣说："那我不也成胡子了吗！姑娘，我还是把你送回去吧！"姑娘说："好汉救人救到底，我回去就是死路一条！"马帮里的人见姑娘眉清目秀，楚楚可怜，也劝周荣把姑娘带回去，周荣只得把姑娘安顿在自己的家里。

　　姑娘姓杨，在周荣家住了一段时间，周荣的父母见她勤快爽利，做主给周荣做了二夫人。自此，两位夫人侍奉双亲，抚养幼儿。儿子周行文一表人才，喜欢读书写字，周荣就将儿子送到沈阳的新式学堂读书。周荣每到沈阳拉货、送货的时候，就去探望儿子。一家人靠周荣赶马拉货，生活上倒也过得去。

围场时光

　　此时的热河省是汤玉麟的天下。汤玉麟的三个弟弟分别担任热河省步兵团团长、骑兵团团长、炮兵团团长，两个儿子分别担任禁烟局局长和财政厅厅长，女婿周铁铮为朝阳县县长。汤玉麟还霸占了奈曼旗大段嘎查（今奈曼旗明仁苏木清河村大段嘎查），作为他的牧场。

　　汤玉麟和他的部下沆瀣一气，鱼肉百姓。汤玉麟在热河大帅府挂了一张很大的照片，照片中，他骑在张牙舞爪的老虎背上，双手抱着一挺机枪。汤玉麟声称自己是白虎星转世。

　　热河省的老百姓非常贫困，苛捐杂税多如牛毛。汤玉麟下令各地官府重新丈量农民土地，弄得许多农民糊不起窗户，十六七岁的大姑娘穷得没有裤子穿。

　　周荣家也不例外，几亩薄田的收成大部分交了税。赶驴驮子拉货几乎成了周家的唯一收入。几年的拉货经历，周荣也认识了许多道上的人。他发现道上的人也不都是穷凶极恶之徒，他们当中也有行侠仗义、杀富济贫的好汉，好多人都是被逼上梁山的。在经历几次被土匪打劫后，加上在一众朋友的怂恿下，周荣在承德围场一带拉起了一支队伍。周荣体壮如牛，善使双枪，且枪法过人，为众兄弟所折服，被拥为司令。承德围场一带山高林密，便于隐蔽，由于周荣讲义气，他的队伍很快就有了五六十人。

　　民国十七年（1928年），阜新县出现了严重的旱灾，庄稼颗粒无收，百姓流离失所，哀鸿遍野。周荣的拜把子兄弟苑九占家里已经揭不开锅了。26岁的苑九占告别母亲，只身去奉天寻找当兵的父亲苑风会，以解全家燃眉之急。当苑九占到了奉军营地后，经由盟叔马成得知，已升任排长的父亲为拜把子兄弟打抱不平而得罪了北票黑城子王府王爷，苑风会怕王爷府报复，早已逃出军营。苑九占无奈只得返家，可是当他回去后，发现

22

家中已是一片狼藉。妹妹告诉他：王爷府马队来家中抓父亲，他们没找到父亲，便将母亲抓了去，还说要500块大洋才能赎回母亲。

苑九占决定将自己作为人质去换回母亲。苑母回到家后，变卖了家中所有家产，多方筹措，终于凑齐了500块大洋。可是等到赎人的时候，对方居然提出再加150块大洋。苑母实在拿不出，急火攻心，昏死过去。

为了搭救苑九占，周荣等几个把兄弟决定诉诸武力。周荣联络到绿林首领"老北风""大田字"等，商讨攻打王爷府一事。

一天夜里，"老北风""大田字"等人率数千人将黑城子王爷府团团围住。霎时，喊杀声震天，苑九占趁乱逃出，但是后来又返回加入攻打王爷府的战斗。他沉着机智，作战勇敢，备受"老北风"的赏识。自此，苑九占跟随"老北风"，后来又经"老北风"的扶持另立山头，招兵买马。仅三个月，人数已达两百。

苑九占率部在阜新等地杀富济贫，同各路绿林好汉结盟交好。极盛时，其部居然已有1600余人。

周荣、栾天林、苑九占……一个个草莽英雄，在军阀混战、官逼民反的年代擎起了杀富济贫的大旗。而当山河破碎、民族危亡之际，他们又向死而生，纷纷投入抗日图存的滚滚洪流。

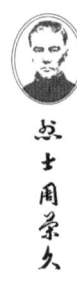

日军对奈曼旗的经济侵略

日本对奈曼旗的侵略最初是经济侵略，从民国六年（1917 年）就开始了。

1917 年 2 月，奈曼札萨克亲王苏珠克图巴图尔当选为民国政府参议院议员。据《奈曼旗文史资料》记载：这一年，日本人大仓组在通辽县所设立的华兴公司方面与奈曼旗札萨克亲王苏珠克图巴图尔达成协议：以 22 万元的典价租借奈曼旗境内波日和硕庙（今奈曼旗治安镇胜利庙）以东处女地 7200 公顷。自此，拉开了日本侵略奈曼旗的帷幕。

日本人迁来大量朝鲜农民，利用教来河丰富的水力资源，种植水稻和其他农作物，在非可耕地发展养殖业。大仓组在奈曼旗设立了华兴公司奈曼旗分公司。

1920 年，华兴公司奈曼旗分公司以草牧场不足，影响牧业发展为由，委派蒙古族白子明与奈曼王爷协商，又以 12 万元的典价把面积 6000 亩上好的草牧场——浩尔沁包冷甸子全部抵押给华兴公司，并责令当地牧民限期迁出此地，从而使绥东县至开鲁县的电话线以东、东胡拉斯台嘎查以北、白图营子嘎查以南、东科中旗石佛以西十几万亩土地和草牧场成为当地人不准放牧、打柴草的"租借地"。

华兴公司奈曼旗分公司曾用拖拉机（俗称"火犁"）垦地，用汽车运输粮食或各种物资，并在一号地修建一座很大的青贮饲料库，专供冬季喂养牲畜。

1920 年，日本驻赤峰领事馆向日本政府提交了《热河管内绥东县事情概况》，对绥东县的经济、矿产、交通等进行了详细的叙述，为日本侵略中国提供了资料。其中有一段是这样叙述奈曼旗札萨克的："他（第十四任奈曼王爷苏珠克图巴图尔）身居要职，常驻北京，对旗内政务不闻不问，加之热河省政府的蚕食、吞并，旗民失去大量土地，以至移入汉民开荒种地，占去大量草牧场。因而官民之间，蒙汉民之间的矛盾日渐突出。全旗财政亏损，入不敷出，经济贫困，民不聊生。对此，官运亨通，身居要职的札萨克是有责任的。"

1921 年，奈曼王府不顾民众的强烈反对，强行将蒙六区（今八仙筒、东明、治安一带）土地出租给日本人。大片肥沃的草场被开垦，蒙古族人民只好搬离到其他地方放牧。

苏珠克图巴图尔

1937 年，日本全面侵华后，米面供应紧张。1938 年 8 月，伪满洲国制定《米谷管理制度要纲》，11 日，颁布《米谷管理法》，把稻子、小麦、大豆划定为甲类粮。甲类粮是专供日本人的，中国人不准吃，中国人吃甲类粮就是犯罪，谁要是拥有、食用甲类粮食，抓住就定罪严惩。

1938 年之后，奈曼旗大仓农场种植的水稻被加工成大米，供给侵华日军食用，而奈曼旗民众若食用大米就要被当作"经济犯"关押并重罚。如今，奈曼旗的许多老人都会提到普通百姓在日伪时期吃大米会成为"经济犯"的事情。

军旅生活

　　周荣当了几个月的"胡子"后，队伍整体被驻扎在阜新的东北军收编。土匪变成了官军，土匪头周荣由司令变成了排长，后来又升任连长。穿上军装的周荣，外形高大帅气，做事仗义，很得驻地百姓喜爱。

　　但是在军队里，周荣看到那些当官的吃喝嫖赌抽大烟，什么都干。他们手中没钱，就组织一伙人"划起来"（合起伙来）去"出摊子"（外出捞外快）。士兵也不及时开饷，就利用晚上时间"合杆"（合伙）去做"黑买卖"（如打家劫舍、收保护费，甚至贩卖鸦片等），到白天就"漫开"（回来），回连队当兵。周荣发着牢骚说："这是什么军队呀！纯粹是兵胡子，兵匪不分。怨不得老百姓说，好人不当兵，好铁不碾钉，这话一点儿不假！还不如我们胡子呢！"

　　后来，周荣又听到许多传闻，才知道那些长官都是伪君子。别看他们身上挎着军刀，肩上戴着勋章，头上顶着将军帽，实际上他们骨子里都是男盗女娼，猛劲地搂钱，尽情地挥霍。旅长崔兴武在林东拥有大块土地和马群，在开鲁占有方圆二十里地的碱泡子，在哈拉毛都占有 500 亩耕地，还有烧锅和银号多处，这些都是利用职权搜刮老百姓而得手的。

　　周荣很迷茫，但是他严厉要求自己的手下不得侵扰百姓，不得抢夺百姓财物，更不能掳掠民女。周荣无奈地想，也只能管住自己这帮人了。

　　后来部队被改编了，周荣被提升为阜新县保安队大队长，驻扎在水泉镇。

　　1929 年，张学良"东北易帜"后，改奉天市为沈阳市。1931 年 9 月 18 日夜，沈阳城炮声隆隆，在日本关东军安排下，铁道"守备队"炸毁沈阳柳条湖附近的南满铁路路轨（沙俄修建，后被日本所占），并栽赃嫁祸于中国军队。日军以此为借口，炮轰沈阳北大营，制造了震惊中外的"九一八事变"。次日，日军侵占了沈阳。日本帝国主义侵占沈阳后，又将沈阳市改为奉天市。

"九一八"事变的消息传来，周荣义愤填膺，将攥紧的拳头狠狠砸在桌子上，怒目圆睁，大骂东北军无能。

从沈阳逃出来的东北军朋友来到水泉镇，见到周荣，如同见到了亲人。那些朋友告诉周荣："'九一八'那天晚上，日本兵已经向北大营进攻了，不料上面下了命令，对日军绝对不准抵抗，缴械则任其缴械，占其营房任其占营房，所以长官对下命令：军队的官兵一律不准轻举妄动，更不得还击，原地待命，最好躺在床上不动。所以在日军进攻面前，北大营许多官兵被日军用刺刀挑死在床上和营房内，幸存的也溃不成军，纷纷逃出沈阳。"

"东北军那么多枪炮，就一枪没放？"周荣怒不可遏地吼叫着，这声音像沉雷一样滚动着，传得很远很远。

"说起来丢人呐，'九一八'之前，东北军毫无戒备。东北军边防司令张作相在锦州小岭子为其父治丧，参谋长荣臻在三经街公馆为父亲做寿。其他官员吸鸦片、打麻将，还有的旅长娶姨太太，大办婚事呢！我还听人讲，张学良在北平看戏，听梅兰芳唱《宇宙锋》呢！"

周荣一脸茫然地说："这样的军队，那咱们中国不是完了吗？"

此时，东北军像潮水一样退向关内。阜新县保安大队属于东北军编制，周荣也接到了向关内撤退的命令。愤怒的周荣脱下军装，把枪和一纸命令重重地摔在桌子上："老子不干了，回家种地！"

一些县城对日本也执行不抵抗政策，贪生怕死的地方官绅以"一律服从日军、暂时接收"为借口，开门揖盗，引狼入室。

日军很快就占领了东北三省。1931年10月初，日军进犯辽西，一路烧杀抢掠，逼近阜新，情况危急。周荣的拜把子兄弟苑九占迅速召集当地绅士开会，要求国难当头，共抗外敌，鼓励大家有钱出钱，有力出力。一个月之后，苑九占队伍增加了300多人。

周荣带着几个亲信回到了河南杖子，等待时机，静观时变。

27

奈曼旗沦陷

周荣回到家，心情郁闷，也无心农活。他看着两位夫人勤俭持家，女儿活泼可爱，如果日本人打过来，这一切就都……周荣不敢想下去。

周荣骑马来到于家地周凤林家，把自己的郁闷向周四爷倾诉。周四爷说："国难当头，匹夫有责，倭寇来犯，必要诛之！"周四爷还向周荣和周凤林讲起当年戚继光抵抗倭寇的故事。

周四爷拿着烟袋"当当"使劲地磕着烟袋锅子，愤愤地说："将相惜命啊！历来抵御外敌入侵，冲在前面的都是劳苦大众。戚继光说起来还是咱们山东人呢，他可是个大英雄，抗击倭寇到现在已经差不多有四百年了，这么多年，倭寇贼心不死啊！"周荣说咬着牙，恨恨地说："小日本杀到了家门口，咱不能当缩头乌龟，我要做抗击倭寇的戚继光！"周凤林也拍拍胸脯，说："当然还有我！我和你一起干！"在父亲的影响下，周凤林早已不是普通的庄稼人了，他也和父亲一样正直，讲义气，敢于主持公道，也是一位侠义之士。

鄂尔吐板虽然没有以前兴盛了，但仍然是附近村屯赶集卖货、买货的好地界，街上来来往往的人还是很多，人们收了秋，开始赶集。1931年农历九月的一天，突然响起了"轰隆隆"的声音，天上突然飞来了两只"铁鸟"（飞机），飞到人多的地方，"铁鸟"身上突然掉下两颗"蛋"来。

驻扎在鄂尔吐板的热河部队十二连的王连长大喊一声："不好了，鬼子飞机来了！"他命令士兵把马牵进屋里，飞机上下的"蛋"不偏不倚炸了拴马桩，军队并没有受到损失，只是马厩燃起了大火。

1931年腊月二十八，街上熙熙攘攘，周围十里八村的人都来这里赶集，准备过年的东西。忽然，"轰隆隆"的声音又出现在鄂尔吐板的上空，这次日军向警察署和驻军部队的方向投了两枚炸弹，炸毁民房两处，炸死

28

了王乃更和其侄子二人。至此，板街的买卖家因战乱无法开张，多数都移居他乡了。仅存为数不多的买卖家也是战战兢兢的，生怕天上的"铁鸟"再扔下炸弹来。

1933年3月，日本松室大佐所部侵入奈曼，奈曼旗沦陷。绥东县县长夏秉衡逃亡，设治局解体。

1933年9月，日军几辆汽车及一个洋马队，共80余人，从赐福图方向来到鄂尔吐板，日军将人马驻扎在老爷庙。他们砸门劫掠，杀人放火，昔日繁华的鄂尔吐板，许多商铺一日之内化为灰烬。这次日本人杀害了赵海龙、张喜、王麻子、王崴轴子等五人，打伤了和尚庆元、柳三等多人，板街内只剩下厉家一处房子和马殿、东西廊房及老爷庙，还有"益尚兴"等几家商户。

乡里乡亲的大多数都沾亲带故。在板街，被日本鬼子杀死的、打伤的人，周荣大多都认识，有的还是至交。周荣想去板街找日本人算账，被周四爷拉住，说："跟强盗没有道理可讲，咱们要想把日本人赶出去，得'拉大团'（土匪队伍的一种称呼），多整人，不然咱们不是他们的对手。"听了周四爷的话，周荣强压怒火，思忖着对策。

冯占海雪夜怒斩倭寇

1932 年夏，日军准备夺取热河，东京方面特派高原卡见等来华，诱降热河主席汤玉麟，并煽动内蒙古王公喇嘛组织内蒙古自治军，作为进攻热河的别动队。

冯占海将军（1899—1963），在"九一八"事变后起兵抗日，被誉为"吉林抗日第一人"。1932 年 12 月 17 日，冯占海率部（即"吉林兵"）进驻热河。

冯占海

1933 年 1 月 3 日，日军占领山海关，热河吃紧，平津震动。

冯占海率领全军退至热河后，日伪军以为除去了一个心腹大患，为了防止冯占海部卷土重来，他们一面命令驻通辽、彰武等地的日军和伪军张海鹏部对冯占海部义勇军进行追剿，一面在报上大造"冯占海匪濒临溃灭"的舆论。有一则报道这样写的：

据（关东军）司令部二十六日午后五时发表称：冯占海拥有部下一万余人，现居于下洼、兴隆地带，为匪军中之最有力者，张学良对该匪军亦甚期待，现正努力补给军（队）资金及军需品。但冯占海遭日满两军以疾风之势向开鲁、朝阳进出，并因归路被遮断，故颇为狼狈，且残余部下因周围之匪军陆续向满洲国投降，似意有逃走之倾向，故所谓雄勇之冯占海匪军不久亦即溃灭……

冯占海军官兵见到敌方报道，个个气愤异常，纷纷向长官请战。冯占海也想捕捉战机打一仗，以振作部队的士气。恰好此时派往通辽给日军当翻译的密探送来情报，说日军的一个联队近日将从开鲁出发，开往下洼，企图围剿冯占海的总司令部。

冯占海决定先发制人，乘敌远道而来在中途夜袭其宿营地，力求全歼。他考虑再三，决定将夜袭的主攻任务交给英勇善战的宫长海部，同时将各部主官找来，讨论敌情和作战方案。

此时，日军阿部联队及驻通辽伪军4000余人已于前一日从通辽出发，据情报称，经过十七旅崔兴武所部防区，双方并未交战，但因连日大风雪，日伪军行动受阻，当晚在大沁他拉宿营，联队长阿部和日军主力都住在大沁他拉镇内的一座蒙古大庙中。

冯占海司令当机立断，决定趁着风雪夜，以四个旅的兵力，出其不意地奇袭阿部联队。其作战部署是：令宫长海部围攻阿部联队长宿营地蒙古大庙，全歼阿部及其部下；令姚秉乾和邓乃柏两个旅，围攻大沁他拉蒙古庙周围地区及日本侵略者的宿营地；令孙登山和赵维斌两个旅堵击通辽方向的增援之敌。冯占海总司令亲自督战。

次日拂晓前，主攻部队四个旅到达指定地点，宫长海亲率500名弟兄组成的敢死队，手持大刀，在风雪的掩护下来到大庙门前。先头部队干掉守卫庙门的四个鬼子，悄悄潜入庙内。一部分战士迅速架梯上房持枪警戒，另一部分战士把手榴弹掷到屋内。

刹那间，爆炸声震耳，烟火升腾，敢死队队员冲进屋内，抢起大刀砍向睡梦里的鬼子。一时血刃翻飞，鬼哭狼嚎，很多鬼子还没明白过来就去见了阎王。当即就有百余名日军死于刀下，其余日伪军闻声慌了手脚，有的被击毙砍死，有的举手投降，还有的企图夺路而逃，但是均被击毙。

驻在蒙古大庙左右民房里的鬼子兵，在同一时间也被包围，义勇军用同样的战术将鬼子兵杀得落花流水。天明后，日伪军后续部队在飞机的掩护下从浩沁苏木（今东明镇）方向反扑过来，十余架飞机也飞到大沁他拉上空时就开始狂轰乱炸，义勇军将士死伤多人。冯占海指挥孙登山、赵维斌等旅奋力阻击，终于将敌军击溃。日军拖着死尸，向通辽退去。

这次战斗，吉林抗日救国军重创日军一个联队及伪军张海鹏部一个支队，打死日伪军数百余人，生俘日伪官兵 65 人，缴获三八式步枪 3500 多支、轻机关枪 99 挺、重机枪 18 挺、野炮六门、掷弹筒 100 多个、电台 3 部、汽车 8 辆、军马 4 匹以及大批弹药和军用物资。敌联队长阿部是否丧生，从日本官兵的尸体中尚难辨明，但是查验战利品时，有阿部大佐将校呢军大衣一件，上面绣有"阿部"的名字。大沁他拉之战极大打击了敌人的嚣张气焰，鼓舞了抗日军民的士气。

北平、天津、上海等地报界纷纷派记者前来采访，冯占海带领官兵隆重欢迎来下洼采访的中外记者。他亲自主持记者招待会，向记者们讲述吉林抗日救国军的战斗情况，表达全军将士抗日复土的决心，回答了记者们提出的各种问题。冯占海陪同记者检阅了骑兵、炮兵、辎重等各部队，记者还为在大沁他拉战斗中立下大功的大刀队拍下照片。最后还隆重举行了庆功会和追悼阵亡将士大会。

冯占海部大刀队一时威名远扬，为人们留下了"雪夜斩倭寇"的传奇故事。有报纸这样报道："自日寇侵占东北，制造伪国以来，当局惟知仰赖国联之公道，不事实力之抵抗，而民间热心爱国者则奋起搏战，为民族争先，东北义勇军之令誉，今已喧腾中外矣！"

防守长城的各抗日武装也纷纷效仿，先后组建了大刀队。

大沁他拉战斗的胜利，也迫使张学良坚定了抗日决心。冯占海率领的抗日义勇军被改编为陆军第六十三军，冯占海被任命为中将军长。

根据考证，蒙古大庙即奈曼旗的功成庙，遗址在今奈曼西湖（现已干涸）南侧。

资料来源：

韩声涛著《老朽忆旧之抗战》（韩声涛，汉族，1912 年 10 月 22 日生，山东平度人。1931 年春参加东北军，"九一八"事变后不久即投身东北抗日义勇军）

孙德沛著《冯占海领导吉林义勇军抗日始末》，载于《沈阳文史资料》

第七辑，内部发行。

谭译著《冯占海抗战纪实》，吉林人民出版社。（第 139 页为《夜袭阿部联队》）

热河抗战张学良下野

大沁他拉战斗的胜利，在舆论上对义勇军的热烈赞扬和对国民党当局的谴责，使张学良抗日决心渐趋坚定。

1933 年 2 月 17 日，宋子文、张学良来热河视察，督励抗战（前排右一宋子文、右二张学良）

张学良于 1933 年 1 月 8 日对中外新闻界发表谈话，表示放弃不抵抗政策，决心"以吾人之精神和血肉"抵抗日本的侵略。（见天津《大公报》1933 年 1 月 9 日）

同年 1 月 18 日，张学良又联合西北军、晋军将领发出"巧电"（民国时期的电报日期代用字，"巧"代表 18 日），表示要用"武力自卫"进行热河抗战。（见《国闻周报》1933 年第 10 卷第 8 期）

1 月 22 日，外交部部长罗文干发表谈话，对内田演说（1933 年 1 月，日本外相内田康哉在议会发表演说，说："满蒙与中国系以长城为境界者，由历史而言，亦无议论之余地。尤以热河省之属于满洲国之一部者，征诸该国建国之经纬，当可明了。"）进行了驳斥（见 1933 年 1 月 23 日《中央日报》）。

2 月 11 日，宋子文、何应钦等北上，17 日，宋子文偕张学良视察热河，正式发表抗战言论。（见 1933 年 2 月 18 日《大公报》）

此时各界民众的抗日情绪十分高涨。2 月中旬，救国会和后援会联系上海各界人士，成立了"东北热河后援协进会"，动员民众支持抗战。一时间，从中央到地方，从政府到民间，保卫热河、保卫华北的气氛十分浓烈。

热河战役，从作战范围和敌之进攻部署看，可分为热南和热北两个作战方向，敌军以第八师团为主力组成南部集群，主攻承德方向；以第六师团为主力的北部集群，主攻赤峰一线。从作战时间上看，2 月 20 日敌军开始行动，至 25 日占朝阳，为第一阶段；2 月 25 日—3 月 4 日，敌军占赤峰、承德，为第二阶段；3 月 4 —10 日前后，敌军进抵长城一线，为第三阶段。

第一阶段，热南战线，1933 年 2 月 20 日，日军开始行动，至 25 日占领朝阳。敌第八师团先遣队早川支队等部于 2 月 21 日到达朝阳寺，然后向北票、朝阳进攻，沿途与东北军董福亭旅，义勇军朱霁青、耿继周等部展开战斗。因董福亭旅某团（该团主官说法不一）阵前降敌，守军被迫撤退。至 25 日，北票、朝阳相继失守。热北战线，敌第六师团于 23 日分三路，从通辽、彰武等地向开鲁、下洼方向进攻。开鲁守军崔兴武旅早已与敌暗中往来，李守信团开城引狼入室，崔兴武弃城逃跑。只有义勇军刘振东、邓文、李海青等部顽强抗敌，终不能支，开鲁陷落。进攻下洼之敌亦突破守军冯占海部防线。至 28 日，敌各部于下洼集结。

第二阶段，热南战线，敌第八师团分两路向平泉推进，配属第八师的混成第十四旅团从绥中向凌源方向夹攻。第八师团川原挺进队在叶柏寿遭到守军于兆麟旅和义勇军的抵抗，后于兆麟旅不支退走，但其旅的 684 团

仍坚持防守。敌混成第十四旅团在纱帽山等地受到我军第十九旅的抗击，后又在庙岭附近遇我军第八旅阻击，受到重创。3月2日突破我军防线，与第8师团会合，攻占了凌源。接着敌第八师团以装甲车为先导，向平泉追击。由于凌南守军溃退，造成热南防线动摇，各部争相逃命。敌军于3日占领平泉。此时，汤玉麟仍握有几旅兵力，且有地势险要的黄土梁可守。但汤玉麟畏敌如虎，不肯应战，反而征用军车，抢运私产，至4日凌晨仓皇出逃丰宁。张作相成了光杆司令，无奈逃向古北口。当日敌军仅以少数骑兵就占领了热河省会承德。

热北战线，敌第六师团和骑兵第四旅团分路进击赤峰，于3月1日在赤峰以东与守军孙殿英部第117旅及退守的冯占海部展开战斗。2日敌突破守军防线，猛攻赤峰城，守城军民奋力抵抗，伤亡惨重，孙殿英下令撤退，热北重镇赤峰亦告陷落。至赤峰、承德失陷，敌已攻占热河主要城镇及交通要道，随即向长城沿线推进。

第三阶段，武藤得知作战顺利，于3月2日下达新的作战命令，命令第八师团占领承德后，即向古北口长城沿线推进；第六师团向围场、隆化方面进击；混成第三十三旅团由绥中攻取清河沿线以东长城关口。同时，关东军司令部由长春移至锦州，督导前方战事。

热南战败，承德失守后，张学良命第七旅前进至青石梁反击敌人。敌第八师团探知后，派第十六旅团前往攻击，双方在长山峪一带展开激战，后敌增加援兵，我军不支后退。此前，敌混成第十四旅团攻占凌源后，即转攻长城沿线，其米山部队与我军稍有战斗，于3月4日占领冷口。旅团主力经茶棚向喜峰口进攻，3月9日，先头部队抵达喜峰口。混成第三十三旅团分数路向界岭口、义院口长城沿线推进，其先头部队于3月11日占领界岭口长城一角。

热北战线，敌第六师团主力于3月5日进入赤峰，而后派高田支队和骑兵旅团向围场方面进攻，在朝阳地区、粮捕府等地遭遇孙殿英部抵抗，力战数日，孙殿英部不支撤退。敌方于9日占领热西要地——围场。另外，敌方两支部队在伪军配合下，于3月9日和14日占领了热北要地——

全宁（乌丹）和林西。至此，热河全境陷于敌手，热河作战基本结束。

热河沦陷，全国哗然，同声谴责国民党政府的军事和外交政策，并指责张学良未尽守土之责。在一片谴责声中，张学良于3月7日致电南京政府引咎辞职。而蒋介石为防引火烧身，便把失地之责完全推给张学良。3月9日，蒋介石偕宋子文至保定车站专车上，劝张学良辞职。张学良表示："这次热河之变，我更是责无旁贷。"10日，张学良正式通电下野，东北军被改编为5个军，分别由于学忠、万福麟、王以哲、何柱国、冯占海等人统辖。

资料来源：

中国人民政治协商会议全国委员会、文史资料研究委员会编《文史资料选辑》（第14辑），中国文史出版社1983年版，第72页。

张德良、周毅主编《东北军史》，辽宁大学出版社1987年版，第268—269页。

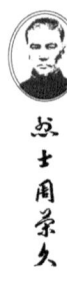

周荣在绥东县自卫团

冯占海部在大沁他拉痛击日军，使得周荣热血沸腾。热河抗战的失利，更让周荣义愤填膺。周荣想投身军中，冲上沙场，却又看不惯军队里的乌烟瘴气；自己干吧，无奈手里无兵无枪。

1931年"九一八"事变后，周荣的拜把子兄弟栾天林带领弟兄们向正撤退的东北军索要了军火，毅然举起了"东北民众抗日拥张铁血救国军"的大旗，组织民众投身抗日洪流。同年12月中旬，栾天林率部在羊圈子附近袭击日军先头部队，打击了敌人的嚣张气焰。铁血军以东苇塘和西广宁山为根据地，转战在北宁线上，不断打击日军。许多农民、军政人员和爱国的绿林好汉纷纷来投奔铁血军，铁血军很快扩大到1600多人。1932年2月中旬，铁血军协同友军在田庄台、大洼一带分头袭击敌军。栾天林指挥攻打石山车站，一举击毙日军40余人，俘虏34人，缴获步枪50多支。

1933年3月，日伪当局决定将奈曼旗境内西辽河北岸东西长40公里，南北宽2.5公里，面积为100平方公里的狭长地段划给开鲁县。此后，西辽河成为奈曼旗与开鲁县的界河。

1933年5月，日军驻赤峰办事处批准重新组建绥东县，县公署设在八仙筒，任命何庆伦（又名何绪武）为代理县长。何庆伦邀请赋闲在家的周荣到县政府任自卫团团长。

何庆伦在从承德回来的路上去了河南杖子，并找到周荣，周荣答应了何庆伦的邀请。1933年8月，周荣随县长何庆伦来到绥东县公署所在地八仙筒。何庆伦在自己的家中宴请周荣，然后神秘地说："明天我宣布热河省政府的指令，撤销李春荣职务。老弟，你当场将其押入大牢。"李春荣是保安队队长，周荣就是要接替李春荣的职务。

周荣不解："解除官职，为何还要坐大牢？"

"那你就不知内情了。"何庆伦一边夹菜，一边说。

周荣不了解的内情是，何庆伦与保安队队长李春荣争权夺势，何庆伦为了激起周荣对李春荣的痛恨，有板有眼地说："李春荣欺压百姓，死心塌地效忠日本人。我去热河省政府之前，他从八仙筒东南屯抓来两名良家女子，送给松室大佐一伙享用，在日本人面前说我对日本人不忠，还在百姓面前说我是汉奸走狗……你说这家伙可恨不可恨？省政府指令解职关押，这任务就交给你了。"

这一招果然灵验，周荣被激怒了，他把酒盅往桌子上重重一蹾，酒盅里的酒溅了一桌子，说："没问题，交给我了！"

周荣坐在桌子边，一边品着酒，一边思忖着。这么多年走南闯北，他也不会轻易相信一个人，于是就开诚布公地对何庆伦说："何县长，您请我来绥东县府，我也诚心带着我的亲信人马来辅佐你的，但是我周荣把丑话说在前头：我是跟着你干，坚决不给日本人效力。要是有一天我发现你们串通一气，穿连裆裤子，可别怪我翻脸不讲情面！"

"那是，那是……咱们都是中国人嘛……"何县长的语气明显是底气不足。

"但是，话又说回来，现在各地都是日本人掌权，你我也许都是傀儡，但即使是当傀儡，也不能当汉奸，不能欺压百姓，做伤天害理的勾当！"周荣进一步声明自己的观点。

"当然，当然……咱们都是这样想的！"为了笼络住周荣，何庆伦嘴里应承着，心里却嘀咕着："这是请了一尊神啊！"

第二天，何县长召集县衙要员 20 多人，当众宣布撤销李春荣保安团团长的职务，这时高大魁梧的周荣从侧门进来，威严地站在李春荣面前，厉声喝道："狗日的，跪下！"随后两个兵丁将李春荣牢牢捆住，押了下去。

当满脸惊愕的县衙要员准备走散时，日本人松室大佐领着翻译官闻讯赶来。何庆伦慌忙站起，点头哈腰地说："长官请坐。"

松室大佐阴沉着脸问："怎么回事？"

39

"李春荣私通匪贼，企图反抗皇军。这是省政府的指令，省政府的参事冈田长官没通知你？"何庆伦一面罗织着李春荣的罪行，一面搬出"尚方宝剑"。

松室大佐瞥了一眼周荣，问："这是谁？"

"他是接替李春荣职务的周荣。他是一员武将，听说皇军主张宽容，愿意接受此职。"

这是周荣第一次见到日本人，在他的想象中，日本人也是黄头发、蓝眼睛、高鼻梁。周荣看着眼前这个日本人，除了说话叽哩哇啦，其他和中国人差不多，但是日本人看人的眼神，总是有一股邪气，仿佛要从人的身上攫取什么。最让周荣看不惯的就是松室大佐那盛气凌人的派头。

何庆伦满头冒汗，不断地给周荣使眼色，周荣才压下火气，顺势恭维松室大佐几句："愿与皇军'共存共荣'，请长官多多关照包涵。"

沦陷后的奈曼旗公署

东北沦陷时期，日伪当局将奈曼旗札萨克王府机构和热河省绥东县设治局（公署）一并撤销，重新组建了奈曼旗公署，新的旗县级行政机构和行政格局，是为了适应日伪统治的需要。

1933年，夏秉衡继王玉成任绥东县县长，始终未到位，据说他不愿意接收县署这个乱摊子，加之日军日渐逼近，绥东县很快就会沦陷，故夏秉衡弃职逃亡。3—4月间，日军松室大佐部在向热河进攻途中，轻而易举地占领了绥东县设治局所在地——八仙筒，县署官员已经四散逃跑，早已无人"上班"了。日军为了在占领区培植傀儡政权，组建了绥东县公署，任命何庆伦为代理县长。

1934年1月，日军委派山守荣治为绥东县代理参事官，将县公署机构改编为总务科、内务局、警务局和财政局。同年7月，县公署所属各科局均设独立会计。按一定比例作为其收入的包办制度，改为财政一切收入均由财务局主管，向会计股缴纳现金；一切支出均须由会计股办理，设单一化的统一会计。这对县财政的增收节支具有重要意义。

奈曼旗札萨克苏达那木达尔济则继续保持原状，与县署关系不冷不热，甚至不相往来，县公署所征收的田赋及特税提成金由县公署独占；向绥东县交纳国税的义务，奈曼旗也拒不执行，如此处于各行其是的状态。日军占领奈曼旗后，为巩固其殖民统治，决定将旧奈曼旗和绥东县合并，统一于一个行政机关。依他们看来，可以将旗县行政区划的混乱所引起的蒙汉民众之间的矛盾，逐渐转化为融洽和睦的关系，创造将来财政自立的基础，同时可以将旗县并立的庞大经费缩减一半，废除双重纳税，以减轻所属民众的负担，成为不反抗当局的"良民"，认为奈曼旗札萨克王府与绥东县署合并是绝对必要。基于此，他们首先向伪满洲国中央政府呈报意

41

见的同时，与奈曼旗札萨克和硕亲王苏达那木达尔济再三协商，并威逼利诱，终于使其就范，同意合并。

从1934年末至1935年3月，经过两个多月的筹办，县旗合并，成立新的行政机构——奈曼旗公署，一切准备工作全部就绪，于3月23日宣布解散旧奈曼旗公署（即奈曼旗札萨克王府），24日宣布解散旧绥东县公署，同时宣布成立新的奈曼旗公署。为照顾民众意愿，对那些有一定影响、信望尚厚的旗与县的元老，尤其因年龄关系和定员所限不宜留任的人，以顾问身份留于旗公署，不任官职。

奈曼旗公署内设总务科、内务科、警务科和财务科，另设承审处。科下设股、科员和雇员（即办事员）。人员有蒙古族人、汉族人，也有日本人。

奈曼旗公署成立后，撤销了于民国三年（1914年）划分的旗下12个努图克（区）区划，结束了旗县并存、蒙汉分治的混乱状态。1935年3月末，奈曼旗公署对原绥东县和奈曼旗的警察机构进行了改编。原奈曼旗的警察机构分为行政警察和游动警察。行政警察的主要职能为征收税金等行政事务；游动警察，即保安队（自卫队），受总队部的指挥指令，以打击和清剿土匪、维护旗内治安为主要使命。整编前，奈曼旗的警察机构（专指行政警察）在7个蒙古区设立5个警察局，共100人。局长由所在区的区官兼任，并有巡官、巡长、文牒、户籍员各1人和警士15人。蒙六区和蒙七区未设置警察局，由该区的保安队代行其行政事务。

日本侵略者进入奈曼后，无论是绥东县、奈曼旗并存时期，还是合并以后的奈曼旗，都没有日军大部队驻扎，也没有建立地方武装，警察是镇压人民、维持社会治安的主要武装力量。伪奈曼旗公署建立后，为了镇压人民的反抗，曾分设治安队，下面分设两个连，一个连驻在王府，一个连驻在化吉营子，开始时每个连约150人，后来精减为每个连30人。后来，根据日伪统治的需要，奈曼旗的警察机构也经历多次改组，不断充实人员。

资料来源：

李海晨著《伪满洲国奈曼旗警察系统概况》，载于《奈曼旗文史资料》（第三辑）。

希儒博著《东北沦陷时期的奈曼旗公署》，载于《奈曼旗文史资料》（第六辑）。

周荣在奈曼旗保安大队

　　绥东县自卫团担负着全县的治安保卫任务，肩负着军队和警察的重任。全团总员 310 名，李春荣被解职并入牢后，周荣接替了自卫团团长的职务，经过一段时间的观察和了解，对全团的兵力进行了调整和清理，特别是那些亲日分子和亲李（李春荣）分子，周荣一经发现清除不殆，而对那些爱憎分明、民族气节强烈的爱国者，周荣重用提拔，视为知己，所以在短时间内，整个自卫团牢牢地凝聚在周荣的身边。由于何庆伦力量薄弱，全县的行政运转很大程度上依赖于周荣，因此周荣也成了绥东县的焦点人物，民众说他是侠客硬汉，也有的人说他是一位智勇双全的人物。敖汉旗下洼镇丰源村的贺生是一个爱憎分明的人，他很机灵，善使双枪，他听说周荣的为人，就慕名而来，从此周荣身边多了一位肝胆相照的战友，也多了一个智勇双全的左膀右臂。

　　1934 年 1 月，日本派山守荣治任绥东县参事官。为了便于控制，山守荣治改组了原绥东县政府，新设置了总务科、内务局、警务局、财务局等科局，同时还成立了绥东县维持会。赤峰日本警务司令部的岗水中佐为委员长，绥东县县长和伪奈曼旗旗长、伪库伦旗旗长为委员，以调节县旗关系，维持地方治安，加强日伪统治。将绥东县自卫团改为保安大队，周荣也从自卫团团长成了保安队队长。

　　山守荣治比松室大佐更凶恶狠毒，为收买人心，笼络上层势力，他通过维持会大量印刷各种宣传品，免费发放药品，免费发放日语教科书；对于县公署的上层人物，他则将其子女送到日本留学，或者送到当时的奉天（今沈阳）、新京（今长春）等地接受奴化教育。周荣毫不客气地拒绝了女儿周淑清到新京学习的优待，他对山守荣治说："等我女儿学好汉语、蒙古语，再进修日文也不迟。我们中国人办事讲究有主有次，先后有序，就像小孩走路一样，只有先学会走，才能学会跑，谢谢长官的恩赐，我领情了。"

为了便于镇压人民，日伪政权还用治安维持费购买汽车，强迫人民无代价地在冰天雪地修筑八仙筒到开鲁的备战路，架设八仙筒到奈曼王府和兴隆地之间的电话线路。同时，在八仙筒郊外设置飞机场。穷苦至极的奈曼人民被奴役得悲惨不堪，叫苦不迭，周荣看在眼里，恨在心里，他愤愤不平地骂道："凭什么中国人受日本人的欺辱，连个说理的地方都没有！"

日本人重新组建绥东县政府后，县财政困难，日本人就逼迫周荣带领保安大队对商户农家横征暴敛。但是八仙筒地瘠民贫，兵匪连年，群众度日艰难，确实是无粮可征，周荣总是以种种借口替百姓开脱，应付差事。山守荣治认为，周荣对老百姓的仁慈就是对"皇军"的犯罪，是对日本官吏的不尊重，是对大日本的不效忠，但是山守荣治不露声色。周荣闯荡江湖多年，心里明白，与狼为伍，凶多吉少，对山守荣治的"小算盘"也是一清二楚的。

1934年4月的一天，周荣突然"荣幸"地收到山守荣治邀请自己赴宴的请柬。

"请我赴宴？恐怕是黄鼠狼给鸡拜年，没安好心吧！"周荣看着这张充满杀机的请柬，心里琢磨着对策。

酒桌上，山守荣治迟迟不进入主题，东拉一句，西扯一句。一会儿说功成庙泡子的鱼很美味，一会儿说蒙古族人做的奶豆腐好吃，仿佛就是专程请周荣来品尝美食的。周荣是个急性子，于是单刀直入地说："今天长官如此盛情，恐怕不完全是为我庆功吧，还有什么别的吩咐？请讲。"

前一阵子，日伪政府命令周荣带领保安团到民间收缴枪支，老奸巨猾的山守荣治认为周荣收缴不力。

"还是周队长明白爽快！"山守荣治皮笑肉不笑地说，"据说周团长收缴了几十支好枪，但没有交到县政府，如果留着自用，我们就先暂借数日，不知周队长同意否？"

坐在周荣旁边的何庆伦在桌子下用脚点了点周荣的小腿，意思是不要

45

与日本人对抗。何县长是出于好心，毕竟周荣是他请来的人，如果周荣和日本人针锋相对，他何庆伦也自身难保。

周荣理解何庆伦的意思，他权衡利弊，考虑再三，如果现在就和日本人对抗，为时过早，毕竟没有一定的兵力和足够的物质准备，也没有充分的思想准备，弄不好落个功败垂成，后悔也来不及。

周荣拿定主意，爽快地说："我岂敢不同意？收缴的兵器理应交给县政府，只是本人持枪多年，爱枪如命，就想让那几十支好枪在我手里多热乎几天而已。既然长官想用，我就如数交还，我现在马上回去，派人送来。"

"不，还是我派人去取。"狡猾的山守荣治示意中根专一，说："你带着两个卫兵随周队长取枪！"

"那也好，既然参事官不相信我，你们自己去取，我更省事。"周荣说完后，起身就走，临行前也没忘记带上自己的手枪。

何庆伦长长地吁了一口气。

回团部的路上，周荣主意已定，今夜必须离开八仙筒。缴了枪，就离扣人不远了。

周荣带着贺生和几个亲信骑着快马，趁着茫茫的夜色离开了八仙筒。

贺生从军

1910 年 11 月 12 日，贺生出生在建平县下洼镇（今赤峰市敖汉旗下洼镇）一个偏僻的小山村——丰源村。祖祖辈辈靠给地主榜青扛活度日。

贺生 18 岁那年，家里的日子苦得实在过不下去了，贺生就跑到黑龙江一个火车站当装卸工。那时天下都是有钱有势人家的，穷人到哪里都是受苦。再加上黑龙江被日本鬼子占据了，这些豺狼到处烧杀掠抢，实行"三光"政策，贺生身无避寒衣，活计又十分累，于是在黑龙江干了一年多的时间，就又回到老家，回家后的生活依然没有着落，只好东打零工，西求帮借，可是谁有多少东西能帮你呢？

民国二十二年（1933 年），冯占海的"吉林兵"驻扎在今敖汉旗下洼镇。这一年正月十九，贺生为了求生计，在大地主王佩奇家参加了"吉林兵"。冯占海在大沁他拉雪夜斩倭寇后，贺生随部队转到阜新驻防，日本鬼子的飞机整天围追吉林兵，见人就扔炸弹，过了不长时间，部队就被日本鬼子打散了，后来，他们又被一支地主武装包围。贺生突围出去后，到八仙筒参加了周荣的绥东县自卫团，从此，周荣身边又多了一个生死弟兄。贺生和周荣一起并肩作战，共同抗日，参与了攻占八仙筒的战斗，是奈曼抗日史上不可忽视的人物。

这次，贺生和周荣一起离开八仙筒，在牤牛河畔的黑鱼泡子村分开，贺生回到下洼老家。分别时，周荣说："你先回家休整几日，然后到北票去见见栾天林，这个人是我的干兄弟，他现在组织了'东北民众拥张抗日铁血军'，已经打了好几场胜仗了。你把我的意图告诉他，咱们一起打日本。"

周荣又对弟兄们说："咱们现在是暂时分手，愿意跟我打鬼子的，就等待时机，随时听我的召唤！"周荣向弟兄们拱手告别，看着兄弟们远去，他才翻身上马，向衙门营子奔去。

鄂尔吐板杀鬼子

周荣回到老家河南杖子屯，看到两位夫人孝奉双亲，儿女健康可爱，此时，儿子周行文已经娶妻，还生了一个可爱的女儿，看到孙女周砚君蹒跚学步的样子，周荣心里有了一丝安慰，但是一想到八仙筒镇的百姓们依然生活在水深火热中，心中就愤懑不已，抗日的种子早已在他的心里生根发芽。

周荣骑上马，信马由缰，此时虽然已经是暮春，地里的庄稼却还稀稀落落的，马儿好像知道周荣的心思似的，不知不觉又来到于家地村。村子里静悄悄的，连院子里的狗都懒洋洋的，躲在角落里。

周四爷坐在炕上吧嗒吧嗒地抽着旱烟，一根用艾蒿搓成的火绳在炕边的火盆里燃着，屋里弥漫着一股艾蒿的香气。

周荣进了屋，周四爷连忙起身，请周荣上炕。

周荣向周四爷讲述了他在八仙筒的所见所闻，倾诉自己心中的苦闷。周荣说："那些日本人斜棱着眼睛，啥都抢，今天要粮，明天要枪，然后还要钱，老百姓种的那点地，打下的那点粮食，都不够他们要的，不给就抓到监狱里，八仙筒的百姓真苦啊……咱们得想个招儿，把他们打出去！"

周四爷说："日本人心狠手辣，咱们人少，打日本鬼子光靠几个人是不行的，咱们得想个办法，让大家团结起来，共同打日本人！我们不但要有人，还要有枪，更需要子弹，这样咱们才能和鬼子去拼！"

周荣从于家地村回来，没事的时候就经常走村串户，包括当年在鄂尔吐板打零工时认识的那些朋友，他都去拜访了，同时也帮助这些朋友排忧解难。

1934年端午节，周荣正在南山放马，平房村张志乐的孙子突然前来报信，村里来了3个日本兵，窜入老百姓家要吃要喝，还翻箱倒柜，抢劫财物，调戏妇女。周荣立刻赶到村里，这时 3 个日本人已经向鄂尔吐板方向走去了。周荣带着自己的弟弟周贵，再约上几个好友，带上枪，骑上马向鄂尔吐板方向追去。

他们来到鄂尔吐板，看到 3 个日本兵正在"益尚兴"商号里作恶。男店主被绑在柱子上，女店主被扒光衣服绑在板凳上，3 个禽兽不如的日本兵发泄着兽欲，并残忍地让男店主在眼前看着。周荣怒不可遏，举枪打死了正在强奸女店主的日本兵，这家伙死时连裤子都没穿上。另两个日本兵见势不妙，拔腿想逃跑，被周荣、周贵兄弟俩当场活捉。这两个日本鬼子被周荣拖到河南杖子南面的山沟里，"砰，砰——"，两声正义的枪声宣告了周荣的抗日决心。

几天后，日本人开始了报复，他们觉得这件事是周荣干的，出动了几架飞机，对鄂尔吐板街道大肆轰炸，民房全部被炸毁，仅剩下的一座古庙——老爷庙也弹痕累累。此后，兴盛了近二百年的鄂尔吐板不复存在，成了一个历史名词。

贺生风尘仆仆地回来了。一匹小青马载着贺生，一路奔波。贺生一进河南杖子屯，就直奔周荣的家。进了大门，拴好小青马，让小青马吃上草料，便走进了屋子。

周荣正躺在炕上一边吧嗒吧嗒地抽着烟，一边思索着什么，小孙女周砚君坐在他身边玩耍着。

周荣看见贺生进来，立刻从炕上坐起来，磕了磕烟袋锅，说："兄弟，这回糟了。"

"怎么啦？"贺生不解地问。

周荣一边抽着烟，一边说："贺生兄弟，前天我和二兄弟（周贵）整死了 3 个日本鬼子，将死尸扔到了山沟里，枪也拿回来了。这地方在日本人的眼皮子底下，咱们若被他们抓住，必死无疑，干脆拉大团算了。"

贺生一听，高兴地说："对，小日本鬼子才几个人，咱们十个对付他一个还有剩儿。"

"日本鬼子不多，但是汉奸、蒙奸多呀，那些没骨气的中国人帮着小

战士周荣久

鬼子欺负中国人，咱们现在才有20多个人，这二十几个人和日本人对抗是不行的，得想个办法。"周荣皱着眉头说。贺生向周荣讲了栾天林的情况，栾天林的"东北民众抗日拥张铁血军"已经在大甲营子打了胜仗，现在有1000多人呢!

日本对鄂尔吐板街平民进行了残酷报复和轰炸，使周荣更加看清了侵略者的蛇蝎心肠，也认识到了对抗强敌必须把群众组织起来的道理。

周荣依靠老百姓的掩护，聪明机智地躲过了日军的一次次搜捕。他积蓄力量，等待时机，准备与不共戴天的日本侵略者大干一场。

于家地精心谋划

周四爷是个饱读诗书且足智多谋的人。兄弟几个从山东来到奈曼旗衙门营子，在于家地落脚，十几年的光景，日子有了很大起色。等到周凤林出生，家里已经有了马、羊等牲畜，还有了自己的土地。虽然比不上邻村向阳所的卜姓大户人家，但也过得不错。

周四爷、周荣在于家地精心策划抗日

可是，自从日本鬼子来了后，幺蛾子不断，不是丈量土地，就是清点牲畜。这个税那个税，不停地交，气得周凤林说："我们自己家的土地，用你们量？我们还不知道自己家有几亩地？"听说还要交牲畜税，周凤林更是火冒三丈地说："我家的牛羊也不用你们来喂，交什么税？"

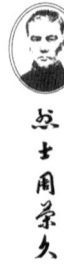

　　周四爷是看着周荣长大的，这些年，周荣从上私塾、逃学到赶驴驮子、当土匪、当兵，再到后来当保安队队长，周四爷都一清二楚。他知道周荣胆大心细，是个做大事的人。

　　周荣从小就喜欢听周四爷谈古论今。现在，周荣坐在周四爷的面前，贺生站在周荣的身后，周凤林也坐在他们对面，周四爷捻着胡须，看着眼前几位热血青年，说："出于政治目的而制造的谣谶，最早也最出名的莫过于篝火狐鸣、鱼肚藏书了。"只读了两年私塾的周荣听了似懂非懂，于是周四爷给他们讲起了《史记》中陈胜吴广起义的故事。

　　秦朝时，陈胜和吴广等900人到渔阳修筑长城。有一次天下起了大雨，道路非常不好走，计算时间已经误了报到期限。依据当时的法令，延误日期是要杀头的。陈胜、吴广坐在一起商量："眼下起义干一番事业是死，逃跑也是死，怎样都是死，我们何不举兵起义呢？"

　　陈胜说："秦朝的暴政持续很久了，天下人非常痛恨。早听说秦二世是少子，不是真正的继承人，真正的继承人应该是公子扶苏。扶苏因为多次进谏的缘故，被秦始皇派到外地带兵去了。现在有人听说扶苏并未犯过什么错误，却被二世杀了。老百姓都知道扶苏贤能，但对他的死讯依然不知。项燕是楚国大将，爱护士卒，屡立战功，楚国人都很爱戴他，但他却下落不明。所以，现在我们可以假借扶苏和项燕的名义，号召天下人起来反抗暴政。"吴广赞同陈胜的说法，于是便去卜卦。卜卦人知道了他们的意图，说："你们想做的事情都能成功。可是你们还要向鬼问卜呀！"

　　陈胜、吴广听了非常高兴，心里想着如何办好这事，他们认为："可以借用鬼神，在众人面前建立威望。"于是，他们就用朱砂在丝帛上写了"陈胜王"三个字。然后偷偷塞进卖鱼人打捞来的鱼肚中，戍卒把鱼买来煮着吃，在鱼肚中发现了帛书，感到非常惊奇。这时，陈胜又悄悄让吴广到驻地附近的祠庙中，夜里点起篝火，学着狐狸的叫声，喊道："大楚兴，陈胜王。"戍卒们感到更加不安了。

　　第二天早晨，戍卒都在谈论昨晚发生的事，说话的时候经常看陈胜。最后，大家一起推举陈胜为王，举行了起义。

周四爷的故事点醒了周荣。周四爷又说："打日本人，咱们还要联合蒙古族人，只有蒙汉联合，才能打败日本鬼子。"

　　在回河南杖子的路上，周荣耳边一直回响着周四爷的话："大楚兴，陈胜王""要联合蒙古族人一起打鬼子"，他望着天空若有所思，他期待着一个机会。

秘密发动

周荣认为，如果打鬼子，手下没有兵不行，得拉起队伍抗日，但能有多少百姓愿意跟着他出生入死呢？他心里没底。

日军为了强化治安，逼迫各村民众进行登记，不许民众外出或者迁移，如果执拗不肯就进行杀戮。同时还派飞机在八仙筒、青龙山、大沁他拉等地散发传单，让当地民众揭发周荣等抗日分子。传单上说："若检举他们的住处，必有重赏；若能捉到其头目，赏当亦重。"最后署名："大日本帝国司令部"。各地日军还强迫居民悬挂日本国旗，否则将用飞机进行轰炸和扫射。日军还在重点村组织警备队。当时，令每屯设屯长（当时也称"部落长"）一人，数屯为一村，每村设村长一人，四个村组织一个警备队，指令一名亲日汉奸为队长，负责招募队员，有的村还设顾问和办事员。与此同时，日军还大肆宣传"共存共荣"，宣传大日本帝国如何如何好，并利用纸烟、伪币、毛巾等各种"洋货"诱骗群众。

面对这样的情况，周荣觉得拉起队伍太难了。白天，周荣东躲西藏；夜间，他就走村串户，走亲访友。他首先动员自己家里的亲属起来抗日，几天下来，他几乎走遍了所有的亲戚，无论是远支还是近支，凡是能说上话的，他都进行了动员。虽然有人支持，也有人反对，还有的人支支吾吾，也不知道应该是支持还是反对，但是所有亲朋好友都被他坚持抗日救国的赤诚感动，也为他的冒险提心吊胆。

一天，周荣骑马从大沁他拉返回衙门营子，路过三七地村子的时候，遇到了在八仙筒当保安队队长时认识的宁璞。宁璞，字中孚，1921年在绥东县劝学所（相当于现在的教育局）任劝学员。1932年，日本入侵奈曼旗后，旗内原来的各类学校停办。1933年，日本人重组绥东县公署，设教育局，宁璞后来回到大沁他拉，担任王府档子房小学校长。

宁璞见到周荣，感到很惊讶，因为他知道，周荣在绥东县担任保安队大队长的时候，山守荣治缴了他的枪，然后周荣就连夜回家了，没想到在这里遇见了，宁璞很兴奋，他认为周荣是一条响当当的汉子。

周荣来到宁璞家，宁璞家是三七地村里最好的房子，院子里还有马棚，马儿甩着尾巴，打着响鼻，然后安静地吃草。

宁璞吩咐夫人炒几个菜，两人要喝几盅。宁璞说："日本鬼子不但强占咱们的土地，现在还强迫学校里的学生学日语，每天吃饭前，要学生双手合十，面向东方，用日语说'感谢天皇赐我粮食'等等，叽哩哇啦一大堆。这不但要我们灭族，更是要我们亡国啊！"

周荣眉头一挑，有些试探地说："咱们得想个办法，把日本人赶出去！"

"不瞒你说，我的叔伯弟弟宁琨已经拉起了一帮人干上了。说来也是，前营子有个无赖叫魏三，他向日本人告密说老宁家人要杀日本人，想要从日本人那里领点赏钱。日本人不管是不是诬告就要来抓人，我弟弟宁琨就联合了兴隆地周围几个村子的大户姜家、李家、贺家、丁家、朱家、姚家'拉大团'，报号'平东洋'。他们现在在开鲁、八仙筒一带打游击，最近听说又转到敖汉那边了，在下洼打鬼子呢。听说现在有八九十人了。"

周荣听了之后异常兴奋，端起酒盅，说："我敬您，宁老师！"说着把自己的想法告诉了宁璞。

两人喝着酒，相谈甚欢。宁璞说："我老家就在敖汉旗，我的十叔宁玉声也拉起了八九十人的队伍。我十叔的年龄和我差不多，早就和日本人干上了！"

这时候，一个十三四岁的小女孩掀开门帘，探出了小脑袋，转了转眼睛，说："爹，要女的吗？我能去吗？我十爷爷那里有女的吗？"

宁璞对周荣说："这是我的小女儿婉玉，从小喜欢舞枪弄棒的，跟个假小子似的。"

婉玉倒是一点也不怕生，她进了屋子，大大方方地说："周大爷，我也想去打日本人！我二叔已经开始打日本人了！我爷爷说，古代就有花木

55

兰、梁红玉等女英雄，我也能当女英雄！"

"等你长大了，就能去了！"周荣感慨道，"奈曼旗人要是都这么想就好了。我听说，绥东县财务科科长王显中及商会会长王允中都不真心为鬼子办事。"

宁璞说："对，他俩是敖汉旗下洼河西大地主王三老虎的后人，家财万贯，但是他们都痛恨日本人，日本人还管王显中叫'大狗食'（在当地方言中，是"废物"的意思），日本人让王允中到县公署当副官，王允中根本就没到任，落了个'小副官'的外号。现在，王允中是商会会长。"

宁璞接着说："大沁他拉西北边二十里的敖包营子，那里很隐蔽。营子里有个中药铺子，大夫叫李英，他们经常在那里秘密聚会，商议打鬼子呢，我也参加了好几回呢！我们学校还有一位王老师，也痛恨日本人，你说在我们中国的土地上，竟然不让说自己是中国人，这是什么道理？"

从宁璞那里，周荣知道了奈曼旗人民的抗日情绪高涨，更是坚定了抗日的信念。他和宁璞商定要经常联系，也要多联系蒙古族抗日群众，壮大抗日力量。

日军对奈曼旗的文化侵略

宁璞从事教育工作多年，他20岁时就在绥东县劝学所任劝学员，后来开始教学。奈曼旗沦陷后，解散了所有的学校、私塾，奈曼旗的教育陷入停滞阶段。接着日本侵略者控制了奈曼旗的文化教育，并推行所谓的"新学制"，即首先在各类学校废除原有的教材，甚至一张地图都不允许挂，然后组织力量编写新的教材并出版。学校原来设置的历史、地理、自然及原来用过的教材全部被废除，日语被列为小学、中学的主科，自小学一年级就开始学习日语，其比重逐年增加，相比之下，所谓的"满语"（实为汉语）却不抵其一半。新增了一门"建国常识课"，用以进行殖民主义政治与思想教育，讲述什么"建国精神""日满亲善""忠君爱国"之类的。

原来的开蒙教材《百家姓》《千字文》等在中国流传了几千年的传统被摒弃了，原有的中国传统的民族教育，也几乎被摧残殆尽。这一切让从小就跟随祖父读书的宁璞愤愤不平，他时常想，不让说中国话，日语变成主科，那还有中国吗？

拥有家学渊源的宁璞更看不惯"新学制"的奴化教育。他从小听惯了"关关雎鸠，在河之洲""蒹葭苍苍，白露为霜"等，现在让学生叽哩哇啦地学什么日语，他感到深深的耻辱。

在日本人奴化教育下，不论小学还是中学，都必须"虔诚"地崇拜日本天皇和伪满皇帝，都必须称赞"日满亲善"和"五族协和"的"王道乐土"（五族协和，1932年3月9日，日本关东军扶持清朝末任皇帝溥仪在长春建立满洲国，年号"大同"，提出了"王道乐土"和"五族协和"的思想，把代表汉、满、蒙、朝、日五个民族的五色旗定为国旗。在满洲国，五族就变成日本人"红色"，汉族人"蓝色"，蒙古族人"白色"，朝鲜人"黑色"，满洲人"黄色"。1932年7月，脱胎于满洲协和党的满洲

57

国协和会成立，是旨在通过向在满中国民众渗透王道政治、民族协和的指导理念，把被统治民族统一于满洲国的思想感化团体，其纲领是以"实践王道为目的""乐天知命、注重礼教"），都必须竭尽心意拥护"大东亚圣战"。

大沁他拉镇很小，从街东头走到西头，一袋烟还没抽完呢，只有一条像点样的街道，街道两侧稀稀落落地开着几个店铺，王府西南角的洼田医院挂着红色的旗子；从河北来的周紫宸开的中药铺"万春堂"挂着蓝色的旗子，一位朝鲜大夫的房子外面挂着黑色的旗子，王三老虎的后人开的铺子也挂着蓝色的旗子……宁璞走在街道上，好像走在挂满各种颜色的婴儿尿布（旗子）中间，但是这些旗子经过风吹雨淋，早已斑斑驳驳……

据1933年发行的《第一次满洲国文教年鉴》记载，1932年3月，伪满洲国在《建国宣言》中指出"实行王道主义"，"我满洲建国，即以王道为极则，则教育方针，亦应是为正鹄。……且王道精神，尊重博爱，所谓种族观念，排外思想，务使根本铲除，不遗丝毫芥蒂，以期民族与国家间的协调，而树立人类相爱的基础。"所谓的"王道教育"是在"仁义""礼让""亲仁善邻""民族协和""人类相爱"等骗人词句掩盖下的殖民地奴化教育。其实质是通过铲除中国人的民族观念、泯灭反抗意识，使青少年心甘情愿地接受日本军国主义的奴役。

1933年10月公布的《满洲国出版法》规定：凡是危及"满洲国"存在，"霍乱民心"的读物，一律禁止出版；凡是带有民族意识或进步的书报一律禁止发行。与此相反，宣扬日本军国主义、殖民主义的报刊、图书却泛滥成灾。为了销蚀蒙汉等各族人民的民族意识和抗日斗志，为了使中国人民永远成为日本侵略者的"顺民"，供其驱使，为其效命，日本侵略者大肆进行精神毒害、思想控制和身体摧残，极力推行殖民文化、奴化教育政策。

1935年5月，伪满洲国傀儡皇帝访日归来，发表了《回銮训民诏书》，极力吹捧日本天皇统治体制和扶植伪满洲国的"功绩"，声称他与日本天皇"精神如一体"，要求东北人民效忠日本天皇，"与友邦一德一心，以奠定两国永久之基础，发扬东方道德之真义。"

此后，伪满洲国便将"日满一心一德不可分"作为"建国精神的根本"和教育的主要目的。日伪当局还下达了"排日教材要断然铲除"的密令，仅1932年3月到7月间，伪满洲国境内查禁、焚烧的书籍就有650余万册。其次，审定教科书，从1933年到1935年，日伪当局主持出版22种39册"国定教科书"和23种29册"审定教科书"，供各类中等学校采用。

从1932年伪满洲国成立后，日本就开始大肆篡改中国历史。《满洲国协会创立宣言》宣称："满蒙之地，本来不属于禹贡九州，有时为肃慎之故土，有时为高句丽之旧居；随后辽、金、元、清相继盘踞而抗之，使此地成为各民族之乐土，以期共存共荣。"

日本侵略者绝口不提中国中央政府在商周、秦汉、隋唐和明朝时期对东北的统辖，之所以这样篡改中国历史，是想制造东北与中原无关的谬论。把日本说成是自古以来中国东北的"保护者"，日本与中国东北的发展、安全休戚相关。宣传日本对东北的"贡献"，把对中国东北侵略说成是"建设和开发"，把日本人说成是中国东北的"主人"，掩盖其侵略东北的罪行。所谓"建国精神"的教育，实质上就是要人们崇敬和服从日本天皇，拥护日伪的殖民统治。

日本侵略者实行奴化教育，其中一个最恶毒的用心是极力分割东北文化和中华文化的渊源，用伪满洲国历史和日本国史代替中国历史，以磨灭民族意识，使年轻一代忘记自己是一个中国人，而把日本帝国主义当作"亲邦"。这正如近代中国思想家龚自珍所说："灭人之国，必先去其史。"

"人之初，性本善……""天地玄黄，宇宙洪荒……"等，朗朗读书声在校园里消失了，日本强迫学生将伪满皇帝的《即位诏书》《回銮训民诏书》《时局诏书》等都要背得滚瓜烂熟。更让人不可思议的是，每日"早礼"，升日本国旗和伪满洲国国旗，唱日本国歌和伪满洲国国歌，必须向日本天皇和伪满洲皇帝遥拜，用日语背诵所谓的《国民训》。每逢"节日"，还毕恭毕敬地念诵伪皇帝的"诏书"。

宁璞的心如刀绞一样，身为华夏子孙，却要效忠日本天皇。

最可笑的是，小学设置了一门"国民科"的课程，该课程是将日本殖民主义的政治和语文混在一起，并用日语讲授，几乎占据了全部课程的二分之一。因此，能用"协和语"（中日语混杂）讲课的老师就更被日本人重用了。

"新学制"中日语课和日语教育占据突出地位，为了促进日语成为"国语"，日本侵略者实行了日语的"检定制度"，经过考试，学生可以取得特等、一等、二等、三等的成绩。学生升学或者就业，都要看日语，日语不好的就要遭冷遇。日本人摧残中国文化乃至母语，不让中国人说自己是中国人，强迫孩子们从小学开始就学日语。

令宁璞略感欣慰的是，绝大多数教师对"新学制"是抵制的，日本人来检查的时候，老师们用日语讲课，待日本人走了，立刻改用汉语讲课，利用"国民科"的课程讲述中华民族传统文化。宁璞也经常联络有反日情绪的老师，商议对付日本人的策略。前一阵子见到周荣，周荣的抗日思想和宁璞不谋而合，两人商议寻找机会共同抗日。

资料来源：

武强主编《东北沦陷十四年教育史料》，第5页。

〔日〕伪满洲国刊行会编，黑龙江省社会科学院历史研究所译《满洲国史》总论，1990年版。

向阳所卜家

离于家地相隔二三里地有个村子，叫"向阳所"。清朝乾隆年间，有卜姓人家来此落户，到了日本人侵入奈曼旗的伪满时期，卜氏家族被分成三家：大东家卜更臣住在北沟，二东家卜相臣住在向阳所，三东家卜福臣住在下洼村（于家地村西一公里）。三个村子离得很近，所以卜家三兄弟经常聚在一起叙家常。三个东家中，二东家卜相臣最为富有，家大业大，拥有耕地2400多亩，马车、牛车数十辆。他家的牛羊是没有数量的，院子前面有个方形的洼地，将牛羊赶进洼地里，洼地满了，牛羊就够数了。卜家大院，三层院落，周围筑有六座炮台，院子前面还有一片树林，卜相臣有5个儿子，大儿子卜昭鑫21岁，二儿子卜昭森17岁。卜昭鑫已经成亲，妻子叫董秀芳，是北票人，夫妻两人非常恩爱。卜相臣虽然有钱有势，但处世很开明，在当地平民百姓中有较高的威望。

自从山守荣治来到奈曼旗任参事官，就开始进行土地调查，其目的就是以整理田地册子为由搜刮地租。

二东家卜相臣看到日本人带着汉奸保安队，每天在田地出没，不但丈量土地，还拿着小铁锤在山上的岩石上敲来敲去，还把一些石头装进袋子里带回去。

"小日本又琢磨什么坏事呢？"卜相臣忧心忡忡。

这一天，卜家闯进来几个保安队，还跟着一个日本鬼子，原来他们是来普查卜家牲畜的，他们把牛羊赶到洼地里，保安队队员开始清点牲畜的数量，包括刚刚出生的小马狗、小猪仔、小牛犊，都查得一清二楚，连正在抱窝的母鸡也不放过，保安队数着鸡蛋，要鸡钱……二东家说："三岁子以下的也算？"保安队中的一个队员说："落地就算，少废话！"卜昭鑫上前理论了几句，那个保安队队员就抡起枪托打卜昭鑫。

周四爷、周荣到向阳所卜家拜访卜相臣

卜相臣连忙扶起儿子，轻轻地掐了他一把，示意他别说话，可是卜昭鑫偏偏气性大，双眼一翻，身子一挺，"扑通"一声倒在了地上，嘴里还吐出白沫儿，卜夫人刘明秋看到儿子的样子，扑到卜昭鑫身上，号啕大哭起来，董秀芳更是哭成了泪人。

如狼似虎的日本鬼子和为虎作伥的保安队走后，卜相臣愤恨地看着他们的背影，不觉惆怅起来。

这些天，二东家的烦心事真是不少，大儿子卜昭鑫被保安队员打了一枪托后就生病了，请了好几个大夫也没治好，并且更严重了。

卜昭鑫已经好几天水米不进了，卜夫人守着儿子，眼看着儿子日渐消瘦，忍不住大哭起来，董秀芳更是衣不解带，一边抹着眼泪一边给卜昭鑫熬药。

这时，管家走了进来，说："卧龙泉子李大夫来了。"

李大夫本名李文庭，他医术高超，被人们传得神乎其神，衙门营子十里八村的人得了疑难杂症，只要李大夫到场，几乎是药到病除，所以被人称为"李萨满"。

李大夫给卜昭鑫号了号脉，捻了捻胡须，说："邪风入内，淤积在心……"然后叹了口气，开了几副汤药，说："吃了这几副药看看吧！"

药锅里熬着汤药，咕嘟咕嘟地冒着白色的雾气，满屋子都是草药的味道。董秀芳一边熬药，一边在心里祈祷着："但愿李大夫看得准，能药到病除……"

卜相臣拿起一本线装作文，是与他同宗的卜铭彝写的作文，不觉读出声来——

> 孟公绰，鲁有廉臣，圣人时详其氏焉。夫公绰固称不欲者也，乃子详其氏而举其名。殆有深念，公绰乎子，若谓吾尝以不伐称孟之反矣。是知衡人品，概必有以见其真也……

这篇作文说的是，孟公绰恪守家风，独昭懿德，为人清正廉洁，清心寡欲，为孔子所敬重，在教育弟子的时候，孔子经常引用孟公绰的德行。公孙绰有克制敦厚、廉洁自守之名。这篇文章还指出，国家危难之时，孟公绰能守住清廉的家风，彰显道德规范。

卜相臣看到这里时，不禁若有所思："现在日本人横行霸道，正值国家危难之际，大丈夫理应奋勇当先，像孟公绰那样守住清廉固然重要，但是国难当头更要挺身而出！卜家崇尚读书报国，但是面对强敌，我等文弱书生手无缚鸡之力，如何报国？"卜相臣突然想到于家地的周四爷，那是个足智多谋的人，虽然未曾谋面，有心想要拜访拜访，但又觉得没啥交情，不敢贸然打扰。

卜昭鑫喝了李大夫的药，略有起色，董秀芳惊喜地看到卜昭鑫微微睁开了眼睛，但还是不能吃东西，也说不出话。

卜相臣烦躁地在堂屋里踱来踱去。

正在这时，家人突然来报："于家地周四爷求见！"

卜相臣一愣，连说："快请，快请！"

卜相臣一边出门迎接，一边说："真是说曹操，曹操到。"但是心里却

63

揣测着周四爷的来意。

原来周四爷和周荣已经从李大夫那里知道了卜昭鑫的病情。李大夫说："卜家大公子的病就是气的，要想治好了，非你们莫属。"周荣错愕地说："我也不是大夫啊，怎么治病？"而周四爷瞬间明白了李大夫的意思，于是两人向周荣面授机宜。

卜相臣把周四爷几个人迎进了客厅。周四爷对卜相臣拱手道："二东家，冒昧打扰了。"然后转身指着周荣和周凤林，向二东家做了介绍，二东家一听说那个身材魁梧的汉子叫周荣，立刻起身站立，向周荣深深地作揖，并充满敬佩地说："在板街杀鬼子的英雄好汉，久仰久仰！"原来卜相臣早就听说过周荣的大名，周荣在鄂尔吐板杀鬼子的事，让卜相臣早就对周荣钦佩不已。

几人落座后，卜相臣就让人上茶，并问周四爷："几位光临寒舍，有何贵干？"周四爷说："我们来拜访二东家，听说令公子生病，来探望探望。"说着还拿出了礼品，即一盒茶叶、两包果子。

一说起卜昭鑫的病，二东家长叹一声，说："自从日本鬼子侵入奈曼旗后，又撤销了绥东县，恢复奈曼旗，折腾来折腾去，遭殃的还是老百姓。"

周荣说："我原先就是在绥东县保安大队当的大队长，原来的绥东县管辖奈曼旗和库伦旗，现在库伦旗被分出去了，又建立了什么奈曼旗公署，实际上，日本鬼子就是要想尽办法搜刮百姓，变着法子要老百姓的钱！"

周凤林说："现在日本人为了镇压人们的反抗，还分设了治安队，也叫讨伐队，下面分设两个连，一个连驻在王府，另一个连驻在化吉营子，每个连大约150人，王爷苏达那木达尔济知道我会双手打枪，还捎信要我去王府保安队呢，不过我没去，我才不愿意在日本人手下干坏事呢！"

周荣端起茶碗，喝了一口茶，说："参事官山守荣治诡计多端，他手下的佐佐木正太郎更是凶狠毒辣，凤林兄弟不去就对了，日本人去收税，都让保安队拿着枪跟着，这个税那个税的，比牛毛还多呢！"

卜相臣说："是啊，那帮家伙来我家，要清点牲畜的数量，连刚落地的小牛犊子、小猪羔子、小马驹子也要清点，还有刚抱窝的母鸡，鸡蛋被当成小鸡要税；家里的车按照轱辘的数量交税，不管好车还是坏车，都得交钱。我儿子卜昭鑫和他们理论了几句，保安队的一个队员就用枪托打了他，卜昭鑫一生气就病倒了，到现在仍水米不进，好几个大夫都没治好，我都要急死了！"

周四爷说："不瞒二东家说，我们几个正是为了令公子的病而来。依我看，大夫都治不了的病，那就是'中老黄'了。"

二东家一愣，惊愕地说："怎么会呢？我看就是气的，可是这不吃不喝的，可怎么是个好！"

"黄者皇也，风尘乱世，人们需要救世主啊！"周四爷一边喝茶，一边若有所思地说，"咱们衙门营子的鄂尔盖山，打前年起就开始叫青龙山，这就要出真龙天子啦！卜家坟茔地就在龙脉上，卜家是文，周荣是武，这一文一武，保天下太平啊！我听说，北票有个栾天林公开打出'东北民众抗日拥张铁血军'的旗号，参加打鬼子的人就有上千号人啦！"

二东家长叹一声，说："日本人一来，用飞机扔几颗炸弹，用机关枪扫射，还出动了几辆坦克，在开鲁那边，汤玉麟部的崔兴武就投降了。官军惜命啊！将相惜命啊！老百姓就别惜命啦！北票有了栾天林，阜新那边有个老梯子，不行的话，咱们也'拉大团'吧！"

卜相臣的话正中周荣的下怀。周荣立刻向二东家拱手作揖，说："二东家若有此意，咱们一起干！咱们奈曼旗也有自己的'大团'，王府学校的宁璞老师的弟弟宁琨就'拉大团'了，号'平东洋'，他们现在在开鲁一带打游击呢。不过他们人少，咱们要干就干大的！怎么干，咱们得共同商议！"

周四爷、周荣、周凤林、卜相臣策划了一整夜。这一夜，卜家大院屋内烛影摇曳，门外的大杨树被风吹得哗哗响，一场大雨倏然而至，雨声使山间更加幽静，遮住了屋内的议论声……

65

秘密策划

雨后的向阳所，空气是那么清新，大杨树的叶子在阳光下散发着生命的新绿。卜家大院里，卜相臣那皱了多日的眉头展开了，连病了多日的卜昭鑫也能坐起来了，能喝点米汤了。董秀芳忙前忙后，看着丈夫喝下米汤，心里仿佛也吃了一颗定心丸。

周四爷等几个人从卜相臣家里出来时，天已黎明，他们回到了于家地周四爷家。拉到了卜二东家的支持与赞助，周荣的心里就有点底子了。自此，周荣变成了周荣久，还有刘荣久、徐向久，号称"三久"。

周荣久对周四爷说："栾天林和我是把兄弟，早些年，我赶驴驮子的时候，他还救过我呢！前些天贺生去了趟北票，我那兄弟栾天林已经和鬼子干上了！现在我让贺生再去趟北票，和他取得联络。咱们拉起大团，再和栾天林合股，那力量可就大了。一定能把日本人赶出奈曼旗！"

当天，贺生就出发了，再次去北票联络栾天林。

说来也怪，自从商议如何"拉大团"打鬼子，卜昭鑫的"病"居然好了，刚开始能坐起来喝点米汤，慢慢也能喝点粥了。毕竟人是铁，饭是钢，能吃进饭了，自然就有了力气，没几天的工夫，卜昭鑫就能下地走动了。

这天中午，艳阳高照，卜家大院宁静得只能听见虫鸣。

二东家卜相臣端坐于书房中，他在等待，等待周荣久的消息。他思忖着："不知道周荣久能不能拉起这个队伍，会有多少人加入这个队伍呢？儿子的"病"好了，正是个好兆头。周四爷足智多谋，周荣智勇双全，周凤林、贺生也是好汉，有了这几个人，拉起队伍也是有胜算的……"

这时，一阵敲门声打断了卜相臣的沉思。家人打开门，三位大汉一齐抱拳，说："请通禀二东家，周荣久、周凤林、贺生求见！"

原来，贺生从北票回来了，还带来了栾天林的口信，要周荣久最少带200人马入伙，一同抗日。于是三人一起再次来到了卜相臣的家。

卜二东家听说这三人来了，立刻起身相让，说："里面请，里面请！"

这时卜昭鑫也走进了书房，一见到这三人，立刻口称大哥，说要和他们一起抗日。还拉着弟弟卜昭森，带着周荣久一起看了他养的马，甚至还要向大哥们展示自己的"武功"……

卜昭鑫和卜昭森的表现让周荣久看到了卜家抗日的决心。

卜相臣饱读诗书，当然了解"大楚兴，陈胜王""石人一只眼，挑动黄河天下反"等历史典故，读书人的智慧也在于制造一个理由，使得周荣久的抗日名正言顺。

一条条传言不断从向阳所传出来，从于家地传出来，从河南杖子传出来——时至今日，居住在青龙山镇的老人们对这些传言依然记得清清楚楚。

"鄂尔盖山改名为青龙山，衙门营子就是龙兴之地！"

"原来叫鄂尔盖山，在蒙古语中是'断崖'的意思，断崖压住了真龙，所以改名叫青龙山，真龙可就要出来喽！"

"卜家的坟茔地就在龙脉上，你看，已经出了两个进士了。"

"老天爷要来救我们啦，赶走这些作恶的日本鬼子吧！"

"这回卜家要出皇帝了！"

"难道是卜家要出皇帝了？"

……………

消息没腿跑得快，像一阵风四面传开了，越传越多，越传越玄乎。甚至还有的人煞有介事地说，前几天下大暴雨，亲眼看到一条青龙从山上飞上天呢，这就是真龙显灵了！

刚开始，这个消息在向阳所家喻户晓，后来于家地、李家杖子、卧龙泉子、衙门营子……整个南部山区都知道了老天爷要来拯救奈曼旗了。

尽管那时候没有广播、电视、报纸，但是这消息太振奋了，人们四处传布着，议论着，密切注意着事态的发展。

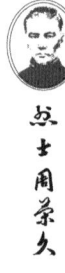

渐渐地，这个消息已经扩散到南湾子、白音昌、土城子、沙日浩来，再后来，奈曼王府、绥东县的上层人物也有所耳闻，连绥东县公署的日本长官们也捉摸不透，唯有档子房学校的宁璞心知肚明，这一定是周荣久的谋略！他期待着通过这件事，能弄出个大动静来。

周荣久向兄弟们讲了这件事的缘由，也讲述了卜家的情况，众兄弟兴奋地一起欢呼起来！

有的人说："日本鬼子到咱们中国来，欺负中国人，我们要把他们赶出中国！"

周荣久慷慨陈词，提出抗日救国的宗旨："我们的主要任务是壮大队伍，同仇敌忾，共赴国难。中国人不怕死，有种的跟我干，咱们弟兄拧成一股绳，驱逐日本鬼子，消灭汉蒙奸，推翻满洲国，还我大好河山！"

招兵买马

卜二东家家里也不平静。

住在北沟的卜大东家来了，赶着四套大马车，下洼的三东家也来了，也赶着四套大马车进了向阳所村。原来他们也是听说了那些传言。

酒足饭饱后，三位东家坐在堂屋里谈论起来。卜相臣却丝毫不提什么"皇帝"之类的传言。

卜相臣说："日本人在我们中国横行霸道，前些天差点把我的大儿子打死，我们要召集人马，和他们干。半年前，周荣久和他兄弟周贵在鄂尔吐板打死了三个日本鬼子，周荣久说咱们要拉起一支队伍，最少也得调集200人马，还得请大哥和老弟多多帮助。"

稍停片刻，大东家说："这是咱们老卜家的事，我出50人、20匹马、30支枪，三天内送到！"

三东家见大哥慷慨出兵，也不甘示弱，说："50人没问题，但是20匹马和30支枪，三日内恐怕交不上，容我半个月吧。"

二东家听大哥和三弟如此表态，满心欢喜，当即也表示：大哥和三弟这样诚心相助，我最低也得出100人、20匹马、50支枪，明天抓紧张罗。

这正是周荣久的真正目的。

其实这200人都是常年给地主扛活的苦力劳工，只要东家给他们开饷，让他们扛枪挥刀打日本鬼子，他们也是蛮乐意的。至于枪和马，对于大户人家来说，也不是什么大问题。

第二天，卜相臣再次约见了周荣久，说了卜家即将出动兵力的情况。周荣久听后大喜，拜谢卜二东家，他终于实现了最初的谋划！

69

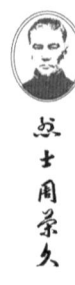

日军全面侵略奈曼旗

卜相臣的两个儿子卜昭鑫、卜昭森，已经读了七八年的私塾，是村中有文化的年轻人，消息自然比别人灵通。他们听说大黑山有了抗日救国军，也受到鼓舞，也想去打鬼子。哥俩整日在家舞枪弄棒，练习骑射，把自己的马侍弄得油光水亮，幻想着自己能像关羽那样骑着赤兔马，为国上阵杀敌。无奈卜相臣为了守住家业，严加约束两个儿子。周四爷、卜相臣、周荣久利用卜昭鑫生病之机，招兵买马，共同对付日本鬼子。两兄弟虽然不明就里，但也乐于和周荣久打鬼子保家园。

此时的奈曼旗在日本人的统治下，民不聊生。日本人加紧进行经济侵略，紧锣密鼓地丈量土地，增加田税；在文化上进行奴化教育，强迫学生在学校必须说日语，不许说汉语。

1934年3月至11月，架设了开鲁—绥东县（八仙筒）—王府（大沁他拉）—兴隆的电话线路，八仙筒郊外修成简易飞机场；在教来河、清河上架木桥，修通了八仙筒—开鲁的干线公路。

日军占领奈曼旗后，为了巩固其殖民统治，压缩管理成本，决定将旧奈曼旗和绥东县合并，统一于一个行政机关。日本参事官山守荣治向日本领事馆密报了《兴安西省奈曼旗事情》，之后对奈曼旗札萨克和硕亲王苏达那木达尔济进行威逼利诱，迫其同意合并旗县。

原旗札萨克王府首席协理达里扎布、警务科科长波镜二人被聘为名誉顾问，王府卫队营官马全宝（马老牌）、绥东县公署科科长吴世藩为顾问，其级别相当于旗长级（荐任官）待遇。顾问制度在当时是奈曼旗公署特殊的过渡现象，为其他地区所没有的。

1934年6月到8月间，日伪政权进行了两个半月的经济调查，为征收各种捐税做准备。9月到12月，又在八仙筒修筑了县公署，在小库伦、鄂尔吐板、兴隆地、八仙筒、大段等地修建了牲畜屠宰场，掠夺肉食资源，大沁他拉镇西边的功成庙泡子（今奈曼西湖，现已干涸）里的鱼类也成了日本人掠夺的资源，供日本侵略战争之用。多年以后，曾经驻扎在奈曼旗的一个日本小兵田中角荣，在 20 世纪 70 年代当上了日本首相，他来华访问时仍然念念不忘功成庙泡子里的红尾鲤鱼。

1934 年 10 月前设有兴安西分省，之后改制为兴安西省。据满洲国 1941 年的政府公报披露，兴安西省总人口为 76.4 万余人，占满洲国总人口的 1.8%。在兴安西省的六旗二县中，人口最多的奈曼旗，共有 17.4 万余人。

日本侵略者将奈曼旗作为他们全面侵华的大后方之一及军备资源供给库。波日和硕庙的大米、功成庙泡子的鱼虾、草原上丰富的牛羊肉，被源源不断地运往前线，都成了侵略者的军需品，而奈曼人民则过着衣不遮体、食不果腹的悲惨生活。

日军占领奈曼初期用各种药品（达母膏、眼药、胃肠药、克雷素多、阿司匹林等）收买群众，后期与协和会合作，对奈曼人民进行欺骗宣传。日本侵略者通过少量药品的办法窃取全东北的资源，他们伪装成中国人民的"救世主"，把中国人民的最后一滴血吸食干净。位于奈曼旗大沁他拉的奈曼王府的西侧，日本人在这里建了"洼田医院"（也叫"瓦田医院"），这座医院里面的日本医生洼田一方面充当日本间谍，一方面以看病为名，残害反抗日本侵略的爱国者。

日本侵略者还向民众吹嘘，日本帝国主义军事力量强大，是世界第一。一位日本参事官向人们展开世界地图，吹嘘日本的强大，可是当他们回到县属后，立刻接到特务的情报，一位农民说："给我看了世界地图，我才知道日本就那么一嘎达地方，跟咱们的热河省差不多大。"

日本侵略者建立了喇嘛委员会，利用蒙古族人民的信仰，做喇嘛僧人的工作，使其与日本帝国主义结合，利用对蒙古民族的怀柔政策加强对蒙古民族和汉民族的榨取。

义旗高举

有了卜家的 200 人马，再加上周荣久自己的原先兄弟和近期串联发动的力量，队伍竟然一时有 300 多人，大大超出了周荣久最初的预想。周荣久向卜相臣提出了制作义旗的想法，并且说了义旗的颜色、形状、大小等。

卜相臣回到书房，展纸研墨，将毛笔蘸饱墨汁，屏息凝视，不一会儿，"抗日救国军"五个大字跃然于纸上，行云流水，落笔如云烟。然后缓缓地呼出一口气，说："想我老朽之身，尚能为国出力，不枉我卜家读书报国之志啊！"

卜相臣招来家中女眷，按照周荣久的想法制作出了一面大旗。这是一面红色三角形、白色狼牙边的大旗，上面绣着"抗日救国军"五个大字，卜家女眷还做了许多红色的袖标，上面同样写着"抗日救国军"五个字，下面还有编号呢。

卜昭鑫的夫人董秀芳看到丈夫已经痊愈，心里别提有多高兴了，但是心里还有些隐隐的担忧，她一边飞针走线地绣着大旗，一边琢磨着，自己成亲已经有几年了，虽然夫妻恩爱，可是还没有个一儿半女，现在丈夫要去打日本鬼子，自己有心跟着去，又怕家里不允许。白天卜昭鑫和周荣久一起在外面忙活着，给救国军战士们宣讲纪律，分发武器。晚上回到家里，卜昭鑫看到董秀芳绣完大旗，又绣了一摞摞袖标，感激地握着董秀芳的手，董秀芳借机说了自己也要参加救国军的想法，卜昭鑫连连摇头："那可不行，打鬼子可不是玩笑，你去多危险，还不方便！"看到丈夫很坚决地拒绝自己的要求，董秀芳也无奈地叹了口气。卜昭鑫也明白董秀芳的担忧，就不断地安慰她。董秀芳又忙了一夜，红色袖标已经有 300 多个了。

1935 年 5 月 25 日，周荣久在衙门营子向阳所正式举起了这面写着

"抗日救国军"的正义大旗,并到处张贴布告,明确提出抗日救国的神圣宗旨。

人们议论纷纷,周荣久和周凤林、贺生每天忙于各项事宜,哪位是周荣久呢?有时候人们会把周凤林当作周荣久,甚至周凤林的家人也认为周凤林就是周荣久,周凤林也没有否认。是啊,抗击日本侵略者,人人都可以是"周荣久"!

周四爷看着儿子周凤林每天忙着筹备召集部队,也是拿出了家里的积蓄,让儿子招兵买马,抗击日军。

周荣久对贺生和周凤林说:"我们不仅要动员有枪有马有刀的人参加我们的队伍,还要考察一下偷奸耍滑的人,这样的人咱们也不能要。"

周荣久让周凤林安顿好家小,杜绝后顾之忧,周四爷说:"家里的事有我,周凤林可以安心杀敌,建功立业!"周凤林对自己的妻子说自己要做大事,并委托她照顾好老人、孩子。

73

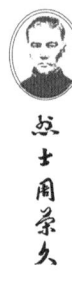

悲壮诀别

河南杖子屯口有一棵大柳树，周荣久从小和小伙伴们在树下玩耍，扔石子、撞拐、骑马杀仗……这棵大柳树见证了周荣久的成长历程，他从孩提成长为一个壮汉，最终成长为一个叱咤风云的热血男儿。

周荣久和弟弟周贵站在大柳树下，大柳树浓荫蔽日，周荣久拿出烟袋，点上火，深深地吸了一口，然后缓缓地呼出一团烟雾，此时他仿佛听到了说书人在鄂尔吐板茶馆里说的唱词：破釜沉舟，百二秦关终属楚；苦心人，天不负，卧薪尝胆，三千越甲可吞吴！

一个坚定的信念在周荣久的心中腾起——破釜沉舟！他磕了嗑烟袋锅，把烟袋别在腰带上，和周贵一起大步向家中走去。周贵从小就对哥哥佩服得五体投地，从鄂尔吐板杀鬼子开始，周贵一直跟随在哥哥身边。

周荣久的家，院落整齐，炮台高耸。周荣久进了院子，三岁的小孙女周砚君看到爷爷回来，高兴地伸手，嘴里"咿咿呀呀"地要爷爷抱抱。周荣久看着自己可爱的孙女，心中五味杂陈，日军侵占中国，在中国的地盘上烧杀抢掠，有多少个孩子失去父母，多少家庭妻离子散……为了抗日，周荣久定要破釜沉舟。

周荣久三个妹妹早已嫁人。

周荣久和周贵进了父母的屋子，老两口正坐在炕上，父亲抽着烟，母亲手里拿着针线。兄弟两人一进屋，"扑通"一声，双双跪在父母面前——

"爹，娘，恕儿不孝，不能给您养老送终！"说着兄弟俩磕了三个头。

周荣久的父母连忙下炕，扶起了兄弟俩，他们早已知道儿子策划的"三久保朝"。

母亲担忧地说："荣儿啊，那日本人可是狠着哩，打鬼子你可要加一百个小心！"

父亲也关切地问："现在有多少人马？准成吗？你走南闯北那么多年，不管你做什么，爹都放心。"

周荣久坚定地点点头，转身对三弟周明说："二弟和我一起走，爹和娘就交给你了。"周明的个头也很高，身材和哥哥们一样魁梧，因为他读书时间长，更懂得男儿在国难当头之时要挺身而出，他说："哥，我也要参加救国军！"

周荣久拦住他，说："上阵打仗，有我们哥俩就行了，你照顾好爹娘，我们就没有后顾之忧了！"

周明收拾好东西带着父母，连夜离开河南杖子，搬到了十几里外的得力营子。

周荣久的二弟周贵也把夫人和孩子送回了娘家，自此跟随哥哥南征北战。

周荣久回到自己的屋里，两位夫人关切地询问丈夫的情况。

周荣久语重心长地对两位夫人说："贺生从北票回来后，说栾天林兄弟为了打鬼子，哥四个齐上阵，栾家14岁以上女孩都出嫁，男孩都当兵！媳妇都被送回了娘家。咱们老周家也应该那样，豁出去了！爹和娘，我已经托付给三弟了。"

温夫人含着泪问丈夫："行文也要去吗？"

不等周荣久回答，周行文已经来到温夫人面前，拜别自己的母亲，他说："打仗亲兄弟，上阵父子兵！"

周行文是个帅气的小伙子，知书达理，自幼被父亲送到奉天读书，他亲眼目睹了"九一八"事变，血

周荣久的儿子周行文

75

脉中的爱国热情促使他义不容辞地加入了父亲的抗日救国军，并让妻子带着年仅三岁的女儿周硕君回了娘家。

杨夫人自从与周荣久成亲后，一直没有孩子。她拉着周荣久的手，泪眼涟涟。她知道这一别也许就再也不见，自从当年周荣久把她从胡子手里救下来后，她就认定周荣久就是她终生的依靠，于是，她坚决要求加入抗日救国军，她说："我可以给大家伙儿洗衣做饭，还能缝缝补补！"

周荣久和温夫人一起劝杨夫人，并且分析了女人跟随队伍的种种不便。

周荣久说："我要是带着你，那我不就成了胡子吗？上战场杀鬼子，哪有带着媳妇的？要是救国军的弟兄们都带着媳妇，那怎么办？"周荣久笑着劝解，心里却暗暗敬佩杨氏。

杨夫人也只好答应了周荣久要自己回娘家的要求。

周荣久的两位夫人看着丈夫抗日的决心，对丈夫表示，坚决不拖丈夫的后腿。周荣久对大夫人温氏说："我在阜新县保安队时，口头给大女儿周淑清说了一门亲事，男方家姓杜，你们可以去阜新县去找他们。也不知道他们认不认这门亲事，先去找找看，不行就去天山（今阿鲁科尔沁旗）找你大姨，总之离家越远越好！"说着，周荣久拿出随身携带的一把短剑，剑鞘黑色镶银，剑鞘是圆筒的，一侧放短剑，另一侧放一双象牙筷子，这把

周荣久使用的鼻烟壶（周荣久外孙宋化民提供）

短剑跟随周荣久多年，从赶驴驮子开始，到阜新县保安队、绥东县保安队，一直到现在。周荣久抽出短剑，别在腰间，将剑鞘和象牙筷子递给温夫人，周荣久说："鬼子不除，周荣不归；刀归鞘之日，周荣回家时！"

然后，周荣久将自己随身携带的鼻烟壶送给了二女儿周玉兰，并嘱托他们必要的时候可以到阿鲁科尔沁旗白家段投奔温夫人的姐姐。

安顿好一家老小后，周荣久义无反顾地带着弟弟周贵和儿子周行文回到义军总部向阳所。

暮色沉沉，村旁的柳树柳丝飘飘，仿佛向英雄挥手告别；村边的牤牛河哗哗地流淌着，为英雄送上一杯壮行的酒；引吭高歌的鹦哥山注视着一家人的生离死别，仿佛为周荣久的出征吹响了号角；连绵起伏的青龙山也为英雄送上默默的祝福。

抗日救国军的大旗在向阳所高高举起，一阵风吹过，红色的旗面是那么耀眼，白色的狼牙边衬着黑色的大字，五个大字的每一个笔画都如同一把匕首、一把利刃，刺向日本侵略者。

义旗高举，奈曼旗第一支民间自发组织的抗日大军正式成立了，它的成立，像一股铁流旋风，风雷激荡，给敌人以沉重的打击，为奈曼的历史谱写了一篇震撼中外的光辉史诗。

中篇

摩拳擦掌

1935 年 5 月 25 日，一面红色三角形狼牙边的大旗在衙门营子向阳所村高高举起，上面绣着"抗日救国军"五个黑色的大字。义旗一举，四方响应，队伍迅速壮大。人们听说老卜家出了"皇帝"，要打日本人，就纷纷响应，有枪的出枪，有人的出人，仅几天的时间，队伍就发展到 100 多人，再加上卜家三位东家出的 200 兵马，已经有 300 多人了。队伍中既有周荣久的亲弟弟周贵、表兄弟周凤林，还有一位善使双枪，人称"周黑手"的周洪文，再有下地村的刘勤、刘惠兄弟俩，刘勤还带来了他的儿子刘保山。

周洪文家也住在下地村，下地村紧邻鄂尔吐板，在周荣久老家河南杖子屯的东北方向，两个屯子距离六七里，因为都姓周，周洪文便与周荣久认了本家。农闲时，周洪文就跟着父亲贩卖牲畜，先从奈曼北沙窝子买牛，然后再到北票去贩卖，他们赶着牛羊，路过一个叫赵家沟的村庄，打尖时认识了赵财主，很是投缘。后来经常在此落脚，老周就和赵财主拜了把兄弟。赵财主向干兄弟诉说苦衷：胡子遍地，一拨一拨来"砸明火"（公开抢劫），想修围子，雇炮手看家护院。

那时候的大户人家，几乎家家都有炮台，会雇炮手来看家护院。为了不彻底得罪胡子，不以打死胡子为目的，不能结下这个仇。开枪打马腿人腿，警告一下就可以了。要是打死了，或者打伤太多，胡子可不好惹，就拼死攻窑、疯狂报复。

干弟弟老周说："我儿子周洪文气血方刚，胆大心细，干净利落，用砂枪打围枪响见货，你准备几把好快枪，我让儿子来给你镇住一方，保证修好围子，吓住胡子。"

赵财主立刻买来两把匣子枪和足够的子弹，交给了周洪文，周洪文本

81

来爱枪如命，现在弹药充足，更是在背地里苦练枪法，待炉火纯青后便开始了"表演"——让一个人从高墙外向空中扔萝卜，他在墙内用右手举枪射击，一筐30多个萝卜，只有一枪打偏了，其余萝卜都被子弹穿透。

练好了右手，周洪文又开始练左手使枪，终于练成弹无虚发的神枪手。

消息传出，周边的胡子闻风丧胆，再也不敢来赵家沟骚扰。

"枪响见货，赵财主家来个炮手'周黑手'。"就这样，周洪文被大家叫成"周黑手"，"周黑手"声名远扬。

周洪文痛恨日本鬼子在鄂尔吐板的胡作非为，听说周荣久和他的兄弟周贵一起打死了三个日本鬼子，如今拉起了抗日的队伍，就立刻赶来入伙。消灭日本侵略者，没有好枪法的人不行，因为"抗日救国军"队伍里绝大部分人只有长矛大刀，有枪的人不多，子弹又不充足，必须"枪响见货"。本家兄弟"周黑手"加入抗日队伍，周荣久心中有了几成把握。

刘勤和刘惠兄弟俩也是下地村的，他俩都是周荣久的拜把子兄弟，而周荣久与这兄弟俩的不解之缘还要从一条狗说起。周荣久20岁那年正月，在准备外出闯荡之前，来到下地村走亲戚。他来到刘家，可是刚刚推开院门就窜出一条大狼狗来，狼狗冲着周荣久龇牙瞪眼，狂吠不止。周荣久毫不惧怕地飞起一脚，踢在狗下巴上，狼狗惨叫着退了下去，可是他身后又窜出一条狗来，死死地咬住周荣久的腿肚子。这时候，刘家的两个儿子刘勤和刘惠从屋里出来，喝住了狗，兄弟俩的父亲从屋里拿出剪刀，从狗身上剪下一撮毛，烧成灰，往周荣久的伤口上涂抹。周荣久说："不用抹那玩意儿，把血挤出来吧！"说完后，他自己用双手使劲地挤压伤口，鲜血汩汩地流了出来。兄弟俩说把狗杀了吧，老刘头说："杀狗需要绳子勒！"说着就要找绳子。周荣久顺口轻松地说："整死条狗还用绳子？一块石头就齐活儿！"说着，他抄起一块碗口大的石头，对着那条依然冲着他龇牙咧嘴的狗，突然发力，将石头砸向狗头，正好砸在狗的脑门上，只听那狗惨叫一声，抽搐了几下，就倒在地上不动了。老刘头拍拍周荣久的肩头，说："这小子真厉害，将来一定是神枪手，当兵去吧，没准以后能当个将军呢!"而刘勤和刘惠更是佩服得五体投地,于是就和周荣久拜了把子。现在听说周荣久高举义旗,立刻赶来加入队伍!刘勤还带来了自己的儿子刘保山,这真是"打仗亲兄弟,上阵父子兵"!

对要参加队伍的兵士,周荣久要求很严格。他提出了基本条件,最好是年轻力壮的小伙子,且家庭负担小,胆小怕死的不要,亲日的汉奸蒙奸更不能要。

队伍拉起来了,周荣久看着这些弟兄,这些人衣衫长短不一,颜色也是有深有浅,虽然谈不上褴褛,却也是各式各样,唯一相同的是,每个人的左臂上都戴着红色的袖标,上面写着"抗日救国军",还有他们的目光,每个人眼中都透着对日本侵略者的无比仇恨!周荣久也知道,这些战士都是农民,都没有战斗经验,怎么办呢?他想到了一个人,便立刻和贺生说自己要去一趟章古台,拜访一位要紧的大人物。

拜见马老牌

周荣久急切要见的人叫马全宝。周荣久早就听说过马全宝的名字，对他非常敬仰。

周荣久拜见马老牌，商议攻打八仙筒事宜

马全宝是蒙古族，土生土长的奈曼旗人，由于他当时担任奈曼旗王府卫队队长的职务，该职务在蒙古语中可称之为"牌金达"，也由于他德高望重，能力很强，汉族人则把其姓和职务连起来，称为"马老牌"。他家居住在今奈曼旗黄花塔拉苏木巴润毛盖图东边。他年轻时参加王府卫队，因为勇敢善战，1933年5月，马老牌被任命为奈曼旗保安总队队长。奈曼旗保安总队下辖2个中队、7个分队，共210人，另有王府卫队100人，归第一中队节制。后来，绥东县公署被解散，王府卫队营官马全宝、绥东县公署科科长吴世藩成了顾问。后来马老牌年迈而且患有眼疾，在家休养。

马老牌也听到了衙门营子那边的传言，什么"卜家出皇帝""三久保朝"等的消息，更是喜出望外。他料定这些都是周荣久所为，因为他早就听说过周荣久的大名，也知道他是个侠肝义胆的忠义之士。

周荣久提溜着两包果子和一洋棒子酒，还带来一把盒子枪当见面礼，他风尘仆仆地出现在马老牌面前，而马老牌好像早就知道周荣久要来，炕上的小桌子上摆着茶架，小炉子上腾起的热气，袅娜得如同仙女舞蹈着。

马老牌端详着眼前虎背熊腰的汉子，长瓜脸上，两道剑眉，目光炯炯，仿佛一眼就能看穿别人的心事。

爷儿俩盘膝坐在炕桌两边，马老牌拿起盒子枪爱不释手，两人一边喝茶，一边聊着。

"这帮日本鬼，阎王殿来的似的，忒恶了！"马老牌端起茶碗，喝了一口茶。

"我就是想整一帮人收拾收拾他们，就那么几个日本鬼，整死他们！"周荣久恨恨地往嘴里扔了一块小杂拌儿，使劲地嚼着，就好像嚼的是那几个日本鬼子。

马老牌也重重地把茶碗往桌子上一墩，咬着牙说："对待日本鬼子，要整就狠狠地整，整他个你死我活！有一句蒙古族谚语说：对火焰，要用冷水浇灭，对敌人，要用武力制服！"

爷儿俩一边唠着日本鬼子杀人放火的那些恨人的事，一边制定周密的作战计划。

爷俩促膝交谈，马老牌对周荣久的侠肝义胆敬佩不已，他握着周荣久的手说："兄弟呀，我年岁大了，眼睛也有毛病，真想和你一起去打这些日本鬼！我还有70多人的亲信，都听你指挥！"

两人制定好详细的作战计划。马老牌的亲信部下小敖力布带领70多人马随叫随到，等攻打八仙筒时候再调用。马老牌的大部分人马，有的在

85

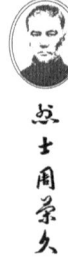

王府卫队，有的在绥东县的警卫科，马老牌的儿子马占元就在八仙筒王府卫队任职。马占元性格豪爽耿直、英勇善战，连日本人都惧他三分。待攻打八仙筒时，这批人马将会发挥很重要的作用，是一股潜在的重要力量，更是决定攻城胜负的关键。

部署完毕，马老牌又忧心忡忡地说："咱们仅靠这点兵力还是不够，听说北票黑城子一带还有一支队伍，专打日本人，领头的叫栾天林。你们可以和栾天林合起伙来，这样胜算会大一些。"

"对，我早年赶驴驮子的时候，就认识了栾天林，他救了我，我们还拜了把子呢，栾天林是一条好汉！我已经派贺生去联系栾天林了，栾天林说，要我们带着200人马投奔他呢！"

对于马老牌的远见，周荣久更是佩服得五体投地。他热血沸腾，恨不得马上去实施自己与马老牌制定的计划。在这里，他看到了蒙汉族团结一起消灭敌人的决心，他谢绝了马老牌的挽留，连夜返回衙门营子。

马蹄哒哒，一骑黄尘。风从周荣久的耳边呼呼地刮过，道路两旁黑黢黢的庄稼，已经长高，也看不清是高粱还是苞米，只是听到风吹动着叶子，叶子发出"哗啦啦"的声音。

道路两侧20米的地方种植着矮棵的豆类、黍子，然后才是高杆的高粱、苞米，这是日本侵略者自己设计这样种植的。因为日军担心中国队伍会以高杆作物为掩护，袭击日本军队，种植矮科作物便于及时发现风吹草动，真是风声鹤唳、草木皆兵。骑在马上的周荣久心潮起伏，在我们中国自己的土地上，怎么能让日本鬼子为所欲为呢？

有了卜家的200人马，再加上周荣久自己原先的弟兄和近期发展的力量，共有300多人马，大大超出了最初的预想。马老牌那70人马是精兵，有打仗经验，被作为潜伏力量留了下来，这样有利于提高战斗力。

与栾天林会合

周荣久回到衙门营子向阳所，与贺生说了自己与马老牌制定的作战计划，贺生连连竖起大拇指，哥俩个坐在炕上商议下一步计划。

院子里，周凤林、周洪文指挥兵士进行军事训练，他们用自己的枪教这些拿惯了锄头、镰刀的农民，教他们怎么装弹夹，怎么扣动扳机，如何瞄准目标，还教他们如何节约子弹，因为一颗子弹相当于一斗粮食呢！

周四爷看到周荣久这么快就拉起了300人的队伍，很是欣慰，他对儿子周凤林说："大丈夫之志，应如长江，东奔大海，不必怀念于温柔之乡。跟着周荣久干吧，不用担心家里！"从此周凤林告别了父母妻儿，和周荣久一起出生入死，并肩战斗。

周荣久对贺生说："我听承德的兄弟们说，去年二月份，日本鬼子先头部队仅以128个骑兵就占领了承德，真给咱们热河人丢脸呢！"

"汤大帅呢？"贺生急切地问。

"汤玉麟，"周荣久已经不屑于叫他"汤大帅"了，"汤玉麟枪炮弹药充足，但跑了，弃城跑了！日本鬼子仅半拉月就把热河省全给占了，你看，奈曼旗也来了十几个日本鬼子。我在八仙筒的时候，那个松室大佐挎着洋刀，眼神就像要把人吃掉一样，什么玩意儿呢！"

"真不嫌磕碜，汤大帅，哦，汤玉麟那么不可一世，竟然窝里横，日本鬼子一来，跑得比兔子还快，也是个熊种，还白虎转世呢，什么玩意儿！"贺生也"哼"了好几声。

周凤林也不屑地"哼"了一声，说："汤玉麟就是秦桧、卖国贼，白虎转世？我看他像个猫！不，他还不如个猫呢，猫还能眦龇牙呢！"

周荣久说："汤玉麟就是阜新新民人，也当过'胡子'，后来当了热河都统，怎么就变成那么个熊样儿呢？你说可笑吧，汤玉麟一边慷慨激昂地

87

"逃跑将军"汤玉麟

说要抗日，一边消极应付，时刻做着逃跑的准备。"

周荣久俯下身子，在贺生、周凤林耳边悄悄地说："汤玉麟的部下在奈曼旗逃跑的时候，把大批的武器弹药藏起来了，我知道埋在哪里。"

贺生面露喜色，和周荣久、周凤林谈起栾天林来。

贺生对栾天林佩服得五体投地，他说："栾天林是真的了不起，为了抗日，他们哥四个都把媳妇孩子送回了娘家，家里16岁以上的男孩参军，女孩出嫁，他这是下定决心要与日本侵略者决一死战啊！"周荣久不觉想起自己的妻子女儿，真是英雄所见略同。他说："我早就听说栾天林全家上阵打鬼子的事，那才是真正的大英雄呢！"说着和大家一起商议马老牌的建议。

贺生、周凤林、周洪文觉得马老牌的建议非常高明。贺生向大家讲述了栾天林的抗日经历。

栾天林是北票人。1930年秋天，栾天林在锦县东苇塘一带联合部分贫困农民占领盐滩（用来晒海盐的海滩），劫富济贫。

周荣久抗日救国军在北票与栾天林会合

　　1931 年"九一八"事变后，栾天林带领弟兄们向撤退的东北军索要了军火，毅然举起了"东北民众抗日拥张铁血军"的大旗，组织民众投身抗日洪流。同年 12 月中旬，栾天林率部在羊圈子附近袭击日军先头部队，打击了日本侵略者的嚣张气焰。铁血军以东苇塘和西广宁山为根据地，转战在北宁线上，不断打击日军。许多农民、军政人员和爱国的绿林好汉纷纷来投奔，铁血军很快扩大到 1600 多人。1932 年 2 月中旬，铁血军协同友军在田庄台、大洼一带分头袭击敌军。栾天林指挥攻打石山车站，一举击毙日军 40 余人，俘虏 34 人，缴获步枪 50 多支。

　　1933 年 2 月，在日军大举进攻的形势下，铁血军之行动日益困难。为保存实力，栾天林决定把队伍分散开，化整为零，并带部分骨干回到北票栾家窑。

　　1933 年 11 月 17 日，栾天林在家乡大甲营子重新组织抗日队伍，再举义旗，红色的三角形狼牙边大旗上绣着"抗日灭满救国军"七个大字，并

89

张贴告示，提出抗日救国军的宗旨，提出"推翻满洲（国），驱除日寇，消灭汉奸，还我河山"的口号，号召子弟袍泽要敌忾同仇，共纾国难。后来队伍已经发展到1000多人。为了表示抗日到底的决心，栾天林破釜沉舟，动员他的三个哥哥从军，亲友中投身抗日的就有20多人。乡亲们被栾家的抗日热忱所感动，没过多久，就有300多人投奔了栾天林的队伍。

周荣久和贺生当即决定带着自己的人马去北票投奔栾天林。

临行前，周荣久到于家地向周四爷告别，周四爷说："天下兴亡，匹夫有责。如今国家有难，我们都应该挺身而出，我要是再年轻二十岁，一定会骑马上战场，诛杀倭寇！周凤林就交给你了，你们齐心协力，定能把倭寇驱逐出去！"

1935年6月6日，周荣久率领300多人，高举"抗日救国军"狼牙大旗，簇拥着卜昭鑫、卜昭森兄弟俩，周荣久的儿子周行文也跟随在队伍中。救国军浩浩荡荡地从衙门营子出发，向着西南方向的北票出发。

"卜家出皇帝"的消息也不胫而走，驻扎在八仙筒的奈曼旗公署日本参事官山守荣治慌了，立刻派日本特务和汉奸去打探情况，特务们来到衙门营子、鄂尔吐板等地，向当地百姓打听情况，百姓们几乎都摇头说"不知道"，或者说"好像有一队人马，不知道去哪里了"。

出征的队伍威武雄壮，由熟悉线路的贺生带头，军旗为前导，周凤林、周洪文紧随其后，周荣久和周贵、刘氏兄弟和刘保山压阵。300多人，一人一马顺着一条路线，马蹄声声，一骑烟尘，一支利箭搭在弓上，时刻准备着射向敌人。

走了一天多的抗日救国军终于来到北票市泉巨永乡栾家窑。当那杆红色的狼牙大旗出现在村口时，栾天林很早就出来迎接。栾天林和周荣久两位英雄的手紧紧地握在一起。

"不简单！好样的！这么几天就整了一支队伍，不简单！"

周荣久很谦虚："哪里哪里，我们那里出了'皇帝'，'皇帝'也在队伍里呢！"他丝毫没提自己的事。

"不管是皇帝，还是老百姓，只要是抗日，我们就欢迎！"栾天林也豪爽地笑了。

　　周荣久比栾天林年长五岁，但是周荣久却非常敬佩栾天林，因为栾天林已经公开与日本人作战了三年，打得日本鬼子闻风丧胆。两位英雄的聚首，注定将在奈曼旗以及热河抗日史留下浓墨重彩的一笔。

北票聚义

日军侵占热河后，继续向长城沿线冷口、界岭口、喜峰口、罗文峪、古北口各口发动进攻。到 1933 年 5 月下旬，日军已侵占秦皇岛、北戴河、抚宁、迁安、密云、蓟县、唐山等 22 县，进逼平津，对北平形成三面包围之势，迫使国民党政府缔结城下之盟。5 月 22 日，何应钦会见驻北平日本大使馆代办。几经周折，中国代表熊斌与日本关东军代表冈村宁次在塘沽会谈。5 月 31 日，中日签订了《塘沽协定》。

热河陷落后，东北各地义勇军失去了赖以回旋的大后方，断绝了一切武器、弹药和其他物资来源。但是仍有一部分义勇军依然坚持抗击日军，比如栾天林再举义旗，不但吸引了周荣久的抗日救国军，也吸引了各路好汉。1934 年 9 月 15 日，苑九占与栾天林再次兵合一处；这一年威震辽西的高老梯子也来到热河；海峡、双红等也来到北票，群雄聚集。据日本人著作《阜新大观》中，木下之信在《煤油灯时代的回忆》一文中描述："主要的匪团有苑九占、老梯子、周荣久、蓝（栾）天林和小老疙瘩等，大约数千人，匪徒往返于县内左右各处。"

苑九占，原名苑九如，报号九占，化名阮捷三，辽宁省阜新蒙古族自治县东梁镇转角庙村人。1928 年，26 岁的他为报家仇而投身绿林，与同在河北省围场的绿林好汉周荣久拜了把子。

"九一八"事变后，苑九占率 200 余名骑兵赶回阜新，参加东北抗日义勇军第一路军，在阜新、朝阳、锦县、大洼一带打击日伪军，三次失败，三次重举抗日大旗。1932 年 1 月 2 日，苑九占率部参加以栾天林为首的"东北民众抗日拥张铁血军"，聚集成近 2000 人的抗日队伍，在阜新地区以及奉山线锦县至大虎山及田庄台、大洼一带作战，击溃敌军多次。

1932 年 1 月 24 日，苑九占同栾天林配合原东北军军官由都范以及孙

各路抗日义军在北票

兆印、谢利亭（谢朝品）领导的义勇军，分别攻打了凌河车站、石山车站。攻打凌河车站时，苑九占同任则洲、李化民分别带东、中、西三路义勇军1000余人，从凌河堡北进，奋力攻打凌河车站和凌河桥头的日军。战斗从夜间9时打到次日拂晓敌援军赶到为止。此战击毙日军守备队队长中村四郎中尉（死后晋升为大尉）和满铁社员谏山次一等12人，有力地打击了立足未稳的日军。

　　1932年夏，敌人采用离间计，乘栾天林离队养伤之际，挑起内乱，唆使土匪"天和"杀死义勇军副司令薛振芳等10人，苑九占的队伍被遣散。苑九占只身去北平前门外西河沿附近的金台旅馆暂居。在此境遇下，苑九占誓逐倭寇、誓雪国耻的壮志未减，随时准备重整旗鼓，再举抗日大旗。1933年初，苑九占重返阜新县，继续组织武装抗日。3月初，苑九占率部100多人在阜新县伊吗图附近截击日伪军，缴获装满枪支弹药和军需物品的大车10辆。不久，又攻入阜新县城，缴获了留守伪军的军械。对于苑九

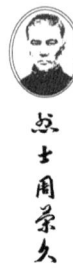

占这一段的抗日活动，日伪《阜新炭田开发史》一书中，日本官吏阿部繁义曾记述："在满洲事变当时，分散在野外作战的可以说是绿林王者，查大同元年（1932年）左右在阜新境的匪情，第一是老梯子，有八百人，苑九占有五百人，很是跋扈。"

此次，苑九占是第二次与栾天林兵合一处，再次见到拜把子兄弟周荣久，苑九占更是异常激动。

老梯子，本名高鹏振，报字"老梯子"，原籍黑山县英城子乡朝北营子村人，是"九一八"事变后最早投身抗日并坚持时间较长的义勇军领袖之一。1931年"九一八"事变时，高鹏振正在沈阳养伤，目睹日军暴行，不禁义愤填膺。高鹏振回到新民县，联合一些东北军军官和绿林武装，于9月27日在新民县举起抗日大旗，成立"镇北军"，"镇北军"旗帜为三角形大旗，上面有火焰形图案，中间绣有"兴中灭日"四个大字。镇北军当时有200多人。10月10日正式成立"东北国民救国军"，高鹏振被推举为司令，下属4个团。成立时有1300多人，后来发展到2000多人，高鹏振被正式委任为东北第四路抗日义勇军二团团长、第十二路抗日义勇军骑兵支队司令。高鹏振领导的抗日义勇军成立不久，大汉奸张景惠、张海鹏写信劝他投降。高鹏振将计就计，假意投降，骗取步枪500支、机枪4挺、手提冲锋枪4支。武器到手后，高鹏振便在彰武县大德阁再次举起抗日义勇军大旗，掀起了更大规模的抗日斗争。高鹏振的抗日行动得到当时在锦州组织抗战的辽宁省警务处处长黄显声的大力赞赏，并派高鹏振的同学李宇明、李振东、李荣昌等人到高鹏振部协助工作。高鹏振部队纪律严明，英勇善战，成为辽西抗日义勇军的主力之一。从此，这支队伍就在辽西一带同日本侵略军展开了殊死搏斗。经过几年的战斗，队伍不断壮大，成为辽西一带抗日的有生力量，且经常和朝阳的栾天林、阜新的苑九占合作，围攻日军，使日军日夜不安。1932年8月，日军组织了大批伪军，到处围剿高鹏振的救国军，形势十分紧张。

1932年8月14日，高鹏振率先头部队200多名骑兵向北镇县闾山转移，与活动在闾山地区的抗日义勇军第十二路军副司令张海涛部联合作战，击毙伪北镇县警务局局长单长柏，全歼伪警察大队。日军发现高鹏振进入北镇后，即从沈阳调来森泽师团，并纠集阜新、义县、北镇等地伪军警共1000多人，将高鹏振部和十二路义勇军司令于百恩部包围。日军在坦克的掩护下发起猛烈进攻。义勇军寡不敌众，激战两个小时，于百恩率部队退往义县。高鹏振率百余骑突出重围，退往彰武，但此战役高鹏振部伤亡大半。北镇一仗失利后，高鹏振率部队转战于辽宁康平，还在内蒙古库伦、通辽等地打游击，后又杀回辽西。高鹏振率领队伍活动在辽河两岸偏僻地区与敌人周旋。老百姓说，日本鬼子撵了8个县，"老梯子"走了9个县。

这一次，老梯子也来到了北票。

北票化吉营子地区的张宝三为首的二十九个村访团、老虎沟地区的民团也主动听从救国军指挥。张宝三（1889—1935），山西汾城人，出生于北票市台吉营乡四合城村。民国初年被推选为联庄会会首，抗击土匪、主持公道、维护治安。1933年，日军侵占北票，在土默特右旗强征土地、横征暴敛，张宝三不畏强暴，率众抗租。冬，率部攻打黑城子王府，因武器装备悬殊未能攻克，而后加入栾天林的抗日灭满救国军，任独立团团长。

还有，黑城子一带号称"阎王"的绿林首领裴玉卿也来到栾天林这里，现在已经有4000多人啸聚于抗日铁血军的义旗之下。

队伍经过整合之后，大家推举栾天林为总司令，周荣久、裴玉卿为副总司令。各部首领统帅各自的部队，统一作战时听从总司令和副总司令的指挥。每次经过村庄、集镇，就向村子里的大户和中等户摊派粮草，买卖商户也非常痛恨日本鬼子，所以都积极捐钱捐物。

制定军纪

军旗猎猎,战马嘶鸣。栾天林的"抗日灭满救国军"和周荣久的"抗日救国军",两杆大旗高高仁立在热河东部地区,还有无数个各种旗号"绺子"也紧随其后。

此时,这支队伍成了东北抗日义勇军的主要力量。在中华民族面临危亡之际,中国东北民众抗日义勇军真真实实地成为当时东北战场抗击日军的主体力量。但是队伍的人员构成也极为复杂,根据有关资料记载,队伍中有东北军官兵、警察、学生、工人、农民、土匪、商人、教师、富家子弟、官吏、僧人等等,几乎包括各阶层和各行业民众。其中农民占绝大多数,约为总人数的50%,土匪约占20%,有的是主动投入义勇军队伍,也有的是自己举义旗抗日的,还有的是接受义勇军改编而走上抗日道路的。

从八仙筒到北票,贺生一直跟随在周荣久左右。他自小性格刚直、侠肝义胆、心细多谋、爱憎分明。他看到有的义军战士随便拿百姓的东西,这支抗日队伍里的一些士兵还残留着土匪习气。

一天,贺生郑重地对栾天林和周荣久说:"总司令,副司令,现在咱们的队伍越来越大,是由四五帮'大团'组成的,却还很散漫。虽然有了司令、副司令,但是还要制定个纪律,让大家遵守。"

栾天林立刻说:"对。谁犯事,先让他对受害者叫三声'爷爷',趴在地上磕三个响头,再扇自己三个嘴巴子!若认罪态度好,可饶他不死,相反如果蛮横无理,不认错,马上宰了他!"

"我这个'阎王'就是让小日本去见见真阎王。手下嘛……当然,也是要爱护老百姓的。"裴玉卿顿了顿说。

栾天林的目光落在贺生的身上,这个胆大心细、嫉恶如仇的小伙子,栾天林是打心眼里喜欢。于是栾天林建议:"咱们队伍扩大了,是要有一

抗日救国军战士摆弄土炮

个管理全军纪律的稽查，我看贺生老弟很正直，就选他吧。"

"这个稽查只有贺生老弟能做，"周荣久拍了拍贺生的肩膀说。栾天林也紧紧握住了贺生的手，说："大胆干吧！"

大家又分析了队伍的目前情况，就拿一个绺子来说，当家人都是惯匪，是利益最大的追逐者，还有一部分是地痞、流氓、无赖，他们充当当家人的骨干和打手。饥寒交迫的贫民占多数，这些人铤而走险，多数是为了活命，想吃碗饱饭。他们不一定都是恶人，应该区别对待他们，让饥饿的贫民站在抗日的一边，这是我们的希望。

贺生成了稽查处处长，权力仅次于司令、副司令。他制定了四条铁的纪律：第一不准官报私仇；第二不准抢夺财物；第三不准翻箱倒柜；第四不准强奸妇女。

有过多年军旅经验的周荣久深知，军纪涣散的武装是很难成大事的，他和贺生决定在原有的四条纪律的基础上做了一些修改：一、不许私自离

97

队，不向敌人通风报信，誓死不叛队不投降；二、不泄机密，有事声明报告；三、不许打骂百姓，不调戏妇女；四、不抢夺民财，缴获的战利品（物）要归公；五、对百姓说话要客气，以礼相待。

自此，贺生身上背着"桃木令箭"（据说桃木可以辟邪），臂戴红袖标，带着几名手下，在义军各处巡查，以求达到军纪严明、队伍整肃的要求。他们每到一地，都有军法处的稽查兵检查，所以老百姓常常说他们是官兵不开饷，还说他们是胡子不乱抢。

栾天林、周荣久、裴玉卿在敖汉风水山详细制定了攻打八仙筒的计划，由周荣久、裴玉卿率队攻打绥东县城八仙筒；栾天林率部攻打黑城子王府；然后会合，再攻打开鲁、通辽、建平、阜新、北票等地，这就是传说中的"打八县"。

兵贵神速，制定计划后立刻行动。

攻打八仙筒：大战前周密部署

1935 年 7 月 17 日，周荣久和裴玉卿率领近 400 人的队伍，秘密返回奈曼旗。部队途经鄂尔吐板时，周荣久看到这座有着 160 多年历史的古镇，它曾经是库伦、奈曼、阜新等地的政治中心和经济中心，然而在日军铁蹄的践踏下，已是满目疮痍，到处是残砖断瓦，只剩下为数不多的几户人家了。去年（1934 年）端午节，周荣久在"益尚兴"商号里抓住并处死三个日本鬼子，这个地方现在更是一堆瓦砾，主人也不知所踪。救国军战士们气得牙齿咬得咯咯响，恨不得立刻上阵杀敌。

队伍将在这里休整两天，当地的战士们可以回家探亲，安顿家小，但是 7 月 21 日前必须归队。周荣久把筹集粮草钱财的任务交给了周凤林、周洪文和刘氏兄弟。他自己马不停蹄，连夜赶往章古台，拜见马老牌，请马老牌面授机宜。

马老牌立刻把儿子马占元召回，马老牌把周荣久攻打八仙筒的计划告诉了儿子，令他将子弹和枪支带进八仙筒。此战役只有极少数亲信知晓，均严守机密，未走漏半点风声，待 23 日拂晓即攻城，来个里应外合。

马占元和父亲一样，也恨透了日本人，他早就盼着这一天到来。这位性格豪爽的蒙古族汉子作战勇敢，连日本人都惧怕他三分。

"我答应的事，说到做到！23 日凌晨五点以前，小敖力布带着 70 人马，保证在八仙筒西门等你！对日本鬼子要狠狠地整，抓住山守荣治，把他的毒心挖出来！"马老牌咬牙切齿地说。

马老牌通过侦察得知，绥东县被撤销，重新组建了奈曼旗公署，仍驻八仙筒镇，十几个日本人控制着整个奈曼旗，伪旗长苏达那木达尔济是个有职无权的傀儡，且常驻大沁他拉王府。虽然是旗长，但是他对旗务不管不问。八仙筒全镇四面筑有高高的围墙，但是围墙外侧还堆着高高的流动

99

的沙子，有些地方还能爬到城墙上。城内共有 150 多人的卫队、警察队、警备军在这里驻防，配有机关枪、六〇炮等轻重武器，戒备异常森严。

另一边周凤林、周洪文等人开始筹集军粮。

据白音昌学校退休教师刘永臣（1954 年出生）讲述，刘永臣家住在与衙门营子一山之隔的石匠沟村。周洪文是他的亲姑父，刘老师经常听他父亲讲周荣久部队到他家筹集军粮的故事。1935 年 7 月 20 日，周洪文带着战士们来到石匠沟村，对他的大舅子刘福新说：“周荣久司令要打鬼子，你们有钱出钱，有粮出粮，抗日救国军严守纪律，不骚扰百姓。”刘福新拿出玉米面饼子让战士们吃，还在院子里支起三口大锅，贴“干面子”，给救国军当军粮。“干面子”是南部山区特有的一种食品，就是把带着皮的谷子磨成面，掺上点黄豆面，和好面后，不发面直接贴在热锅上。这种“干面子”虽然有点硬，但是吃起来甜甜的，特别禁饿，还不容易发霉，是充当军粮的不二选择。刘福新家贴了很多“干面子”，装了好几口袋。刘福新时常对他的后人讲述，周荣久的军队和胡子不一样，那可是纪律严明的队伍，从不拿老百姓的东西，也不打骂百姓。

兵马未动，粮草先行。救国军的先头部队提前去八仙筒沿线财主家征集干粮和草料，听说是消灭日本侵略者的队伍，百姓们同仇敌忾，积极响应，所以救国军一路征集粮草很顺利。

7 月 19 日，周荣久和周凤林来到大沁他拉，准备尝试联络下奈曼王爷苏达那木达尔济。当年，苏达那木达尔济还是个王子时，就认周凤林的父亲周四爷为干爹，这一次，周荣久先找到担任小学校长的宁璞，请他帮忙引荐。宁璞的祖父宁伸在光绪年间考中秀才，后来从敖汉旗双窝铺来到奈曼，当时的奈曼王爷敬重宁家人的学识，故宁伸被聘为家庭教师。正因为如此，宁璞为周荣久、周凤林牵线见到了王爷。

此次周荣久和周凤林一起来到王府，就是想要得到王爷的支持。

伪满时期曾在伪兴安西省警务科担任文书兼翻译的阿拉塔在回忆录《我所知道的“八仙筒事件”》（阿拉塔与伪兴安西省地方科科长哈丰阿调查“八仙筒事件”）中称：周凤林把攻打八仙筒的计划告诉了苏达那木

达尔济，苏达那木达尔济惊得目瞪口呆，他知道这件事的严重性，又怕惹出大乱子，但是心里对日本侵略者也是极度不满，于是他表示："我不出兵不出物，但也不阻止你们的行动，你们打完仗后，可远走高飞。"王爷的话让周荣久的心里有了底。周荣久高兴地说："此事绝不连累王爷，我们打完此仗就到黑山县和义县的森林里，与日军打游击！"

为了顺利攻下八仙筒，周荣久派得力部下于振英、于振九（救国军分支头目）潜入八仙筒了解情况。于氏兄弟找到下地村的老乡石廷琏（字子珍），石廷琏此时在伪绥东县公署财粮科工作，担任征收股股长。石廷琏的哥哥石廷璋也参加了救国军。石廷琏还是于氏兄弟的妹夫，于氏兄弟来到石廷琏的家，向石廷琏详细了解八仙筒镇内日伪驻防情况。

得到真实可靠的情报，再加上马老牌、石廷琏等人的有力支援，可确保攻打八仙筒的战斗取得绝对胜利。

7月中旬，奈曼旗进入了雨季，北部八仙筒一带一连下了几天大雨，7月22日，西辽河发洪水了，洪水波涛汹涌，浪大水急。西辽河比平时宽了好几里地，这条河是奈曼旗和开鲁的界河，如今这条天堑能够成功阻挡驻防在开鲁的日军对八仙筒的增援。

"天助我也！"周荣久和兄弟们高兴地跳了起来。中午刚过，人马聚齐，拉起队伍绕过大沁他拉，浩浩荡荡地向八仙筒进发了。

贺生带人先把通往八仙筒的公路挖断，防止敌人军车通过，又把电话线割断，切断了八仙筒和外界的联系，防止敌人逃跑和增援。队伍穿密林走沟谷，越沙漠过河川，于22号晚上悄悄地接近了八仙筒镇。

攻占八仙筒：攻城之战

　　1935 年 7 月 23 日凌晨，历史永远铭记这辉煌的一天，奈曼人永远铭记这史诗般的攻城战。此战役打响了蒙汉人民同仇敌忾反抗日本侵略的第一枪。

　　这天刚刚拂晓，马老牌的亲信和部下小敖力布、接哈本、陈业喜带领那 70 多人马早已等候在西门。小敖力布对自己的手下说："营官爷爷（马老牌）说了，没尝过灾难的人不知道拯救之情，没经过危险的人不知道搭救之恩，现在蒙古族和汉族一样都深受着日本人的欺侮，周荣久就是来搭救汉族人和蒙古族人的，咱们一起把日本鬼打死，收回咱们的土地！"这70 多人，个个生龙活虎，恨不得立刻抓住鬼子，啖其肉，饮其血。

1935 年 7 月 23 日，周荣久率领抗日救国军攻打八仙筒

救国军兵临城下，把八仙筒包围得像铁桶一样。八仙筒城外是流动沙丘，有的沙丘很高，对攻城非常有利。这里的地形地貌，周荣久早已熟记于心，按照既定的作战方案，兵分四路，主攻东西南北四个城门。周荣久下令分工，周洪文、裴玉卿负责攻打东门，周贵、海峡负责攻打南门，小敖力布负责攻打西门，周荣久、周凤林负责攻打北门。

随着周荣久的一声枪响，救国军同时向各城门发起猛攻。顿时，枪声大作，硝烟弥漫，喊杀声震天！愤怒的救国军发起了猛烈的进攻。

敌人毫无防备，听到枪响才仓皇起床，乱作一团，不知这枪声从何而来，于慌乱中无目标地还击。救国军边攻城，边向城里喊话："我们都是中国人，不要为日本鬼子卖命！""周荣久，周队长回来了！"

城里的伪军对日军早已不满，听到救国军的喊声就停止射击。枪法较好的通力嘎、高吉根等人是马老牌的老部下，他们听到喊声，知道救国军只打日本人，不打中国人，心里有了底，小敖力布的部下们也向城里高喊："你瞎爷爷（马老牌一只眼睛失明）有令，不许你们开枪！"他们有时用蒙古语喊话，有时候用汉语喊话——"营官爷爷（马老牌）说了，中国人不打中国人！"伪军们听了喊话，纷纷停止射击。马占元更是心中有数，为了迷惑日本人，他动员自己的亲信，佯装对天空放枪。

很多伪军过去就是周荣久的部下，受周荣久爱国爱民思想的影响，抵抗时，也故意抬高枪口，不伤害救国军，有的干脆放弃反击。城内实际上只有那几个日军和极少数顽固不化的伪军负隅顽抗着。

城里的百姓知道城外来了打日本人的军队，纷纷前来支援，他们千方百计地帮助救国军攻城，有的挖墙窟窿，有的挖地洞，还有一个叫苗仓原的百姓，割断了城内的电话线，切断了日本鬼子的通信线路。

在各方面的大力支持下，里应外合，不到两个小时，抗日救国军攻陷了八仙筒城。

抗日救国军从四个城门攻进城内，迅速占领了主要巷口，这时候，伪军纷纷投降。马占元及其亲信们已经调转了枪口，公开加入抗日救国军这边来。最后只剩下广升合炮台和旗公署两处。

103

战士周荣久

"打——"只听周荣久一声令下，分散在各城门的 400 多名抗日救国军战士，集中到一处，集中火力向广升合炮台和旗公署开火，刹那间，枪声像爆豆一样密集，又战斗了约两个小时，救国军一举攻下了全城。

攻占八仙筒：击毙山守荣治

攻下全城后，周荣久、贺生、周凤林、周洪文、周行文等将士们迅速骑马进入城内各个街巷，追杀残敌。

抗日救国军战士贺生击毙日本参事官山守荣治

盘踞在八仙筒的日本参事官山守荣治是一个集军国主义思想和武士道精神于一体的极端反动分子。他知道自己对奈曼人民犯下的滔天罪行，还有十几条人命的血债，如果落到周荣久的手里，必死无疑。于是他仓皇地跑出公署大门，顺着大街狂奔至老爷庙后面，眼尖的贺生立刻打马追去，山守荣治慌不择路地跑进了一条死胡同。看贺生追得急，就回头向贺生射击。贺生立刻下马躲在一棵大树后面，山守荣治朝贺生打了好几枪，还把

105

贺生的褂子打了一个窟窿眼儿，僵持之下，两人谁也不敢先露头。过了大约一袋烟的工夫，机灵的贺生想出了一个办法，因为贺生善使双枪，就用一支手枪顶着帽子，慢慢从树后探出来，另一支手枪准备着。当贺生刚把帽子往前一探，山守荣治果然就露出了头，贺生眼疾手快，一枪把山守荣治的脑袋打开了花，这个罪大恶极的日本参事官像死猪一样"扑通"一声栽倒在地下，抖了几下就不动了。贺生跑到他跟前，用脚踢了踢他的脑袋，他的脑袋歪到了另一边，看样子已经死透了。但是当时并不知道这就是山守荣治，贺生解下了他的手枪和子弹，又踹了他两脚，接着把他身上值钱的东西收拾干净，就顺着墙根返回了。

日军指导官中根专一，在枪战中像是从炕洞里出来的耗子，满脑袋灰烬，脸上黑一道白一道的，白褂子成了花褂子，上面还有好几个大窟窿。中根专一像没头的苍蝇，跟头把式没命地往前跑，周荣久和周洪文追上去，周荣久连开两枪，中根专一"扑通"一声向前来了个大马趴。

这时战斗已经基本结束。

贺生向周荣久描述了自己打死的鬼子的样貌，周荣久听了之后，激动地使劲摇着贺生的手，说："兄弟啊，不简单，你打死的是山守荣治!"贺生听了后非常高兴。

抗日救国军大获全胜，弟兄们陆续活捉了警长鹤田金座、盐务局局长穆村，还有几个鬼子也被抓住，但是独独少了罪大恶极的佐佐木正太郎。周荣久立刻命令弟兄们加快搜索，还说："生要见人，死要见尸。"这时一个俘虏报告说："佐佐木正太郎往北面逃跑了。"

原来，佐佐木正太郎听说救国军攻破城防，已经攻进了城里，他立刻命令狗腿子找来一件蒙古袍，将蒙古袍穿在身上，装扮成牧民的模样，趁着混乱牵马溜出了北门。

周凤林和马老牌的儿子马占元听说佐佐木正太郎逃跑了，立刻骑马追了出去，刚踏出北门，就看见一个马倌正赶着几匹马过来，马倌告诉马占元："有个贼头贼脑的人骑马往北面去了!"马占元向马倌借了套马杆，和周凤林两人向北追去。佐佐木正太郎慌不择路地跑进了沙坨子，速度就慢了下来，马占元和周凤林越来越近，只见马占元挥动套马杆，猛地向佐佐木正太郎的脑袋上套去，佐佐木正太郎只顾逃命，没想到脑袋瞬间落进套子里，马占元和周凤林立刻调转马头，只听见"扑通"一声，佐佐木正太郎被勒到马下，尽管他拼命挣扎，还是被套马杆拽出老远，几乎断了气儿。周凤林赶上前去，把佐佐木正太郎结结实实地捆了起来，搭在马背上，押回了八仙筒。

现在，公署内的日本人只有须腾夫妇不见踪影，原来须藤夫妇也假扮成蒙古族人的样子，穿着蒙古袍，仓皇逃窜。路上有人问他们，须藤就摇头说："穆图灰，穆图灰。"（在蒙古语中是"不知道"的意思）。在伪警务科科长刘崇勋的掩护下，须藤夫妇往郑家屯方向逃去。刘崇勋则带领几个人跑到开鲁去给日本鬼子报信了。

伪旗公署卫队和警察顽固分子大部分被打死，战斗胜利后，周荣久下令打开监狱，解救出被日本人关押的无辜百姓 50 多人。这些"犯人"都被鬼子折磨得不像人样，每个人都瘦骨嶙峋，还有的身上被手铐脚镣磨得皮开肉裂。这些人都是因为抗日被抓进来的，他们大多数人是经过审讯即将被砍头的。周荣久令人找来铁匠，砸开镣铐，将他们解救出来。

周荣久命令战士将抓获的三个日本人剥光了上衣，悬吊绑缚在十字街南路西院的大树上。群众控诉大会开始了，昔日在八仙筒街头耀武扬威、不可一世的日本鬼子，耷拉着脑袋，腿哆嗦得像装了马达，还有一个竟然被吓得尿了裤子。八仙筒街的百姓们纷纷控诉日本鬼子欺男霸女、抢夺民财、滥杀无辜等罪恶。有位蒙古族老人说："佐佐木正太郎这帮日本鬼，杀人成性，是魔王，要处死他们！"会后，这三个日本鬼子连同其他几名日本鬼子被押赴至镇西南沙坨子里，执行枪决。沙窝坑边，人山人海，人人都痛恨地朝日本鬼子吐着唾沫。百姓们奔走相告，庆祝救国军杀了日本鬼子。

战斗结束了，敌人武器全部被缴获。其中迫击炮 1 门，重机枪 1 挺，轻机枪 3 挺，步枪 50 支，手枪 16 支，子弹 3000 多发。烧毁旗公署建筑物 12 栋。

在这次激烈的战斗中，周荣久的二弟周贵英勇牺牲了，周贵自从跟随哥哥在鄂尔吐板打死三个日本人后，就一心一意跟随哥哥打鬼子。周贵枪法准，作战勇敢，攻打八仙筒时，他都冲在前面。但是，他将最后一腔热血洒在了八仙筒的土地上。周荣久强忍悲痛，将周贵和阵亡的战友们安葬在了八仙筒城外。

救国军一面召集商人宣讲抗日，一面张贴安民告示，店铺只管开张营业，农民安心耕田，牧民放好牧、饲养好牲畜，对一些趁机抢劫的歹徒和不法分子当即处死。救国军不抢夺民财，不杀害无辜百姓。1935年7月24日，"广升合""鸿居昌""颜家床"等商铺都相继照常营业了。

抗日救国军收复八仙筒的消息很快传遍科尔沁草原，深受日本侵略者奴役之苦的各族人民群众无不拍手称快，大大长了中国人民抗日的志气。伪满洲国报纸称此次战役为"东蒙事件"，这是日本侵占满洲十四年里，中国人成功收复一座县城的又一实例，乌兰夫同志曾给予高度评价："'八仙筒抗日事件'是内蒙古东部地区时间最早、影响最大的抗日事件，史学家要记载，文学家要歌颂。"

攻占八仙筒：强烈反响

一石激起千层浪，周荣久的抗日救国军收复八仙筒的消息在那个信息不通畅的战争年代，就像长了翅膀一样，传遍了四面八方。这是抗日义勇军自热河抗战以来取得的巨大的胜利，大长了中国人民抗日救国的志气。奈曼旗邻近旗县的日伪军闻风丧胆，惶惶不可终日。驻扎在开鲁县的日本人惊恐地一度撤离了开鲁，搬到通辽。

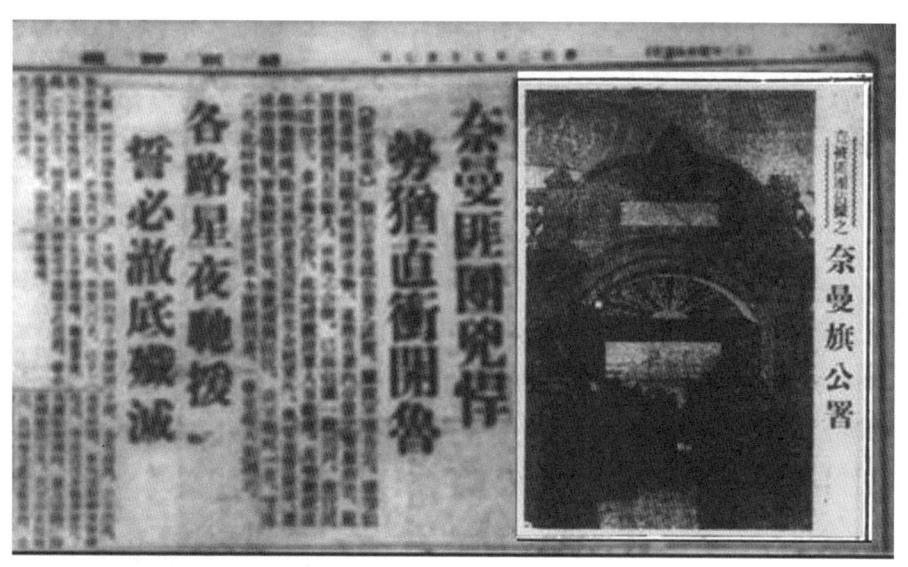

日伪报纸《盛京时报》1935 年 7 月 27 日第 4 版刊登题为《奈曼匪团凶悍势犹直冲开鲁》的文章

周荣久的抗日救国军在日军的眼皮子底下攻占奈曼旗的政治中心——八仙筒，并将主政的日本侵略者全部处决，震惊了日本关东军司令部和伪满洲国高层。

从八仙筒跑出来的须腾，闯进中尉井上松尾的办公室，详细地汇报了八仙筒失守的全过程。井上松尾一听参事官山守荣治、指导官佐佐木正太郎惨死的情景，立刻站起来默哀，然后抄起电话与关东军最高大将首领武藤信义通话。通完电话后，说："周荣久必须杀掉，否则它将成为第二个杨靖宇、赵尚志。奈曼，必须报复，武藤大将另有部署。"

由日军控制的《盛京时报》在 1935 年 7 月 26 日第 4 版刊登《兴安南省奈曼旗属被匪袭占骇闻》（兴安南省应为"兴安西省"，这是伪满洲国时的行政区划），并且说当局接警决计进行根本扫荡。

1935 年 7 月 27 日，《盛京时报》第 4 版刊登了《奈曼匪团凶悍势犹直冲开鲁》（开鲁是伪满洲国兴安西省省会）。

《盛京时报》是由日本人中岛真雄创办的。该报收罗泛博，对当时我国内政、外交、经济、军事、文化、教育、社会风情等，特别是对当时中国发生的重大事件均有详略不等的报道。从当时报道的题目就可以看出，日本人对周荣久恨得咬牙切齿，他们称周荣久抗日救国军为"匪"，殊不知他们自己则是在他人国土上为非作歹，是真正的"寇"！

日伪报纸《盛京时报》刊登题为《奈曼旗公署失守悲壮：日人七名，刀折弹尽，与城俱亡》的文章

日伪报纸《盛京时报》1935 年 7 月 26 日第 4 版刊登题为《兴安南省奈曼旗被匪袭占骇闻》的文章

攻占八仙筒：分道扬镳

袭击奈曼旗公署、攻下八仙筒，救国军取得重大胜利，纪律依然严明。弟兄们还向乡亲们宣传抗日救国的道理，为缺粮户开仓济贫，受到老百姓的欢迎。

抗日救国军在镇内驻扎下来，进行休整，等待和栾天林会合，向开鲁进攻。从当年流传下来的地图可以看出，按照原计划，栾天林从北票出发，向北到绥东县（八仙筒），与周荣久会合，利用有利地形攻占开鲁、通辽。

由于参加义军队伍的人员成分复杂，这些人在共同抗日的旗帜下，根本目的却不一样，所以很多人对待胜利的看法以及对人民群众的态度也大不相同。

周荣久的部下严格遵守各项纪律，关心群众的疾苦，向人民进行抗日宣传，深受广大贫苦群众的欢迎和爱戴。而裴玉卿的手下匪性难改，认为胜利了就应该"入股分红"。他们在镇内敲诈商户，抢夺民财，调戏妇女。他们三五成群地寻找店家，催逼东家包饺子、烙油饼，做八碟八碗，喝烧酒。

就连"阎王"裴玉卿自己也是吃东家、喝西家，稍有招待不周，就开骂："老子打下八仙筒，就是要吃香的喝辣的！"后来竟然和佐佐木正太郎的狗腿子勾搭在一起，甚至开始寻花问柳。

人们纷纷向周荣久告发、申诉。

一天中午，周荣久和贺生、周凤林、周洪文等人正在吃饭。忽然听到外面有人报告说："你们的人在祸害人呢！"周荣久对贺生说："老弟，你去看看！"贺生扔下饭碗就出去了。原来是贺生的表哥蔡海红竟然正在强奸一家店铺的女主人。贺生大声喊道："表哥，你在做什么？"蔡海红挺起

战士周荣久

脖子，满不在乎地说："你管得着吗？你算老几？就是周荣久来了，也管不了我！"

蔡海红虽然是贺生的表哥，却是裴玉卿的亲信。贺生火冒三丈，顺手一枪就结束了这个恶棍的生命。

这时，周荣久又听到刘勤、刘惠兄弟俩说裴玉卿的手下"双红"（土匪之报字）和杨青山在八仙筒镇东门外的老百姓家里胡作非为，强奸妇女，周荣久很快就找到他俩，当即拉出去枪毙了。

蔡海红之死，特别是"双红"和杨青山之死激怒了裴玉卿。裴玉卿立刻声明，他的部队从此独立，不受周荣久管辖。如果周荣久再处理他的士兵，他就和周荣久势不两立，公开宣战。

八仙筒的百姓很快就知道救国军内部分裂了。人们都拥护和赞扬周荣久，说周荣久是真正解救老百姓的"救世主"，因此，群众主动为周荣久送肉送蛋，而对裴玉卿的队伍置之不理。当然也有的人埋怨周荣久，说："怎么还把一群胡子也拉进救国军里呢？"

周荣久此时也进退两难，如果和裴玉卿势不两立对着干，势必让日本人和汉奸看笑话；如果拉起队伍一起打开鲁，裴玉卿一定不听指挥，自己的队伍力量也不够。

周荣久和周凤林、贺生等人商量，权衡利弊之下，暂时不能去打开鲁、通辽，因为栾天林队伍还没到，周荣久队伍又少了一部，所以他们决定率领自己的队伍重新返回奈曼旗南部山区，然后再回北票和栾天林会合，继续在大黑山一带打游击。

1935年7月29日，周荣久抗日救国军从大局出发，撤出了八仙筒。

"阎王"裴玉卿也率领他的绺子脱离了救国军，撤到奈曼西部，重操旧业，继续为匪。

裴玉卿，东北辽西人，生于清末乱世。其行事心狠手辣，打家劫舍、勒索绑票，无恶不作，令百姓闻之变色，被称为"裴阎王"，是一个凶名在外的土匪头子。

说起裴玉卿为匪，这里还有一段故事，相传他的姐姐曾被土匪所糟蹋。裴玉卿为了给姐姐报仇，上山落草为寇，最终手刃仇人。因为裴玉卿好勇斗狠，枪法精湛，最终成为一股土匪的大当家，鼎盛时期手下有数百人之多。

日本占据东北以后，东北大地一时间涌现出了众多的民间抗日武装，裴玉卿激于民族大义，参加了由栾天林、周荣久领导的抗日武装，参加了奈曼旗公署所在地八仙筒镇的战斗。

由于裴玉卿的部下习惯了劫掠百姓，而他本人对手下也毫不约束，以至于胜利之后出现了抢夺百姓的现象。联军副总司令周荣久对裴玉卿的手下施以军法，这导致了裴玉卿的不满，最终选择了分道扬镳。

此后，裴玉卿继续为匪，虽不曾投降于日军，却始终打家劫舍，为祸一方，成为辽西地区的一害。东北解放以后，裴玉卿势力彻底瓦解，但是他本人却逃过了正义的裁决。

据说，有一个地主和裴玉卿关系十分要好，地主将他装于大缸中，用牛车拉出几十里，使他逃过了盘查。裴玉卿出逃之后到了黑龙江，由于那个年代信息传递不便，他虚构了自己的身份，隐瞒了曾经做土匪的经历。

裴玉卿善于伪装自己，说自己是穷苦人出身，在黑龙江某地帮一个单位管理菜园，由于他表现优秀，获得了大家的信任。

因为他多年为匪的经历，曾受过一些枪伤，恰巧有一次因为生病导致他臀部的一处枪伤发生了病变。送进医院后，医生发现这是一处枪伤，但是裴玉卿拒不承认自己曾经受过枪伤。后来，有人想到了一个办法，那就是利用裴玉卿相信封建迷信的心理，想办法让他交代真相。单位找了一个算卦先生来见裴玉卿，算卦先生告诉他如果不说出真相，死后到另外一个世界会受到惩罚，比如无法投胎重生等等。裴玉卿相信了这一套说辞，最终在临死前如实交代了自己的身份。黑龙江方面向辽西地方求证，印证了他的身份。

纵观裴玉卿的一生，虽然谈不上波澜壮阔，却也颇具几分传奇色彩，他为姐姐复仇而落草，却没有继续替天行道、匡扶正义，与周荣久一起攻打八仙筒，算是他一生中的高光时刻了。

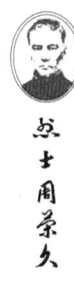

中日史料解读八仙筒事件

翻开历史，这场民众自发的抗日行动在国内的反响，以及中日史料解读热河抗日救国军周荣久部攻克八仙筒战斗——

中方资料：

1935 年 7 月，在兴安西省奈曼旗爆发了由周荣久组织的抗日救国军，占领八仙筒，杀死了日本参事官的抗日暴动。周荣久是奈曼旗衙门营子区河南杖子屯人，绿林出身。1933 年日军占领奈曼旗后，他曾出任绥东县保安队队长。不久，他遭日本人的忌疑，愤而辞职回家，还拉起了 100 多人的队伍，号称"抗日救国军"，自任司令，走上了武装抗日的道路。

1935 年 7 月，西辽河泛滥，奈曼旗与开鲁之间的交通被阻断。周荣久乘此机会与北票县的抗日救国军兰（栾）天林部之一部联合，向奈曼旗公署所在地八仙筒进发。23 日凌晨，周荣久率部从东、南、西方向一起攻打八仙筒。当时，城内驻守的有 100 多名警察和 20 名兴安西省警备军。他们在旗参事官山守英（荣）治的指挥下拼死抵抗。抗日救国军割断电话线，切断了城内守军与省城开鲁之间的通讯联系，并向城内喊话，要求伪警察和军人不要为日本人卖命。城内伪警察等听到喊话，纷纷放下武器停止抵抗。城内外的老百姓也纷纷出动，协助抗日救国军搬运弹药，救护伤员，送饭送水。上午 9 时，救国军攻占了旗公署及炮台。旗参事官山守英（荣）治和警尉中根顺（专）一等从城北门突围时被击毙，其余 8 名日本人全部被抓获。抗日救国军将他们绑缚大街示众后拉到城外枪决。

日方资料：

盘踞横行热河省朝阳、建平各县的反满抗日匪阎王一伙匪贼约 300 名在日满军警的讨伐下渐次北上，窜至兴安西省奈曼旗八仙筒南方 50 满里地区。接报后，奈曼旗警务局于 7 月 22 日派警察队约 50 名前往讨伐，因敌众我寡被匪团击败退入城内。

当时在开鲁出席兴安西省各县参事官会议的奈曼旗公署山守参事官接到报告后，向开鲁警备队借兵13名、轻机枪1挺，于22日午前8：00出发，同日午后6：00回到旗公署部署防守。

匪贼击破讨伐队后向八仙筒城急追，23日击败警察队的防御后侵入城内，正午包围并放火焚烧旗公署，在旗公署避难的警察队、自卫团全员被解除武装，武器弹药被夺取，日系官员及其家属纷纷换上便衣逃跑。除藤川指导官夫妻外，山守参事官以下6名被杀害。

23日正午，八仙筒城被完全占领，匪团打开监狱放出囚徒，加上被解除武装的警察队、自卫团及不法住民均被编入队中，队伍扩大到约800人。

23、24两日，驻开鲁及钱家店兴安西省警备军出动救援，26日早晨起向城内发起数回猛烈攻击，午前6：00夺回旗公署，将殉职日系官吏遗体收容，匪团向城外西南方退去。

本事件被害情况：

死者有日本人7名：旗公署参事官山守荣治、雇员岩本正义、盐务局员木村及其妻、警务指导官中根专一、自动车运转手佐佐木正太郎、鹤田（鲜人）；满人2名。

家屋：旗公署建筑物12栋被火烧。

兵器：迫击炮1门、重机枪1挺、轻机枪3挺、步枪50支、手枪16支、子弹3000多发。

面对日本侵略者的野蛮入侵与残酷统治，内蒙古地区各族人民组成抗日民族统一战线。

东北地区的少数民族遭受日本帝国主义的压迫最早、最惨烈，抗日斗争也开展得最早。在同日本帝国主义侵略者进行英勇斗争的14年中，他们参加抗战人数之多、地域之广、斗争之艰苦、形式之灵活多样、牺牲者之众，为中华民族反侵略斗争史上所罕见。

日本战犯岛村三郎在《奈曼旗事件与以后的大讨伐》中写到：

115

1935年3月前后，奈曼旗被称为绥东县由汉民族的县长实行县政。但是到了这一年，依照熟悉锦、热蒙旗问题的及川三男等的主张，恢复锦州省、热河省的蒙旗制，取消了县制。这种旗制的实施，给当时处在奈曼旗统治地位的汉族地主和官僚带来很大的不安和动摇。这是因为汉民族来到此地仅仅有二三十年。这些地主们通过土地开放做了许多不正当的行为，这些事情蒙古族人知道得很详细，所以他们担心：这回实施旗制，蒙古族人取得支配权的时候，他们拥有的"地权"会不会被没收。当时正值山守参事官（三月里实施旗制的前后）开始了土地调查。对他来说，似乎倒没有没收"地权"的意图，不过因为过去把土地开放的事务搞得很乱，田地册子也不完备，需要加以整理，为的是好多搜刮些地租。对一直等待着反满抗日机会的奈曼旗爱国者来说，地主们中间发生动摇的这种情况是最有利的条件。周永（荣）久军长和许多农民谈话，和大地主某某（忘其名）商量，称他的次子（二十五岁上下）为"皇帝"，广泛地招募义勇军，准备起义。

担当此次计划的叫宁中孚，是小学校的校长。如上所述，这个爱国运动并不是由共产党所领导的抗日军进行的，而是民众忍受不了日本帝国主义的苛政而自发起义的爱国运动。

一九三五年七月十五日，周军以约一千名的兵力袭击旗公署所在地八仙筒，击毙山宁参事官及十六名日本人，解放了在监狱中受苦难的许多爱国者。县公署的王财务科科长及其弟弟（王府街商务会会长）与本次的袭击事件有关联，就连旗长在某种程度上也有关系。

被本次起义震惊了的兴安西、兴安南、热河、锦州及与奈曼旗相邻的各省县、旗（奈曼旗与四个省境接连）的参事官，奉日军司令官的命令，一方面严加戒备本县，另一方面组成警察讨伐队侵入奈曼旗与周军交战。这时周军长率领的爱国者约有两千名。周军的武器弹药的由来，是在该年的大前年，坂本兵团（热河侵略军）从这一带追赶在开鲁的汤玉麟军，侵略到赤峰的时候，汤玉麟军的一部把许多武器弹药埋在山中离去了。周军就利用了这些，因此在初期周军的武器弹药非常充足。

所以关东军才动员了在热河省赤峰的日本军及伪满洲国军和在通辽、开鲁的日本军及蒙古军，兴安西省的警务长盤井文雄亲自率领蒙古治安队（这是他组成的子弟兵讨伐队）入奈曼旗，专心从事讨伐。周永（荣）久军把日本帝国主义大军支使到另一个方向去，从这一时期起，在长达一年的时间内进行了英勇的战斗。在敖汉旗、奈曼旗、乌牛特左右两翼旗的范围内，进行了完全没有片刻中断的战斗。周永（荣）久军由于兵力、武器弹药得不到补充，每次战斗都损耗兵力，逐渐走下坡路也是不得已的事。

我作为内务科附属官（通称副参事官）从事警备道路的修筑工作和宣传（欺瞒宣传）等，除了对侵略从侧面加以援助外。甚至直接参加了敖汉旗境内一村落的战斗。一九三五年十月，犯了逮捕周军参谋长宁中孚的罪行。

根本参事官动员旗的特务与省里的特务班协力，对王财务科科长、王商务会会长以及旗长加以逮捕，犯下了处以王氏兄弟死刑的罪行。

一九三六年四月，我当了阿鲁科尔沁旗的参事官，在五月就任的时候，正巧周永（荣）久军三百名爱国者来到阿鲁科尔沁旗。我指挥士兵在兴安岭的山中来回地追赶他们，终于在奈曼旗旗境喇嘛他喇汗庙的渡河点使他们损失了半数，这就是我所犯下的罪行。

后来周军以寡兵出现于乌丹城附近，在这里又和伪满洲国军发生战斗，周永（荣）久仅仅和五六名部下回到了奈曼旗。根本参事官派遣了警察队，终于杀害了周军长，并犯下了将其首级用盐腌上送往关东军的蛮行。

从一九三五年七月十五日奈曼旗八仙筒起义至一九三六年十一月周军长战死为止，在长达一年多的时间中，丧失生命的奈曼旗爱国者数目有一千名以上。每当我想起由于我的罪行而失去宝贵生命的爱国者，便痛感自己罪行的深重，就是怎么想去致歉也找不出适当的语言来，唯有恳请把我的身体千刀万剐。

日本侵略者利用土地问题和蒙古族人民的信仰问题，挑拨蒙古族和汉民族之间的矛盾，以达到侵略中国的目的。周荣久攻克八仙筒事件给日本

117

侵略者以沉重的打击，此事件也是日本侵占满洲十四年里，中国人成功收复一座县城的唯一实例。

资料来源：

中方资料：金海著《日本占领时期的内蒙古历史研究》，内蒙古人民出版社 2005 年版。

日文资料：最近支那及满洲关系诸问题摘要（第六十八议会用）下卷。

疯狂的报复（一）

周荣久义军收复八仙筒的义举，震惊了伪兴安西省、伪兴安南省、热河、锦州及与奈曼旗相邻的各省县、旗的参事官，他们奉日军司令官的命令，一方面严加戒备，另一方面组成警察讨伐队侵入奈曼旗，与周荣久抗日救国军交战，此外，日本关东军还动用了在热河省赤峰的日本军及伪满洲国军，还有在通辽、开鲁的日本军以及伪蒙古军。伪兴安西省警务长盘井义雄亲自率领蒙古治安队侵入奈曼，专门讨伐周荣久抗日救国军。

日本鬼子为了防御各族人民反日斗争事件的再次发生，首先把警察的组织改为旗警，设立 16 处旗警署，直接归警务科统辖。在 1935 年 11 月间，把旗公署由八仙筒迁至大沁他拉，撤销了王爷苏达那木达尔济的旗长职务，由哈斯宝接任伪旗长的职务。接着，兴安西省警务厅的张科长带领宪兵、警备军、讨伐队到奈曼疯狂地搜捕和屠杀，

日军再次侵入八仙筒时，马占元、小敖力布等人也火速撤离。

盘井义雄进入八仙筒街，抓捕了近百名商民、百姓，并将他们集合在十字街头，四面架起机关枪，强迫百姓交出所有的义军，当场枪杀了 10 多名无辜群众。百姓的鲜血染红了八仙筒的十字街头，伤亡者亲人的哭嚎声响彻八仙筒城的上空。

为了进一步对奈曼人民实施报复，日本鬼子驱使百姓大兴土木，还在八仙筒西门外给被抗日队伍打死的 7 名日本人立了"忠魂塔"，强迫过往行人鞠躬 90 度，还规定伪满洲国兴安西省省级以上人物每年为这 7 名日本人祭灵扫墓，费用全部加在奈曼人民身上。

日军一方面派重兵追剿周荣久部，另一方面以策动事件的嫌疑对奈曼旗上层知名人士下手。时任伪兴安西省警务科文书兼翻译阿拉塔的回忆录这样记载：

以哈丰阿（时任伪兴安西省地方科科长）为首的调查组完成了现场了解和社会调查任务后，到了奈曼王府，向奈曼王爷了解情况。奈曼王爷向哈丰阿说了 7 月 19 日周荣久来见他的情况。奈曼王爷说完事情经过后有些害怕，他流着泪跪下恳求说："我实际上支持了周荣久，日本人不会饶我的，我的命运就在你的手里，请你们看着办吧！"哈丰阿将他扶起来感动地说："请王爷放心！我是蒙古族，你为民族利益做了好事，我不能为了立功受奖而出卖爱国蒙古王公！"经调查，我们得出了"周荣久的反抗行为纯属八仙筒执政者横行霸道欺压百姓而所致"的结论。

此后，苏达那木达尔济想到了自己的干爹周四爷，在周荣久撤出八仙筒后，苏达那木达尔济果断连夜派人到于家地，将周四爷一家老少悉数转移到库伦旗茫汗朝老门嘎查南英图村。

但是丧心病狂的盘井义雄通知苏达那木达尔济、何文章、龚子全（亦叫龚梅林），以开会的名义将这些人拘留在开鲁，同年被押往新京（今长春）监禁。

在大沁他拉附近兴隆地（资料里显示是"兴隆福村"，但是通过调查走访，日军杀人、抓人及审问的地点都在兴隆地村的王家大院）设立了究办八仙筒日军被杀事件的执法处，日军开着汽车或率领马队不分昼夜地到处抓捕各族各界人民，被抓去的在审讯中有的被打死、灌死，有的被送往开鲁处死。

王宪中、王允中兄弟俩是敖汉河西远近闻名的王三老虎的后人，家里财产无数，拥有大量的土地、牲畜、铺号。日本侵占奈曼旗后，为了建立所谓的"共荣圈"，遂将王氏兄弟二人任命为伪县公署官员，王宪中任县公署财务科科长，王允中任副官，还担任商会会长。但是兄弟二人并不会真心为日本人做事，王宪中还被日本人和汉奸称为"大狗食"（在当地方言中，是"废物"的意思），王允中虽然担任副官，但也未到岗，人们称王允中为"小副官"。兄弟二人对日本人不卑不亢，日本人很反感。八仙筒事件后，日本人很自然地怀疑王氏兄弟有参与此事件。

1935 年冬天，一队日伪军先后包围了位于大沁他拉街的"福德兴"和

"福德全"商铺，将王氏二兄弟抓获，并一同押往兴隆地，奈曼旗的一些头面人物和群众前去保释，但是日伪军根本不让其靠前，并对王家兄弟进行刑讯，仅几天工夫就把人折腾得不成样子。接着，又将王氏兄弟拉到八仙筒镇，让他们二人在山守荣治、佐佐木正太郎等人的坟前长时间守灵，两人双手被反绑，又未戴帽子，耳朵被冻得像两只冻萝卜。随后又将二人押到开鲁县关押起来，再次对其进行灌煤油、辣椒面等酷刑，逼兄弟二人承认和周荣久里应外合。

王氏兄弟被抓走后，奈曼旗许多人士到开鲁保释王家兄弟，都没有成功。王家决定倾家荡产也要救出兄弟俩的性命，可每次送礼，日本人都悉数收下，但就是不放人。几次三番，王家已经没有什么可送的了。据王氏家族后人王怀信（1947年出生）讲述：当年家里去开鲁送礼，曾买通了监狱看守，看守答应只能放一人，兄弟俩抱头痛哭，都希望对方逃出去，自己留下来，可见兄弟情深。

1936年2月，日本人将王氏兄弟押赴刑场，王宪中被砍掉脑袋，王允中全身被刺刀捅烂，并被挖去双眼。

同王氏兄弟一起被抓的还有舍塘（今大沁他拉镇沙日塘村）的周仁，他被抓到兴隆地后就装疯，以此蒙蔽日本人，抓起蚂蚁就吃，摘下帽子接尿就喝。日本人以为他真的疯了，就把他给放了。同时要抓的还有王宪中的叔叔王景和，王景和听到消息后就逃跑了，他们就把哈沙巴村的一个同名的王景和抓住，并杀掉了。真的王景和逃跑后改名为王立阳，才免遭厄运。

马老牌在亲友的帮助下，从奈曼旗大沁他拉镇的嘎海蒿村来到库伦旗茫汗苏木乌热勒因塔拉（一说在"马拌井子"），躲避日伪军的追杀，后来由于叛徒告密，被抓至八仙筒。残暴的敌人用铁挠子把马老牌的身体挠得体无完肤，但是老人视死如归，只字未招，最后被敌人用车拉到开鲁。敌人在审讯毫无所获的情况下枪杀了马老牌，同时被枪杀的还有龚子全。马老牌的儿子马占元在东躲西藏期间冻掉了手指头，后来自杀身亡。

121

疯狂的报复（二）

周荣久率领抗日救国军从八仙筒撤出，在返回北票途中，日本侵略者的轰炸机一路尾随，但是周荣久带领义军，昼伏夜出，利用地形和树木的掩护，用了一个昼夜就返回了衙门营子，他们在自己的根据地休整了半天。家乡的父老乡亲还沉浸在八仙筒大捷的喜悦之中，但是周荣久充分认识到，日本人不会善罢甘休，肯定会报复奈曼，就安排救国军的家属们早点转移。他回到向阳所，嘱咐卜相臣将卜昭鑫、卜昭森兄弟俩送到安全的地方，越远越好。卜昭鑫、卜昭森兄弟俩在向阳所拜别自己的双亲，卜夫人刘明秋怀里抱着小儿子卜昭宇，和董秀芳一起追出门外，卜相臣的另外两个儿子卜昭焱、卜昭辉也跟在母亲和嫂子的后面追了出去，他们哭喊着自己的亲人，也许这一别离就很难再见，卜相臣、卜夫人、董秀芳心如刀绞……

为了躲避日本人的追杀，卜夫人带着儿媳和儿女连夜收拾行李，逃至阜新。卜相臣故土难离，他和另外一个人留下来，准备最后离开向阳所。

安顿好卜相臣一家后，周荣久又将自己的儿子周行文送走，以躲避日本鬼子的追杀。

可是令周荣久没有想到的是，周荣久前脚出发，日军后脚就追了上来，日军捉拿周荣久和报复奈曼旗是同时行动的。

为了尽快捉拿周荣久，日军派二十四旅伙同地方伪军（日本人委任梁洛布等为讨伐队队长，配合保安队金宝仓部）在重新占领八仙筒的第三天，就开赴奈曼旗南部山区。因为周荣久高举义旗抗日救国，所以日军就称这里为"匪区"，并且要在这里彻底摧毁抗日力量，进行更加疯狂的报复。凡是姓周的和姓卜的都在劫难逃，凡是被举报参加抗日救国军的及其家属也都在劫难逃。

周荣久离开衙门营子时，发现刘勤的儿子刘保山的媳妇已经身怀六甲，就主动向刘勤提出，让刘保山留下，暂时不随部抗日，并嘱咐刘保山："日本人前来报复，首先会向抗日救国军家属开刀，为了没出生的后代，你要多加小心。"刘保山听从周荣久的嘱咐，在父亲和叔叔离开的第二天，举家迁走，逃到开鲁的亲戚家，才免遭日本侵略者的毒手。在1945年日本投降后，他们才搬回下地村生活。

此时，家住在于家地的周凤林的父亲周四爷、周凤林的妻子儿女已经被奈曼王爷苏达那木达尔济连夜送到库伦旗茫汗苏木朝老门嘎查。但是，因为周凤林的二夫人怀有身孕，躲藏在周凤林的表弟于发家里。于发的媳妇李氏假装怀孕，二夫人生下周凤林的遗腹子后，就把孩子送给了于发家。因为日本人追得紧，于发带着妻子于李氏和孩子跑到阜新彰武躲了起来，一躲就是七年。从彰武搬回来后，于发因病去世，于李氏带着孩子改嫁到了白音昌嶙石沟邵家，孩子也就跟着养父邵文清姓邵了，此为后话。

没来得及转移的卜家二东家卜相臣被日军抓到辽东的钱家店，并扣押起来，后来经库伦旗扣河子警察署的包署长（卜二东家的大女婿，后来采访卜相臣的孙女卜燕颖得知，说她的姑父全家为了躲避敌人的迫害，全家改姓佟，但是不知道名字）托上层大人物说情，才免于一死。

进行疯狂报复的日军，在奈曼南部实施烧光、杀光、抢光的"三光"政策。在向阳所和河南杖子，把卜家的和周家的100多间房屋烧掉，并把100多只大小牲畜抢走。后来又在鄂尔吐板仅存的几家店铺倒了汽油，随后点燃火把，将店铺一烧而光。烈火熊熊，浓烟滚滚，一百多年的繁华古城，一夜之间彻底化为灰烬，只剩下一座残缺不全的破庙，日本鬼子还杀害了8名群众。

日本人还组织力量对衙门营子的抗日志士及群众进行了搜捕和杀戮。日本人富田和平山等亲自驻扎在衙门营子区和得力营子村，指挥梁洛布等（"梁洛布等"是人名）对抗日志士和群众进行抓捕。梁洛布等多次带队和指挥手下人在丁家店、朝阳骆驼山等地先后抓捕群众20多人，将抓来的人都交到得力营子日本人手里，多数都遭到杀害。在朝阳境内抓捕群众张久

123

汇等 3 人，因为躲在一个房子里，日本人就命人将房子点燃，将他们活活烧死在房子里。

日军找到敖汉旗下洼警察署泽腾，他们一同到丰源村将贺生的哥哥贺清、贺生的媳妇抓到警察署，并杀害，贺生家破人亡。

经过三个月的暴行，不管和抗日救国军有没有关系，日军残杀了奈曼旗各族各界人民 1500 余人，这是日军在奈曼旗欠下的一笔血债。

不屈的宁中孚

岛村三郎这个名字，大多数人都会感觉很陌生，但是，这个家伙在1934年到1945年里，在伪满地区长期担任特务处调查科科长，死在他手下的爱国人士不计其数，可以说是个典型的杀人狂。仅仅在他公开的笔供里，就有记录他杀害了将近100名爱国志士，这还不包括那些在审讯期间遭到严刑拷打而生死不明的人。

日本战犯岛村三郎在认罪发言中

1945年8月14日，驻奈曼旗境内的日本人听到开鲁被苏联红军占领后，奈曼旗最后一任日本参事官增田章在旗警备队的护送下，携带家眷和大量公款逃往阜新。但是在逃跑前，他们将日伪统治时期的档案资料付之一炬。奈曼旗的人们并不知道当年在奈曼旗还有这样一个恶魔——副参事官岛村三郎。很多人也是后来从岛村三郎写的一些忏悔文章中才知道的这个人，包括他在奈曼犯下的罪恶。

125

战士周荣久

日本战犯岛村三郎正在供述自己的罪恶

1935年7月八仙筒事件后的某天，岛村三郎被学政部叫去，委派他在根本龙太郎手下任副参事官，前往奈曼旗从事善后处理工作。据记载，日军认为八仙筒事件的原因是：1935年3月前后，奈曼旗被称为绥东县，由汉民族的县长实行县政。但是这一年，依照熟悉锦州、热河蒙旗问题的吉川三男的主张，恢复锦州省、热河省的蒙旗制，取消了县制。此时奈曼旗也实行了旗制。这种旗制的实施，给当时处在奈曼旗统治地位的汉族地主和官僚带来了很大的不安。这是因为汉民族来到此地仅有二三十年，这些地主通过土地开放做了许多不正当的行为，这些事情蒙古族人知道得很详细，所以他们担心，这回实行蒙旗制，蒙古族人取得支配权的时候，他们拥有的"地权"会不会被没收。日军把八仙筒事件定性为蒙古族和汉族因为土地问题的纷争而引起的反抗，日军就是用这样的强盗逻辑来掩盖自己侵略中国、侵略奈曼旗的目的。

多年以后，在抚顺战犯管理所，在中国政府的感召下，终于打动了这个顽固的恶魔，不仅一改往日蛮横的态度，而且还积极认罪，配合改造。在后来的审判庭上，岛村三郎被处以15年有期徒刑。然而，在最后的犯人

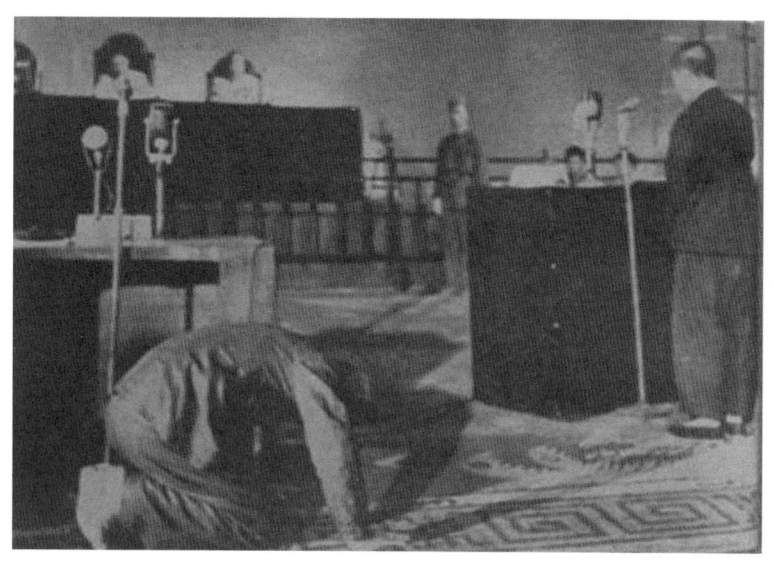

1952年7月20日，中华人民共和国最高人民法院特别军事法庭判处岛村三郎有期徒刑十五年。岛村三郎感觉罪孽深重，跪地请求判处自己死刑

自述阶段，岛村三郎却说，这样的惩罚对他而言实在是太轻了，还说根据自己罪行应该被处以极刑。说到动情处，泪流满面的岛村三郎还扑通跪在地上，向中国群众俯首认错。

在他的供词中以及他写的文章《奈曼旗事件与以后的大讨伐》和《中国归来的战犯》一书中，都提到了一个名字——宁中孚。

在《中国归来的战犯》中，他这样详细描述抓捕宁中孚的过程：

在这个事件发生后两个月，我到奈曼旗担任负责内务的副参事官。在被战火烧毁的旗公署的残墙断壁上，弹痕累累，被烧焦的木柱横七竖八，一片狼藉。我从赴任之日起，就每天忙于恢复这个旗的正常行政秩序。

在此期间，有很多日伪军和邻县警察讨伐队集结在这里，频繁地袭击周永（荣）久的抗日义勇军。义勇军和数倍于己的讨伐队作战。为避免遭受日伪军的正面袭击，他们分成两三支小部队，主要在南面的丘陵一带打游击。带着机枪、步枪的日伪军和警察，在旗公署前的大街上死死地监视着南面周永（荣）久部队的动向。

正当这个时候，"蒙政部"命令旗公署从旧绥东县所在地八仙筒迁移到王府，以此稳定人心（首先稳定蒙古族的人心）。王府是蒙古族王爷世代居住的地方，保留着许多比较完好的建筑，可供旗公署办公。这是一箭双雕的好事。但是，令人担心的是，在离王府六十公里的公路旁，有许多活沙丘（大风季节，被大风来回移动的沙堆），时常影响汽车通行。为了寻找一条能避开风沙危害的交通要道，我立即率领七名蒙古族警察，带着正府地区的地形平面图，骑马出发了。

我们花了两天时间，才找到一条理想的通路。第四天早晨我们返回时，走了一个钟头左右，在一个大沙丘附近遇到夜里骑马赶来的一个警察。他递给我一张兴安西省警务科科长盘井义雄写的纸条：

岛村三郎：

在王府南面四公里处，有个名为三间房的小村庄，那里住着一个名叫宁中孚的中年男子，请你们将他逮捕送我处。

盘井义雄

说实在的，我看完纸条后有种不快的感觉。我大学毕业后在社会上工作了还不到一年，现在就要我开始捉人。但是，命令是要绝对服从的。我掉转马头向那个小村子奔去。

宁中孚家的房子在村中是最大的，我们很容易就找到了。我在院墙外的四个角落和门口各布置了一名警察守候着，然后我自己带着两个比较机灵的警官走进屋里。我看见炕上有一个跛腿的小个子男人，迅速用手枪对着他问："宁中孚在家吗？"

"今天不在家。"小个子男人吃惊地答道。

"哪里去了？"

"到赤峰买教科书去了。"

听说宁中孚是个小学校长，加上这个人镇静的回答，我完全相信了。

"你叫什么名字？"

"我叫宁中，是宁中孚的哥哥。"那个小个子回答。

在中国还没有听说过有叫这样名字的兄弟，我心里疑惑起来，但没有看出其他破绽。

"有点儿事儿跟你说，我们想了解一下你弟弟的事情，请你到旗公署去一趟！"我把手枪放进枪套，用商量的口吻说。这个男人很痛快就答应了。他从马棚里牵出一匹马，连马鞍子也不放，就骑上马出了院子。对于这样的人，我当然不需要用绳子绑住他，我们刚走不远，突然从左面的房里跑出一个十二三岁的小女孩。

"不能带走我的爸爸！"她扯着我的衣服哭喊着，我一时感到难于摆脱这样的局面。

"你爸爸是好人，一会儿就会回来的。"我想宽慰一下这个孩子，但是，不会讲汉语没说出口。我从兜里掏出几块银币送给小女孩，可是，小女孩哭得更厉害了，把银币扔到我的脸上。

这天晚上，我们住在王府里，我完全相信他就是宁中孚的哥哥。晚饭时，我还让他坐在上宾席上，同桌共饮。我们睡在一起，我把手枪随便放在枕头底下，就放心地入睡了。

第二天，我们出了王府，准备返回旗公署。许多居民手里拿着"满洲国"的"国旗"，夹道欢送我们。我感到很奇怪，站在最前面的年轻的商务会会长靠近我身旁说："副参事官，宁中孚不是坏人，请放了他吧！"

我对他的请求，哈哈大笑地说："他是宁中孚的哥哥，很快就会回来的。"

"不！他就是宁中孚啊！"商务会会长向我三拜九叩地鞠躬。我惊讶起来，随后命令警察："喂！快用绳子绑起来。"

回到旗公署，警务科科长盘井义雄正在门外迎候我们，我高高兴兴地把宁中孚交给了他。

"岛村立了一大功！这是周永（荣）久部的参谋长啊！"盘井义雄拍拍我的肩膀说。

后来，我听说宁中孚参谋长在残酷的严刑拷打面前，坚贞不屈，没有出卖一个同志。在监禁中，他用铁器割断自己的气管，鲜血流了一地，最后悲惨地死去。但是，我心里一直对这件事迷惑不解，他要真是宁中孚参

谋长，为什么在王府和他一起睡觉的时候，他不杀了我而逃走呢？

日军认为宁中孚是周荣久部队的参谋长，还称周荣久为军长，也认为是宁中孚策划了"八仙筒事件"。

岛村三郎描述得很详细，但是就目前掌握的现有纸质资料来看，却没有发现关于宁中孚的信息。

于是我们就在奈曼旗大沁他拉镇附近进行了调查走访。因为大沁他拉镇不大，宁姓人家也不多，在奈曼王府南四五公里处有个小村子叫三七地，我们很快找到了宁姓人家的祖宅。通过走访奈曼旗内的年长者和一些宁氏族人，隐藏在奈曼旗的另一支抗日队伍拂去历史的尘埃，出现在人们面前。

据宁氏家谱记载，宁氏家族祖籍山东临邑。后来闯关东到敖汉旗。光绪年间，两位先人宁伸和宁侃分别在光绪十八年和光绪二十一年考中秀才后，渡过教来河来到奈曼旗。当时的奈曼王爷非常敬重这兄弟俩，还拨了土地给他们耕种。人们尊称他们为"三秀才""六秀才"。两位秀才带着儿孙们生活在奈曼旗三七地这个小村子里，他们过着读书、教书、耕田、研究中医的田园生活，宁家子孙们过着很富足的日子。

但是，日军的入侵打乱了他们平静的生活。1933 年 3 月 12 日，日军松室大佐部侵入奈曼，绥东县县长逃亡，奈曼旗沦陷。1934 年 1 月，日军委任山守荣治为绥东县代理参事官。

我们还访问了宁氏家族的 86 岁老人宁志恒和他的儿子宁宏君。

日本人来了后，经常要粮要钱，不给就打人抓人。桥东有个叫姚三的人打死了人，就和日本人说主谋是宁琨，说宁家人要杀日本人。日本人就要抓宁家人，于是宁琨联合周围村子王家、李家、江家、宁家等几家大户人家揭竿而起，号"平东洋"，消灭了一小股日军，并把日本人的尸体钉在八仙筒的北城门上。后来，"平东洋"一直在八仙筒、开鲁一带打游击。

我们访问的宁志恒老人就是"平东洋"宁琨的儿子。

宁氏家谱里还记载了一位被日本人杀害的宁璞，但是家谱里没有准确记载其遇害的时间。

根据岛村三郎的材料，宁中孚是一所小学的校长，住在王府南 4 公里左右的三间房村；宁璞住在王府南 4 公里的三七地屯，但是他当没当过教师或者校长，宁家后人都不了解。

宁中孚个子矮，还跛着脚，根据宁家人描述，宁璞的弟弟宁瑞的个子也不高，大约一米六。

岛村三郎抓捕宁中孚的时候，从屋子里跑出一个十二三岁的小女孩，揪住岛村三郎的衣服喊着："不要带走我的爸爸!"宁璞有一双儿女，儿子志强、女儿婉玉在 1940 年左右死于瘟疫，女儿死时只有 16 岁，儿子 18 岁。从年龄推断，宁璞被抓时，女儿婉玉大约十三四岁。

关于宁璞是怎样被杀害的，宁志恒（宁璞的侄子）的说法是：宁璞被抓到兴隆地王家大院后，被日本人用菜刀砍了八刀，但是宁璞口中不住地痛骂日本人，一直到死。

据宁志远（宁璞的侄子）的录音资料（即 2017 年的录音，此时宁志远 90 岁，现在已经去世。此录音是宁志远和家庭成员唠嗑时录的）说，日本人抓宁璞时候，宁志远都七八岁了，日本人是开着汽车来抓的。后来宁志远的父亲宁瑞找到哥哥宁璞的遗体，发现被一领旧席子裹着的宁璞浑身是血，身上还有多道被刀砍的伤口。悲痛的宁瑞就地掩埋了哥哥的遗体，然后就去找日本人说理，日本人却说宁璞是自杀的。后来，日本人两次抓捕宁瑞，宁瑞两次都逃脱了，后来跑到了翁牛特旗生活。

根据宁氏家族介绍，当年和宁璞一起被抓的还有一位王老师（名字不详），王老师给学生讲抗日的道理，他们的联络点是一家中药铺子。我们找到了当年开中药铺子的后人李素文老人（1942 年出生），李素文老人是一位老师，在赤峰实验中学退休。李老师说她的父亲叫李英，但是不一定是真名字，当时家住在大沁他拉西北的敖包围子村（今苇莲苏乡东奈曼营子村）。李老师常听母亲说，有许多人经常来中药铺子，有姓王的、姓宁的、姓周的，还有蒙古族人，他们也不买药，不知道嘀嘀咕咕说啥，也不让她听。李老师的姐姐们都知道这些蒙古族人的名字，但是她的姐姐们现在都已经去世。据姐姐说，父亲就是在联络这些人抗日。后来 1943 年左

右，父亲被抓走，1945 年日本鬼子撤退前，李英被日本鬼子枪杀于功成庙泡子。东奈曼营子距离大沁他拉街 36 公里，沿途很少有村庄，都是沙漠，是个很合适的联络点。

宁璞牺牲后，宁家人在房前屋后翻出许多宣传抗日的标语传单和材料，家里人害怕被日本人发现，就把传单和材料都烧了。但是家族人都不清楚宁璞和周荣久是否还有联系，更不知道他在周荣久攻打八仙筒期间做过什么。

据宁氏家谱记载，宁璞出生于 1902 年，他从小读私塾，后来从事家族产业经营。笔者查阅了《奈曼旗教育志》，在民国时期、伪满时期的学校、私塾都没有查到"宁中孚"的名字，但是有一段文字："民国十年（1921年）绥东县第七任县长窦茂芳设劝学所，所长张瑾，劝学员宁甫。地址在库伦街关岳庙（和关岳庙小学合署办公）。"这里只留下"宁甫"的名字，在奈曼旗方言里，"宁甫"与"宁璞"发音一致，但是这位宁甫是谁呢？1921 年，宁璞虚岁 20 岁，因从小读私塾，拥有家学渊源的宁璞是有可能会担任这个职务的。笔者又联系了当年修《奈曼旗教育志》的一位老师，询问宁甫是谁，他回答说："是奈曼旗师范学校副校长张志良的大舅子。"张志良的夫人叫宁勤，正是宁璞的妹妹。这样就和当过学校校长的宁中孚联系在一起了，但是历史不是推断，而是真实的记载。

笔者又找到了 1935 年在八仙筒学校教书的张开诚老师的后人张伯昌先生，根据张先生叙述，他的父亲在世时经常向他讲宁璞在监狱里坚贞不屈的革命精神，也多次讲述宁璞在监狱里将半块犁铧磨得极锋利，准备自杀的事情，宁璞第一次自杀没成功，鲜血流了一地，第二次用犁铧割断了自己脖子上的动脉，牺牲时很惨烈。宁璞牺牲的过程也是监狱看守告诉张开诚老师的。

宁璞的家人及后代均在战争中离世，他的经历，后人无从知晓，但是面对日本人的严刑拷打，他那坚贞不屈的高大形象永远留在人们的心里。无论宁璞，还是宁中孚，还有周荣久、贺生、周凤林、周洪文，他们都代表了奈曼人民，在面对残暴的日本侵略者，表现出了铮铮铁骨和不屈不挠的坚强意志，这样的人才是最终战胜日本帝国主义的巨大力量！抗日救国军的将士们迎着枪林弹雨冲锋陷阵，用鲜血和生命为抗日战争的胜利作出了巨大牺牲，他们是一座座不朽的丰碑，将永远铭记在人民心中。

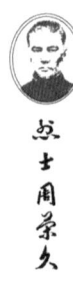

攻打黑城子王府

日军在奈曼南部山区疯狂追捕抗日救国军的时候，周荣久率领抗日救国军告别了衙门营子的父老乡亲，带着奈曼人民的希望继续南下北票，在北票黑山及奈曼南部山区一带，以游击作战的方式不断给日军以沉重的打击。队伍深得人民群众的支持和拥护，成为辽西地区一支很有影响、很有实力的抗日队伍。

周荣久率领抗日救国军沿着和栾天林约定的路线，一路向南，直奔北票。与在建平一带活动的栾天林部会合，队伍达到1500人，编成10个大队。此时栾天林第一次攻打黑城子王府（今辽宁省朝阳市北票市黑城子镇），因为准备不足而失利。栾天林部与周荣久部再次会合后，以大黑山为依托转战各地，袭击敌人，又多次率部攻打敌占据点。当地老百姓高度赞扬他们的义举，还编了一首歌谣："朝阳五区第一军，军长大人栾天林、周荣久辅佐并肩站，杀了日寇救穷人，群雄并起把国治，满斗焚香谢上神。"

抗日救国军在热河东部和内蒙古地区时，不但要打击日本侵略军，还要打击汉奸走狗和蒙奸王公。周荣久在早年间为了救自己的把兄弟苑九占，曾经和"老北风"一起攻打过黑城子王府，对黑城子王府略有了解。黑城子王府是土默特中旗旗长沁布多尔济的老巢。

蒙奸沁布多尔济，汉名叫宝治卿，土默特右旗末代王爷，是土默特右旗贝子棍布扎布的第五子。沁布多尔济是溥仪皇后婉容的姨表弟，曾被溥仪封为和硕亲王，人称"小王子"。1933年日军侵占北票，沁布多尔济回北票任伪职，后改任土默特中旗旗长，他勾结日本讨伐队队长佐藤，在北票制造了娄家沟、齐杖子等地惨案，曾在娄家沟召开万人大会，用铡刀铡死了11名无辜群众，还残忍地将他们的人头挂在树上示众，民愤极大。日本投降后，沁布多尔济被国民党委任为热北第一支队少将司令，1951年被人民政府处决。沁布多尔济是最反动的一个蒙奸。

周荣久攻下八仙筒后，极大地鼓舞了义军的士气。与栾天林合并后，决定第二次攻打黑城子王府。栾天林和周荣久制定了周密的攻城计划。

根据密探送来的情报，大家绘制了详细的"炮击王府重地方位图""敌人火力配备和古城地形地貌利用图"，最后提议，这次进攻采取闪电式突然袭击的策略，此次攻城属于攻坚战，采取强行火力攻击，要集中救国军的4门迫击炮，有针对性地轰击敌人阵地，摧毁敌人的指挥中心。另外要用炸药爆破，炸开王府城墙，冲进去活捉"小王子"和鬼子汉奸。

大家听了作战计划，个个激情满怀，纷纷表示要大展身手，活捉"小王子"。

栾天林说："我们决心要摧毁日本鬼子、汉奸走狗、蒙古王公的堡垒，我们要对敌人全线出击，谁要是走漏风声，稽查官贺生一定不要放过他！"

黑城子王府残存的围墙

栾天林看到大家坚定的眼神，又大声说道："咱们进攻之前，要掐断通向各地的电话线，来个关门打狗！"

周荣久将各路义军18个大队划分成4个纵队，分别部署了战斗任务，分别在东、南、北3个大门派了蒙古骑兵大队、敢死骑兵先遣大队、铁血骑兵大队，护卫铁骑大队抢先占领西山高地，等待执行炮击任务。

1935年8月初，栾天林和周荣久、张宝三调集全部兵力，在青纱帐的掩护下，神不知鬼

不觉地将黑城子王府团团围住。在东方天际刚刚出现鱼肚白的时候，救国军各路纵队的战士们就按照战前副司令周荣久分派的任务，悄悄地来到黑城子王府城墙下。

栾天林举起了枪，清脆的枪声划破了黎明前的黑暗，刹那间，枪弹从每个黑暗的角落里放射出来，黑城子王府内到处都是浓烟，到处都是纷乱。总司令栾天林亲自指挥攻打西面和南面，副总司令周荣久指挥攻打东面和北面。拂晓后，王府外墙被攻破（城墙周长4公里），"小王子"的卫队龟缩在内宅大院里顽抗。这时，群众也纷纷加入进来，他们手擎刀枪，助威杀敌。"小王子"沁布多尔济气急败坏，他拎着手枪在院内四下督战，日本鬼子山本宗成感到情况十分严重，抽出军刀，带领两个日本卫兵和卫队长冲了上去，到城墙被炸开的豁口处，山本宗成命令两挺机枪严密封锁，还把监狱里的政治犯押到城墙豁口前边，用军刀逼迫他们向救国军喊话："我们是因为抗日而被抓来的，你们千万别开枪……"

周荣久对栾天林说："敌人太狡猾了，这是在耍花招，咱们等天亮再收拾他们，别把真正的老百姓给伤了。"

天刚刚放亮，敌人将所谓的"犯人"撤到豁口一边，栾天林突然发现城墙豁口处后边垒起一道沙袋子围墙，在墙的缝隙中又挤出一些人来，有男有女，有老有少。他们大声喊着："我们是王府的佃户和杂役，放我们出去吧！"栾天林命令队伍中的当地人去辨认检查，看看有没有奸细混出去。可是队伍里还真的混进了"小王子"的亲信，他混出城去给驻在北票的日军送信。

天色渐晚，抗日救国军多次组织敢死队攻城，日本参事官田中、指导官余葆被双双击毙，还有十几名日军被打死。

驻扎在北票的日军接到"小王子"的信后，慌忙调集大量兵力救黑城子王府，企图对抗日救国军来个内外夹击。

半夜时分，抗日救国军接到了北票日军前来增援的密报，周荣久意识到时间久了仍没有攻下内城，敌人援兵很快就能抵达，到时候敌众我寡，救国军会受到很大损失。于是周荣久和栾天林商议，在已经给敌人造成重大杀伤的情况下，各路义军应火速率部撤退，并分散到各地活动，诱惑敌人，各个击破，也会取得很大成果。

当敌人援军赶到时，抗日救国军早已无影无踪。只剩下沁布多尔济和几个日本鬼子还蜷缩在内城里等待救援呢。

北票之战

当时辽西一带的抗日队伍很多，而且多是自发的，互不统属，或时分时合，一般采取流动式作战，走州过府，没能建立起根据地。周荣久一度联合刘荣久的抗日武装，共同抗日。这些武装，重大战役的时候就聚集在一起，平时就采用游击战术，分散行动。

栾天林与周荣久曾并肩作战攻打黑城子王府时，而盘踞在北票的日军不断增援，为了保存实力，抗日救国军撤出了黑城子。栾天林特别欣赏、敬佩周荣久这个兄弟。栾天林相信周荣久有着坚决抗日的决心，欣赏周荣久有过人的胆识和谋略，更是敬佩周荣久的侠肝义胆。这次周荣久攻打八仙筒大获全胜，也给栾天林的队伍以巨大鼓舞。

撤离黑城子后，抗日救国军做了为期一天的短暂休整。8 月的北票，天气异常炎热，栾天林看着周荣久被硝烟熏黑的脸庞，衣服上有好几个破洞；周荣久也注意到了栾天林的胳膊上被子弹划了一道口子，正用一块破布抱着呢。救国军战士们在树荫下，有的互相包扎伤口，有的检查自己的枪支，还有的给自己的战马投喂草料……那面"抗日救国军"的战旗布满了弹孔，虽然已经被熏得看不清颜色，但是"抗日救国军"五个大字依然清晰，战旗在风中猎猎作响，仿佛诉说着战士们对敌作战的顽强，不畏牺牲的勇敢！

周荣久和栾天林思忖着下一步计划：黑城子距离北票有 80 多里，中间却没有像开鲁到奈曼之间西辽河那样的天堑，攻打黑城子王府，北票的鬼子就能快速增援，极大增加了攻城的难度。

周荣久说："北票是热河东部的咽喉，也是热东的重要商埠，更重要的，它还是一座煤城，最近鬼子要把北票的焦质煤都运到日本，咱们不能坐视不管！"

栾天林喝了一口水，将拳头重重地砸在桌子上，说："最近北票的日伪军接受八仙筒事件的教训，加强了对北票的布防。他们把农村里大部分据点的伪军调到城里，咱们得想个办法，把敌人调动出来，消灭他们，再攻打北票城。"

这时候有消息传来，伪满洲国军第四十团副团长"高二绝户"（绰号）率领的200多名骑兵，来北票布防。于是，栾天林和周荣久、苑九占就制定了"引蛇出洞"的计划。周荣久指着地图上的老鹞子山，说："这个地方是高二绝户进北票的必经之地，是个伏击的好地方！"

熟悉地形的栾天林说："这条道两旁树木茂密，便于藏身。"

"我前几年在那里打过一小股敌人，我对那里的地形熟悉得很，我去打这个伏击战！"苑九占主动请缨，申请出战。

1935年8月，在北票蒙古营子十八台南的老鹞子山，苑九占带领抗日救国军埋伏在老鹞子山的道路两旁，布了个"口袋阵"。敌军陷入重围，经过三个小时激战，歼敌150多人，缴获机枪2挺，迫击炮1门，长短枪110多支，战马100多匹。40多名残敌仓皇逃向北票。8月8日午后两点，日头正毒，周荣久、栾天林率部2000多人乘胜追击，将北票县城团团包围。

包围北票后，抗日救国军将司令部设在腰儿营子，栾天林和周荣久将北票平面地形图铺在地上，研究部署作战计划，分配作战任务。

第一大队由栾天支（栾天林的大哥）率队从东山进攻冠山矿和岳家沟，直取火车站；第二大队由高振芳（栾天林部）从北门突进，占领永安街，夹击火车站，捣毁日本人控制的电话电报局；周荣久和高鹏振（报号"老梯子"）带领第三大队和第四大队从北票西北侧攻城，同时防止敌军去蒙古营子十八台抄袭后路；苑九占带领第五大队留在大三家子和尖山子准备打接应。

经过周密的部署，占据有利地形，围攻北票的战斗开始了。攻城之前，栾天林、周荣久传下话去——

"攻城战就要打响了，进城以后，咱们谁也不许闯民宅，更不许进商

139

号，犯了这个规，可别说自己死得冤!"

贺生带着这个命令，传到了每个头领那里，又由头领们下达给每个义勇军战士。

战斗打响了，栾天林、栾天支率领第一大队人马从冠山发起攻击，并很快攻下矿务局，并向火车站逼近。周荣久带领第三大队人马从北票西北侧出发，在敌军密集的炮火下，攻破敌军重重防线，抢先攻入城内，与街内日军展开激战。抗日救国军将士不畏强敌，浴血奋战，获得节节胜利。

面对抗日救国军的强大攻势，守城的日伪军抵挡不住，慌忙向皇姑屯、锦州、朝阳等地逃窜。奉天（今沈阳）日军中枢得知这一情报后，立刻下令各处日伪军分别乘火车、汽车，装备轻重武器，昼夜奔赴北票增援。经过三天激战，抗日救国军攻入城内，战斗异常激烈。但是救国军战士人人奋不顾身，勇敢地打击敌人。

8月10日上午，在敌人大批援军到达北票之前，周荣久命令各部火速撤军，转移至建平和蒙古营子一带。

1935年8月10日，由日伪控制的《盛京时报》在1935年8月10日第4版刊登《栾匪二千余众围攻北票》。内容如下：

【锦州专电】北票地方，突于八日午后二时许，发现栾天林部匪二千余众，在距市十余里地带，展开包围形势，汹涌逼来，当由警察队及驻防朝阳国军，紧急出动，奋勇抵挡，惟战况异常剧烈，我军死伤三十余名，警讯传至此间，友军00名，星夜驰援。

又据沈阳警察厅方面接得，

日伪报纸《盛京时报》1935年8月10日第4版刊登题为《栾匪二千余众围攻北票》的文章

奉天日警察署电传，八日午后四时许，接到北票地方电称：当日午后三时三十三分许，突有胡匪栾天林者，率领匪徒，约计二千余众来袭，目下已将北票市内包围……

在同年出版的《满铁社员战斗录》（日文版）一书中，一名亲身经历了这次战斗的日军军官，以"拯救北票危机"为题论述了这次战斗，文中虽然主要是替日军吹嘘，但是从字里行间也可看得出救国军的强大攻势和日伪军的狼狈相。这里摘抄部分段落如下：

兰（栾）匪团又组织其他匪团进行了有名的奈曼旗大袭击（指周荣九的八仙筒大捷），凶暴的行为惨而又惨，令人胆战心寒。8月传出风声说要袭击富裕的北票街内，立即进行了警戒侦察，8月6日夜得到情报，匪情紧急，我早坂巡监以下数名从北票分所出动，满军的讨伐队也出动，讨伐队在北票的北方讨伐得到很大胜利，乘胜追击，匪逃进山内。8日早晨贼团伪装逃走，引诱满军深入，而从两侧面的山顶开始夹击，接着两千余大股土匪拼命地袭击过来，出其不意满军蒙受重大损失而退却，匪团乘胜追来，终于迫近北票一公里地带，退却的满军比较混乱地退到北票，市街内官民议论如何做好防战准备，军队积极支援感到困难，战战兢兢躲避者很多。我当时命令北票分所必须死守，又进行多方面的安排后，在十四点率领金岭寺警务段的精锐人员七名出动了。

向北票急进已看到街内人们上下活动的紧张情况，市民争先恐后在逃难，领警依据机关枪管理居民，退却的满军死伤很多，乘马退归的路上被击毙。

如有的人听说已经无望，失去战意，街上的人面色苍白，车站上可听到发车的铃声，从北面小山的下面高粱地匪贼的子弹不断地飞来，车站前方的东山上匪贼的马队渐渐地向街内逼近，从市街周围的围墙、房屋、炭矿的炮楼的枪眼开始应战。然而在八九百到一千米以上的范围内，战云密布，在匪贼不能靠近铁路的时候和站长谈开出列车，目送列车驰去，祝途中安全，我们誓死殉职，也算是为国效劳。我方路警队沿着站前一路到南方高地，乃是北票致命的要地，散开进行防御。匪贼靠近到三百米没有命

141

令不得开枪。因我下了命令，队员奇怪。又我在现场时按距离号令射击，否则不得放枪。二千人的匪团能作战到何时不知道，但他们弹药是不充足的，还必须注意戒备他们的乱射。就连小便的时间也不得迟到，我领警盼望皇军出动飞机，也和满军警连（联）络了，平心静气地死守没问题，心平气和互相拿出勇气来，分担防御协定了。再回到防线上，局员不能到室外去，又安排了其他收容者，对惊恐不安，忧心忡忡的人帮助他们打消顾虑。

蜂拥而来的匪团从三方面包围了市街，子弹越打越烈，接近了十字中街，我前方数百名贼团中，东山上马队约数百人下马突入，从我方左翼岳家沟向我方右翼进出的满军猛烈射击并突进，满军退却了，危机了，如果我方失掉了这个要地后，车站方面也会全灭的，这是北票存亡的关键。于是，我和我队一半人秘密地迅速地急进到满军退却地点，在那里构成了火线。匪贼注意到我等的计谋，仔细地特别注意地依据地形埋伏着，没打一枪。匪贼约在二百米地方停止前进。现在时机成熟，用机关枪、步枪一顿猛射进行突击，剥夺了贼团的士气，他们逃进了村里远处，我方前进数十米停止，恢复了原来的位置，我方又少数人突入，直到敌后危险地带而止，诚然是匪贼之幸，各方面枪声不停地继续着。

不久，朝阳的警备队、警察队开到，对北方的贼团开始进击，也开来了装甲列车，牟田分所长率领队员一同到达，一时战火渐趋激烈。

8时30分，我前方有匪贼在活动，大多数乘夜间，向我前线猛烈进击，"笨蛋"这回见！我们自满地想。射击再次加剧。啊，愿神明加护四周星光一下夜景在（再）继续。

14时40分和19时20分两回在骆驼营子站，东山铁路上出现数十名和一十余名的匪贼，袭击铁桥和站分所。

各方面战线终夜断续听到机关枪、步枪、迫击炮的声音，侦察兵、密探偷偷散开深入，我方火炮的枪声彻夜不断，半夜，从锦县、皇姑屯练习所等出动队伍连续到达，又军队也到达了。

8月9日天明，东山上的匪贼没等出动，满军的迫击炮就开始射击，一向放枪的匪贼全然平静，警务长到现场来，我们受他的指挥。

日满军向北边蒙古营子方面出击，而在东山后方，兰（栾天林）率弟兄五六百名窥测中，在北票西北方有三四百名匪贼（这就是周荣久指挥的队伍）靠近的情报，接连地传来，入夜，一队日军出动了。

8月10日，日满军警，我局路警坚守阵地战斗，当兰（栾天林）和合在一股的匪贼（周荣久部）二千人的大匪团到达山区时，没有容功夫就从四面讨伐追剿，结果匪贼散去。

（上文是全文摘抄，由于年代久远，有些语言习惯和现在也不一样，为了保存原貌，未做修改。）

这是亲临北票之战的日军小头目的记述，应该说基本是真实客观的，但是只是北票之战的局部而已。

北票之战是继八仙筒大捷后，抗日救国军力量不断壮大的又一次成功展示，冲击了日伪当局的反动统治，日本侵略者受到了极大的震动，周荣久抗日救国军给敌人的打击是沉重的，成为日本侵略者的心腹之患。

战士周荣久

143

烈士周荣久

阜新察森大坝之战

北票之战后，周荣久与栾天林部暂时分开，周荣久率部转战到阜新县、敖汉旗、奈曼旗一带，栾天林则继续在大黑山（今辽宁省朝阳市北票市西北部）一带采用游击战的方式打击敌人。

《兴安文史资料》第四辑（1994年版）刊登的阿拉塔（时任伪兴安西省警务科文书翻译）回忆录《我所知道的"八仙筒事件"》中，记录了他亲自参加围剿周荣久抗日救国军的一次战斗：

1935年8月中旬，有密探从奈曼旗向盘井义雄汇报，周荣久抗日队伍在阜新北部山区和义县周围进行抗日活动。盘井义雄听完汇报后，前往通辽与日军部队首脑和伪蒙古军司令共同研究攻打抗日队伍，很快一个讨伐队建立起来。日军出兵200人，由一位少佐级军官带队。全部是骑兵，武器装备精良，另外还携带小型无线电发报机，伪蒙古军出200名骑兵，由洪景祥中校团长带领，警务科科长盘井义雄带领150名伪兴安警备队。9月上旬，通辽的这些日伪军都集中到开鲁，然后渡过西拉木伦河，途经八仙筒向奈曼旗南半部追击抗日队伍，我是个作为翻译也随军出征。队伍从开鲁出发走了三天，在辽宁北部山区察森大坝（引者注：今辽宁省阜新市阜新蒙古族自治县福兴地镇岔大坝，福兴地镇地处辽宁省阜蒙县北部，位于柳河中上游，与内蒙古自治区库伦、奈曼两旗接壤。察森也叫"岔勒森"，意思是"柞树"，那个山岭过去长满了柞树，蒙古语称"岔勒森大巴"，简称"岔大坝"）附近与抗日队伍相遇。周荣久的队伍有六七百人占据有利地形，居高临下阻击日伪军。双方激战，相距不过500米，日伪军和警察队用机枪、步枪向抗日队伍猛烈扫射。战斗开始前日军用无线电联系日本空军予以支援。战斗了两个多小时后，飞来两架日军飞机，在双方上空飞行。双方都把满洲国旗举得很高，尤其日伪军和抗日队伍穿的服装全都是黄颜色，从飞机上看难以分辨。日军飞机在阵地上空用机枪"卡卡"扫射，把日伪军打死打伤二十多人。抗日队伍又消灭日伪军和警察队30多人。日军飞机协助地面战斗，不但没有取得胜利，反而自己伤亡了50多人。战斗从上午十点多一直进行到下午四点多，周荣久队伍奋力反击日伪军。之后周荣久带领抗日队伍奔向义县清河门大山沟方向去了。这次战斗，重创了日、伪军，抗日队伍士气大振，很快就发展到1000多人，继续打击日本侵略者。

（盘井义雄，1945年在美军空军轰炸东京时被美飞机炸死）

从时间上看，这次察森大坝之战是周荣久率部攻打北票后的一场遭遇战。周荣久凭借大智大勇，仅靠战马步枪的简陋设备，用血肉之躯与敌人的飞机、大炮、汽车进行了顽强的抵抗。

浴血大黑山

1935 年，日军再次进行"秋季讨伐"，并作了严密部署，即组织朝阳、建平、北票、凌源、阜新、敖汉、奈曼等旗县共同"联防"，集中 6 个县的伪军，由日军精锐部队配合，分四路兵力包围大黑山；指令各地警察、自卫团村村设卡，步步为营，企图使抗日救国军没有立足之地，更无扩展之区，最后使其疲惫拖垮；组织若干蒙古骑兵，跟踪追击。

兴安西省警务厅警务科科长盘井义雄亲自出马，带领兴安西省警备军蒙古骑兵第三团从开鲁经奈曼火速包抄，盘井义雄在黑城子右旗公署见到"小王子"沁布多尔济，说："右旗是匪患的源头，是袭击奈曼和北票的祸首。用中国话说，强龙不压地头蛇，镇压主要靠你们，你们知晓匪贼，掌握他们的社会基础，该抓则抓，该杀则杀。"于是盘井义雄和"小王子"想出了一条毒计——灭其祸首家族，断其财源，严惩帮凶，栾天林部必然回救，到时候就趁势消灭栾天林部。盘井义雄和"小王子"在保安队一些汉奸的引路下，对黑城子周边的各村民众进行血腥镇压，大肆实行"三光"政策。

面对残暴日军的歹毒攻势，周荣久的抗日救国军数次被敌人打散，但是又多次再聚集起来，形成一股新的力量。抗日救国军经历无数次的枪林弹雨的洗礼，每一次重新聚集，都会迸发出强大的力量，这力量像一把利剑，刺向日本侵略者。

栾天林和周荣久攻打北票后，主动转移，在敖汉、建平及奈曼旗南部山区一带活动。这期间，又同高体乾领导的抗日自卫救国军会合。会合后，在炮手营子附近与当地伪军、地主武装打了一仗，给敌人以重大伤亡。

大黑山山高林密，幅员辽阔，抗日救国军凭借有利地形与敌人周旋，使其初期围剿计划破产。1935年秋，由共产党员高体乾领导的抗日自卫救国军也从热河建平一带向敖汉朝阳大黑山一带靠拢，与栾天林、周荣久领导的抗日救国军会师，此时大黑山抗日武装力量达到全盛时期。4000多名救国军战士浩浩荡荡地经过贝子府附近，向大黑山转移，在那里休整和装备武器，准备冬装。

此时，日军"秋季讨伐攻势"打响。敌人在大黑山部署了包围圈，埋伏下千军万马，像个巨大的怪物，张着血盆大口，似乎想要吞噬掉救国军的全部人马。

抗日救国军进入大黑山时，就中了敌人的诡计。

敌人调动主力部队，在大黑山采取"铁壁合围"战术，将救国军打垮，再组织日满军和地方保安队"分路合围"，将救国军分割成若干小股团伙，并采取"梳篦式清剿"和"点麟式包围"进行分头消灭，最后大搞"肃正"，将抗日分子一网打尽。

抗日救国军开进大黑山下的村落，刚要宿营做饭，敌人就包抄过来，抗日救国军立刻寻找有利地形，抢占山顶，投入战斗。

大黑山响起了密集的枪炮声，敌人动用100多辆汽车，车上架着轻炮，向山顶猛烈攻击。后来日军又派来3架战斗机，在大黑山上空盘旋，对抗日救国军阵地疯狂地进行低空扫射和投掷炸弹。贺生大喊一声，抄起机枪，跳出掩体，向敌机扫射。顷刻间，一架轰炸机坠落下来，飞机兜了几个圈子，就冒起黑烟盘旋起来，最后在半空中像一串爆竹似的爆炸开来。

这时正是深秋季节，山野的庄稼已经全部被割倒，掩护抗日救国军的"天然屏障"也失去了作用。抗日救国军战士因为缺少隐蔽的掩体和战壕，目标明显，故遭受巨大伤亡，一排排战士倒下了，周荣久的把兄弟刘勤、刘惠也在敌机空投的炸弹爆炸中壮烈殉难。周荣久这个坚强的汉子，眼睛里涌出泪水，心中的怒火燃起，手使双枪，不断射击敌人。各个山头的救国军虽然都付出了巨大的牺牲，但是都勇敢应战。战斗一直持续到晚上，枪声才渐渐稀疏下来。但是，后半夜枪声大作，激战又开始了。

那夜残月如血，厮杀至黎明不休，周荣久持枪跃马纵横冲杀，踏踏铁

战士周荣久

蹄之声如金缕铮鸣。就这样持续激战数日，已步入深秋的战士们不但要和凶恶的敌人作战，还要与饥渴和寒冷作战，但是战士们仍然以坚强的力量坚守在阵地上。战火燃烧，硝烟弥漫；枪炮齐鸣，杀声震天；白色的弹片如雨点般纷飞在战场上空，血肉横飞，尸体遍地，残肢断臂，鲜血染红了整个战场……

栾天林、周荣久等几位首领聚在一起，栾天林看到周荣久的脸颊上有一道血口子，血液已经凝固，身上的衣服也破了好几个窟窿，栾天林关切地询问周荣久的伤势。周荣久抹了一把脸颊，说："我命大，鬼子的炮弹皮刮到我脸上了。"

子夜时分，栾天林、周荣久、高体乾三人分析战斗局势后，决定为保全战斗实力，必须分兵拼死突围。栾天林令周荣久向北突围，他和高体乾各率自己的部队从大黑山东山口和东南山口突围。

拼死突围开始了，大黑山山路陡峭，树木丛生，野草茂密。战士们拉着战马，借着星光，冒着枪林弹雨，顺势向下移动，走下山坡又钻沟穿林，蹚河过溪。尽管山势险要、人困马乏，抗日救国军还是在夜幕的掩护下冲出了敌人的包围，粉碎了日军企图在大黑山聚歼抗日救国军的计划。但是残忍的日本鬼子将抓到的300多名救国军战士拉到朝阳，并全部杀害，无数救国军家属惨遭杀害。栾天林的二哥栾天启被敌人抓住活埋，壮烈牺牲，大哥栾天支作为先遣队队长，也被敌人抓住，他对端着枪的伪军们怒喝："你们别忘了，你们也是中国人，少做点恶事，多积点阴德，将来会有好报的！"说完仰天大笑。那个伪军说："都死到临头了，还这么阳蹦呢。"栾天支从容就义。

此次战斗中，抗日救国军各部伤亡惨重，4000人的队伍，只剩不足千人，三千抗日英雄血洒大黑山，救国军战士经受了白热化战斗的严峻考验，用鲜血和生命又一次沉重打击了日军的嚣张气焰。仅周荣久部就打落敌机1架，击毁敌人军车5辆，歼敌约2000人。

1935年8月17日日伪《盛京时报》第4版报道《奈曼周永久、北票栾天林二魁合股千五百，被日满两军围剿》。

奈曼周荣九北票兰（栾）天林，二魁合股千五百被满日两军围剿。前者袭击奈曼镇公署之周荣九，与袭击北票之兰天林，合流目计一千五百多名，现盘距于朝阳县大黑山东北方三道梁予一带，则此由松井部队，由赤峰满州国军第四十二团，兴安南省警备团。为追击周荣九匪，均已南下，即由松井部队向匪团集结地三道梁子、二龙台，东方有熊川，东南方有小野田，西方有富各大尉指挥之支队，自十四日来，包围攻击中，但无通信联络，至十五日，尚无详情。

抗日救国军长期处于战斗状态，枪支弹药得不到及时补充，部队得不到休整，给养日益困难。1936年初，抗日救国军在日伪的围攻下，内部发生动摇，一些不坚定分子，有的逃跑，有的投敌，最后被迫化整为零，进行分散和隐蔽的斗争。

根据岛村三郎在《奈曼旗事件及以后的大讨伐》一文中的叙述：1936年4月，岛村三郎任阿鲁科尔沁旗参事官，5月，周荣久带领300多名部下来到阿鲁科尔沁旗，岛村三郎指挥士兵在兴安岭山中来回追赶他们，终于在奈曼旗境内喇嘛塔拉汗庙的渡河点使他们损失半数。后来周荣久部带领寡兵出现于乌

日伪报纸《盛京时报》1935年8月17日第4版刊登题为《奈曼周永久、北票栾天林二魁合股千五百，被日满两军围剿》的文章

日伪报纸《盛京时报》1936年7月4日第4版刊登题为《辽西剿匪情况——老梯子、周永久匪溃散》的文章

丹城附近，在这里又和伪满洲国军发生战斗，周荣久和仅仅五六名部下回到奈曼旗。

为保存实力，抗日救国军再次分开，高体乾率部开往建平方向，栾天林再奔北票大黑山，周荣久奔往东北，在奈曼、敖汉、库伦等地打游击。

周荣久率部回到奈曼旗南部山区。不久又与海峡、五龙、文合、大林字等几股小抗日武装会合，在奈曼旗、

日伪报纸《大同报》1936 年 7 月 23 日第 11 版刊登题为《周永久匪团将就歼灭》的文章

日伪报纸《盛京时报》1936 年 7 月 20 日第 4 版刊登题为《各地剿匪捷报频传》的文章

乌丹县、赤峰县等地与日伪军展开游击战。日军方面称周荣久部为"以反满抗日为口号的政治土匪"，一直调集兵力追杀周荣久部。

岛村三郎在《奈曼旗事件及以后的大讨伐》一文中这样叙述：兴安西省的警务长盘井义雄率领蒙古治安队，专门从事讨伐。从这一时期开始，周永（荣）久在长达一年的时间内，进行了英勇的战斗，在

敖汉旗、奈曼旗、翁牛特左右两翼旗的范围内，进行了完全没有片刻中断的战斗。周永（荣）久军由于兵力、武器弹药得不到补充，每次战斗都损耗兵力，逐渐走下坡路也是不得已的事。

最后的战斗

从大黑山突围后，周荣久身边的兵力仅剩下五六十人，还有许多伤员。在战场上，最可怕的从来不是冲锋和拼杀，而是身边的战友都相继倒下。周荣久看着这些和自己出生入死的弟兄们，他的把兄弟刘勤、刘惠兄弟俩已经牺牲在大黑山，他的亲弟弟周贵和同乡曲贵也倒在他的面前。大黑山战斗的失利让周荣久难以接受，"三久保朝"的时候400多人，弟兄们跟随周荣久转战南北，没有想过享受荣华富贵，他们只是想自己的家园不被强盗侵占，他们只是想保护自己父母妻儿不被强盗凌辱，为此他们舍生忘死，冲锋陷阵。没有资料可证明周荣久的抗日救国军究竟牺牲了多少人，因为一批战士牺牲了，又有一批热血男儿加入进来，连名字都没有留下来，就牺牲在战场上。那杆经历了无数次硝烟的战旗，仍然还在他们手中，只是经历了硝烟和战火的洗礼，已经变成了布条，但是那浸染了无数战友鲜血的"抗日救国军"五个大字还是那么耀眼。

周荣久想起自己和栾天林分手时的情形：那是突围到一个叫"六道沟"的地方，栾天林和周荣久针对敌强我弱的斗争形势，将救国军化整为零，采取小分队作战，进入山区打游击。栾天林带着队伍奔赴北票、大黑山一带，周荣久带着部分人进入阜新北部和奈曼交界处山区，其他部将有的带着队伍进了老虎山，有的去广宁山打游击。

自从在六道沟分别后，周荣久再也没听到栾天林的消息。他望着眼前的战友们，再一次作出了一个重大的决定。周荣久郑重地说："兄弟们，咱们从衙门营子拉起队伍开始，到现在已经有一年多了，几乎天天和鬼子打仗，但现在敌强我弱，力量天地悬殊。为了保存实力，从现在开始，咱们分散行动，你们可以回家，也可以到外地躲一躲。等咱们休整好了，再和日本鬼子干！我就不信整不死他们！"周荣久的脸上露出刚毅的表情。

可是跟随周荣久经历了生死、转战了一年多的战友们，怎么舍得分别呢？无奈之下，周荣久只好按照几个人一组分散队伍。

贺生含泪离开了他的生死兄弟，回到了他的老家下洼镇丰源村。周洪文也带着几个兄弟奔赴阜新一带。周荣久的表弟周凤林舍不得和哥哥分别，他们这些兄弟已形成了一股坚不可摧的力量。他们灵活多变，勇斗顽敌，在敖汉、奈曼、北票、库伦、阜新等地四处出击，杀伤日伪军、蒙奸60多人。

1936年7月，周荣久在敖汉旗羊羔子庙一带活动时，队伍被敌人包围在一片高粱地里，日军在四周布置了强大的火力，还调来了飞机，在空中轰炸扫射，救国军顽强抵抗，大部分人员战死，只有少数人突出重围。周荣久带领两名战士突围后，准备向乌兰木图山一带转移，途经衙门营子向阳所时，被汉奸发现告密，化吉营子伪治安队队长金宝仓率队追周荣久。金宝仓是日本人的铁杆蒙奸，他带着爪牙追击周荣久，并把周荣久的行踪报告给警备队和宪兵讨伐队。100多名伪军聚集在衙门营子，向乌兰木图山追击。

周荣久见到形势危急，立刻对周洪文和周凤林说："我带两个人，你俩也带两个人，咱们分开引诱敌人。"

周荣久和周凤林、周洪文眼含热泪，依依不舍地分开了，但是他们期待着下一次并肩战斗！

周凤林带着一个叫"瘸九江"的人，和另一个战士往北票方向撤退；周洪文带着一个弟兄去往阜新方向，周荣久带着海侠和另一名战士打算到库伦旗隐蔽起来，伺机东山再起。

153

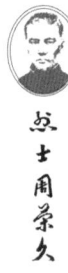

血洒乌兰木图山

周荣久等3人来到库伦旗西南部扣河子，打算隐蔽起来，这时日伪库伦旗公署也下达了捉拿周荣久的通缉令，大街小巷到处贴着通缉令。周荣久感到这里也不是保全之地，于是带着两名弟兄奔向山高林密的乌兰木图山。

1936年7月，距离周荣久攻占奈曼旗公署所在地八仙筒已经有整整一周年了。这一年里，日军松井部队对周荣久抗日救国军的讨伐从没有片刻的歇息，有时候刚刚端起一碗水，还没来得及喝，汉奸保安队就追上来了。

周荣久刚刚离开扣河子，金宝仓带领十几个骑兵尾追到乌兰木图山，当晚就驻进乌兰木图山东麓的坡林大巴屯（今辽宁省阜新蒙古族自治县八家子乡果树村），一进村，不容分说就搜查，把村民不论大人还是小孩统统集中起来，对他们进行严刑拷打，威逼老百姓说出抗日救国军在哪里。有一个伪军，长相吓人，大个头，一脸横肉，说话总带脏字。后来听说他就是化吉营子伪保安队队长金宝仓。他们将村民李丙文、韩忠一、李永忱、徐贵纯等人打得头破血流，死去活来。尤其是韩忠一，他被伪军一马鞭子抽在下体上，当时就昏了过去，村里百姓被折磨得叫苦连天。这时，村民李永忱站了出来，哆哆嗦嗦地说："长官，请饶命！我到西洼（也叫狭歹洼。狭歹，即狼的俗称）里去看看，看有无土匪。"

伪军们听到这话，才把鞭子停了下来。李永忱又惊又怕，当他出了村，走到洼口时，试探着喊叫："洼里有人吗？"说来也凑巧，真有3个人拉着马从洼里向屯子走来。这时李永忱大声喊道："有人啊！"此时，伪军头头也看到了正拉着马的3个人。"我们大队人马在后边呢！"伪军头头立即抢着喊，实际是在讹诈。伪军兵分三路，逼老百姓在前头带路，从洼的南北两侧和洼底齐头并进，伪军们边喊话边开枪射击……那3个人见状连忙拉着马往洼里跑，但却听不见他们回击的枪声。

周荣久壮烈牺牲，血洒乌兰木图山

很快，就有两个人和一匹马被击中，他们倒在洼里一块大青石的旁边。另一个见势不好，立刻把手里的枪摔碎。伪军们察觉到他们已经没有子弹了，于是就大喊："抓活的！"伪军们冲上去将他拖回到那块青石上时，他毫无惧色，大声质问道："你们这些没有良心的中国人，替日本鬼子卖命，欺压自己的同胞，真不如禽兽，哪还有中国人的人味儿啊……给你们毙吧，这仇……一定会有人报的！"话音刚落，敌人的枪响了，罪恶的子弹射中了他的胸膛，他那高大的身躯倒在了那块大青石上，一腔热血溅在大青石上，也染红了石头下那枯黄的野草……

事后得知，那3个人早已弹尽粮绝，几天没吃上饭，已经累得筋疲力尽了，强打着精神出洼找饭吃，以便远走他乡。

伪军们将那两匹活着的马和几支枪带走了。当天下午，他们驻进了乌

155

兰木图山东麓的牛家沟屯（辽宁省阜新市阜新蒙古族自治县八家子乡大沟村），个个得意洋洋，认为有了功可得重赏，于是在牛家沟屯中横冲直撞，寻欢作乐，老百姓怕得要命。傍晚，伪军抓来王贵等几个老百姓，威逼他们扛着铡刀去西洼里将那三具尸体的人头铡下来，并带回来交差，还恶狠狠地威胁道："不拿回人头就要你们的脑袋。"几个百姓又怕又有顾虑，只好哆嗦着走进洼里……

据说事后，伪军们拿着三颗人头向日本皇军请功受赏去了，扔下的那三具无头尸，因为无人敢收殓掩埋，竟然被野狼、野狗啃食了……

那颗不屈的头颅，先是被用盐腌上送到日本关东军总部，后来被拿到鄂尔吐板，挂在街面的大树上，示众七天。当人们看到其中一个头颅的嘴里有几颗金牙，确认他们的英雄周荣久确实英勇就义了，老百姓无不感到万分悲痛，更是加深了对日本侵略者的无比痛恨！

后，該部義軍即迭與日偽大軍正面激戰，損失

本月來迭次敗績，終且捐軀。緣自七月十二日

大，日偽屢以重兵相迫，然終無如之何，不幸

力之領袖，本年以來，所部曾逾千人，聲勢極

年振動一時之奈曼族事件，周等均為個中最有

周永久與海俠等旋亦捐軀

二虎於先四日在建平殉難

周永久，海俠，二虎等聯合部隊

周永久，向在興安及錦熱等省活躍，去

義軍

周永久部不幸連番敗北

在阜新北方被獲就義

1936 年 7 月，《边讯》在第 1 期第 7 号报道了周荣久为国捐躯的消息

《边讯》（于 1936 年 1 月在上海创刊，1936 年 8 月停刊，属于抗日刊物）在第 1 期第 7 号报道了周荣久为国捐躯的消息。内容如下——

周永久部不幸连番败北　在阜新北方被获就义

二虎于先四日在建平殉难　周永久与海侠等旋亦捐躯

周永久，海侠，二虎等联合部队向在兴安及锦热等省活跃，去年震动一时之奈曼旗事件，周等均为个中最有力之领袖，本年以来，所部曾逾千人，声势极大，日伪屡以重兵相迫，然终无如之何，不幸本月来迭次败绩，终且捐躯。缘自七月十二日后，该部义军即迭与日伪大军正面激战，损失甚重，乃窜往热河之建平县境，是时部众仅及三百人，于十六日晨义军正在休息之际，日伪军追剿部队跟踪而至，并以飞机轰炸，义军不支，死亡四十余人，抗日首领二虎亦阵亡。周永久、海侠等乃率部回窜兴安省境，中途又遭日军森泽部队之截击，斯时所部已不满百人，乃向乌丹城林东一带败走，由林东折入奈曼旗，嗣以受兴隆方面之伪军追击，遂再逃向哈拉哈王府方面，于二十日午前十时在爱林木头山中被日伪军所包围，此著名之抗日首领周永久及海侠等遂不幸以捐躯闻矣。

《边讯》在这一版面还记载了《阎生堂部击毙日军》《赵尚志部夜战日军》。在关于周荣久捐躯的报道中，明确了周荣久身边的两名战士，一位叫"海侠"。其牺牲的地点即报道中的"爱林木头山"（即乌兰木图山）。关于烈士牺牲的时间，这篇报道中也有明确记载：1936 年 7 月 20 日上午 10 时。

但是烈士牺牲的时间以及如何牺牲也有多个版本——

1990 年，中国人民政治协商会议哲里木盟委员会文史资料委员会编的《血雨腥风十四年》中有一篇文章《周荣九与"抗日救国军"》（作者为张斌），这篇文章记载：1936 年 9 月，周荣久在乌兰木图山被奈曼旗化吉营子治安队队长金宝山（仓）包围，最后弹尽粮绝，精疲力尽，周荣久自刎而死。

2002 年版的《奈曼旗志》也是这样介绍的：1936 年秋，周荣久在乌兰木图山自尽殉节。

烈士周荣久

2015 年南方出版社出版的《通辽抗日战争史》中,《周荣久英勇杀敌》一文中记载:1936 年 9 月 26 日,伪化吉营子治安队队长金宝仓率队追至乌兰木图山,将周荣久三人包围。周荣久临危不惧,弹无虚发……最终寡不敌众,周荣久壮烈捐躯,时年 42 岁。

2017 年版的《奈曼文化志》中记载,1936 年 9 月被敌人追至乌兰木图山,周荣久等 3 人一直和敌人拼完最后一颗子弹,最后自刎而死。

但是当年的抗日刊物《边讯》准确记录了周荣久壮烈牺牲的具体时间——1936 年 7 月 20 日上午 10 时。让我们永远记住这个日子!记住这位为国捐躯的民族英雄!

周荣久领导的抗日武装,经过一年多的浴血奋战,沉重地打击了日本侵略者的嚣张气焰,震慑了汉奸卖国贼,鼓舞了蒙汉各族人民的抗日救国斗志,表现了中华民族的英雄气节。周荣久领导的抗日队伍

抗日救国军使用的土炮

虽然失败了,但是他给日军的打击是沉重的,"八仙筒事件"当时震动伪满朝野。日伪把攻陷八仙筒列为"国家大事",计入《满洲国现势》一书。据《满洲国警察史》记载,日伪把"东边道杨司令(杨靖宇)以下红军系统各匪帮,三角地带有阎生堂,滨江省中部以及北部地带有赵尚志、张连科、考凤林、谢文东等,东部国境地带有孔宪荣、吴义成,锦州、热河省境方面有蓝(栾)天林、老梯子、周荣久等"列为"满洲国""肃正"工作的重点。

周荣久壮烈牺牲了,年仅 42 岁。那些抗日英雄的名字和英勇事迹深深地刻在奈曼人民的心中。

那块见证了周荣久英勇就义的大青石，如今依然静静地躺在位于辽宁省阜新市阜蒙县八家子镇境内的乌兰木图山狭歹沟里，似乎在向人民诉说着英雄的故事。

战士周荣久

继续战斗

毛主席在《论联合政府》中说："成千成万的先烈，为着人民的利益，在我们的前头英勇地牺牲了，让我们高举起他们的旗帜，踏着他们的血迹前进吧！"

在抗日救国军队伍中，贺生一直和周荣久并肩作战。1935 年 7 月，周荣久的队伍已发展到六七百人，贺生为副司令。8 月份左右，日本鬼子派了 200 多名骑兵追杀周荣久抗日救国军，从蒙古营子十八台一直追到北票，抗日救国军采取游击战术，跑跑打打，等到了北票附近时，200 多名日本鬼子骑兵基本上被消灭了。这时日本鬼子又从朝阳调来军队，企图消灭救国军，在敌强我弱的情况下，抗日救国军离开了北票。与栾天林一起北票之战后，9 月中旬，周荣久抗日救国军又被日本鬼子围在黑城子一带，天上有飞

抗日救国军副司令贺生

机，地下有汽车。贺生用机枪扫射，打下一架飞机，战斗从早晨一直打到晚上，抗日救国军队伍死的死，跑的跑，只剩下 60 多人，子弹没有了，马也跑不动了，人已经一天多没吃饭，人困马乏，全军即将覆没，天黑以后，抗日救国军才从敌人的重重包围中突围出来。突围以后，贺生和周荣久商量，决定去阜新，可是刚走到磨葫芦沟，又碰到日本鬼子，阜新去不成了。贺生和周荣久在羊肠子河一带分手了，没想到这一分手就是永别。1936 年 7 月 20 日，周荣久牺牲在乌兰木图山上。

贺生回到家乡，又拉起一支抗日队伍，号称"大生字"，意为抗日队

伍还会壮大重生。日军得知情况后，再次追剿贺生，在蒙奸金宝仓的带领下，日军的汽车和马队从天山追到林东，从林东追到围场，最后追到乌丹一棵树（地名）。贺生骑的马，马腿被日军打断了，当时贺生想要抓个洋马，但是那些洋马是经过训练的，不容易抓，一抓就往日本人堆里跑。贺生只好命令部下瞅准机会就打，打死一个够本，打死两个赚一个，天黑各自逃命。坚持到天黑以后，队伍跑散了，"大生字"不复存在了。

1937年初，贺生跑到黑水，参加了傅作义部队，继续抗日。1949年9月19日，贺生随傅作义部队起义，参加了中国人民解放军。在绥远军政干部学校学习团学习了半年多，学习结束后被任命为中国人民解放军陆军第三十二军骑兵第一旅机枪连连长。

1980年，贺生按中国人民解放军51078部队连长职务离休。1987年7月27日，在敖汉旗下洼镇丰源村去世，享年77岁。

在奈曼旗许多小股的抗日组织中，有的以家族为单位，自家出钱出枪，看准机会，打击日本鬼子；还有的几大家族联合起来，以游击战的形式打击敌人，他们白天种地，把枪放在身边，随时打击敌人，其中比较有名的是"平东洋"宁琨。在奈曼旗流传着这样的故事，就是"平东洋"打八仙筒的时候，将日本鬼子钉在八仙筒北城门上。虽然现在没有资料可证明"平东洋"有没有参加周荣久的八仙筒大捷，但是奈曼旗许多上了年纪的人都知道"平东洋"把鬼子钉在城门上的事。

据高体乾将军的回忆，以及其他的奈曼人参加抗日的记载，奈曼地区有许多自发的抗日武装主动找到高体乾要求参加抗日组织，还有高氏父子两个团在各地进行抗日活动。

壮志未酬

周凤林和周荣久分开后，周凤林身边的两个人，瘸九江的腿有毛病，跑不快，但没有丢下他，结果三个人被伪保安队追至庄稼地里的一个旧房框子里，弹药打光了。周凤林他们三个都是神枪手，如果不是打光弹药，敌人是不容易靠近的。保安队发现他们三人打光了子弹，就大喊："抓活的。"但是又不敢靠近房框子，为了逼迫他们三个人自己走出来，保安队的伪军们把成捆的秫秸点着，往房框子里面扔，但是周凤林他们三人把烧着的秫秸再从里面扔出来，保安队就把秫秸散开后再点着，继续往里扔，最后周凤林三人都被烧死在那个房框子里面。

周凤林他们三人被烧死后，残忍的伪军割下了周凤林他们三人的头，逼着人用筐挑着，送到衙门营子，用油炸了，挂在杆子上示众15天。挑筐的是周凤林的一个外甥姑爷，他很肯定地说这颗人头是周凤林的，周凤林也没有坟墓保留下来。当年周荣久高举义旗的时候，许多人把周凤林当成周荣久，所以人们看到周凤林那颗不屈的头颅时，也是痛哭不已。

天地英雄气，千秋尚凛然。

1935年7月15日，张宝三会同栾天林二打王府，激战了三天，因驻扎在北票的日军增援，转移到牤牛河东。1935年8月，日本人调集1万多名日伪军围剿抗日灭满救国军，为保存实力，栾天林命独立团化整为零，向大黑山转移，11月15日凌晨，张宝三和三弟张怀三、儿子张廷等12名战士夜宿北四家乡长条沟时，因汉奸告密，被200多名日伪军包围了。张宝三宁死不屈，以房顶、大树、墙垛、磨盘为掩体，与日伪军搏杀到傍晚，击毙日伪军数人后，壮烈牺牲，时年46岁，其他11人全部战死。

被称为"周黑手"的周洪文，与周荣久分开后，悄悄潜回下地村，接上家小，举家连夜迁往阜新，在高德煤矿井当了采煤工人。中华人民共和国成立后，周洪文继续在高德煤矿工作，是煤矿安全检查员。退休后回到下地村住了几年，后来被在阜新平安粮库工作的儿子接去赡养，1982 年病故于阜新。周洪文大儿子周树森在阜新市孙家湾粮库工作（现已故），老儿子周树良在四川峨眉电影制片厂工作（现已故）。

在队伍被打散后，还有一部分抗日救国军战士，他们当中有的人和贺生一样，参加了傅作义的部队，在战场上冲杀，为抗击外族侵略流尽最后一滴血！也有的回到老家务农，默默无闻地生活着。例如奈曼旗老教师邱连科（1936 年出生）的父亲邱玉春是莫力沟梁村（今奈曼旗新镇毛仁沟梁村）人，1935 年加入周荣久的抗日救国军，先后参加了攻打八仙筒、黑城子王府、北票的战斗。北票之战后，负伤回到老家。多年后，他时常遗憾地对儿子说："攻打北票的时候，如果不是日本鬼子从山海关、锦州调来兵力，我们就把北票打下来了！" 1993 年，邱玉春在老家去世，谁能想到这位耄耋老人曾经跟随周荣久出生入死地抗击日本侵略者呢？

163

血沃中华

栾天林（1899—1937）

栾天林，北票泉巨永乡栾家窑人。1899年出生在一个贫困的农民家庭。1930年秋天，栾天林在锦县东苇塘一带联合部分贫困农民占领盐滩，劫富济贫。1931年"九一八"事变后，面对日本侵略者奸淫烧杀，栾天林愤然举起"东北民众抗日拥张铁血军"大旗，带领弟兄们投入抗日斗争的洪流，受到广大人民群众的拥护，队伍不断扩大。铁血军以东苇塘和西广宁山为根据地，转战在北宁线上，给日军以沉痛打击。1933年2月，在日军大举进攻的形势下，铁血军行动

栾天林

日益困难。为保存实力，栾天林决定把队伍分散，化整为零，并带部分骨干回到北票蓝家窑。

1933年11月，栾天林在家乡再次组织抗日队伍，号称"抗日灭满救国军"，明确提出"推翻满洲（国），驱除日寇，消灭汉奸，还我河山"的口号，队伍很快发展到1000多人。1934年6月，周荣久率抗日队伍投奔栾天林，抗日救国军迅速扩大到4000多人。抗日灭满救国军成立后，与日伪军进行了数次战斗，在3年多的抗日斗争中，先后取得了大甲营子伏击战以及攻打黑城子王府、攻克绥东县城八仙筒、攻打北票城等战役的重大胜利，给日本侵略者和反动军警以沉重的打击，鼓舞了北票人民抗战的斗志。

1935 年 10 月，在日伪军疯狂的围剿中，抗日救国军受重大损失，被迫进行分散活动。1937 年 8 月中旬，栾天林只身来到泉巨永南平安地村，由于坏人告密，被伪警察包围在一个农家院内。他与伪警察战斗了两个多小时，身中数弹，壮烈牺牲，时年 39 岁。1987 年 1 月 17 日，辽宁省人民政府追认栾天林为革命烈士。1995 年 6 月，中共北票市委、北票市人民政府于大黑山森林公园为栾天林立了纪功碑。

高鹏振（1897—1937）

起来！起来！不愿做亡国奴的人们！民族已危亡，山河已破碎！留着我们的头颅何用？拿起刀枪，携手并肩，冒着敌人的枪林弹雨向前冲！前进啊！前进！前进！豁出命来向前冲！杀！杀！杀！

这是一支浴血抗战的东北抗日义勇军的誓词，它创作于 1931 年"九一八"事变以后不久。1932 年，曾在这支义勇军部队工作的中共地下党员张新生（化名王立川），将报道关于这支抗日义勇军英雄事迹的文章《血战归来》，并刊登在江西瑞金出版的中华苏维埃机关报《红色中华》上。1934年，左翼作家田汉在创作电影剧本《风云儿女》时，看到《红色中华》

高鹏振

刊登的这篇文章，激动得热泪盈眶，激发了他强烈的创作灵感，于是创作了歌词《义勇军进行曲》，成为呼唤中华儿女奋勇抗战的战斗号角。

《义勇军进行曲》歌词创作的原型——东北抗日义勇军，就是"九一八"事变后在全国民众中打响抗战第一枪，转战于彰武、新民、黑山、阜

新县等地的东北国民救国军。这支英雄部队的创建人和领导者，就是于1937年牺牲在今辽宁省阜新市彰武县的"老梯子"——高鹏振。

高鹏振，又名高青山，字云翔，1897年出生在辽宁省黑山县英城子乡朝北营子村一个富裕的农民家庭里。他少年习武，精通骑射，善写诗文，且性格豪爽，好打抱不平。1917年于新民县文会中学毕业后，进沈阳文会书院读书，不久辍学。当时兵荒马乱，当地乡绅组织民团，保乡卫土，高鹏振被推选为首领。1930年间，热河都统阙朝玺的队伍到阜新县泡子村（今辽宁省阜新蒙古族自治县泡子镇）抢掠民财，与路过泡子村的高鹏振民团相遇，双方发生冲突，民团打死官兵9人。高鹏振因此惹来杀身之祸，被逼无奈，便率领几十名弟兄投身绿林，报号"老梯子"，开始了除霸杀恶、劫富济贫的绿林生涯。

1931年，"九一八"事变爆发，当时高鹏振正在沈阳养伤，目睹日军暴行，义愤填膺。他回到新民，联合一些东北军军官和绿林武装，于9月27日在新民举起抗日大旗，成立"镇北军"，当时有200多人。10月10日正式成立"东北国民救国军"，高鹏振被推举为司令，后队伍发展到1200多人，多为骑兵，驰骋转战于辽西大地，多次率部痛歼日军。日本关东军曾授意汉奸对其招降，他诈降获取敌人大量枪支弹药，壮大了抗日力量。1937年3月，他率部转战于彰武、阜新之间，在阜新境内被日伪讨伐队包围，突围时受伤。同年6月，在养伤期间，他的副手"双胜"为向敌人领赏而将高鹏振枪杀，时年40岁。

2015年8月24日，高鹏振被列入民政部公布的第二批600名著名抗日英烈和英雄群体名录。

苑九占（1902—1939）

苑九占，今辽宁省阜新市阜新蒙古族自治县东梁镇人。

1928年，苑九占投身绿林，与当时在承德围场的周荣久结为拜把子兄弟。1931年"九一八"事变，日本军队侵入东北，苑九占不甘心当亡国奴，便把枪口对准日本侵略军。11月，苑九占率部加入东北抗日义勇军。

当月在辽西一带与日军作战 3 次，击毙日军 50 多人，缴获大批军用物资。1932 年 1 月，苑九占配合抗日义勇军攻打凌河、石山车站，击毙日军 12 人。1933 年 3 月初，苑九占带领 100 多人在阜新县东梁、伊吗图附近截击日伪军，缴获大批物资。3 月 12 日，苑九占率领 200 余人攻入阜新县城，缴了伪军的械。1935 年 8 月，苑九占和其他抗日武装攻打朝阳县二十家子警察署、北票县城，消灭了很多日伪军。1936 年初，苑九占同其他抗日武装会合，组成千余人的队伍，在朝阳、库伦、阜新、彰武等地活动，严厉打击了日伪军。1937 年抗日战争爆发后，苑九占在北镇、义县一带进行抗日活动，后来队伍被日军打散，苑九占避居北平。

苑九占

1939 年 2 月，苑九占在北平被日军逮捕，押回阜新。1939 年 4 月 13 日，苑九占在阜新孙家湾南梁英勇就义，时年 37 岁。1984 年，中共阜新市委常委会认定苑九占为抗日义勇军首领。1993 年，辽宁省人民政府追认苑九占为革命烈士。

张宝三 (1889-1935)

张宝三，北票市台吉营乡二合成村人，出生在一个富裕农民家庭，是抗日救国英雄，牺牲于 1935 年。

1930 年组织联庄会时，张宝三被选为会首，负责二十八九个村庄的安全。

张宝三家有良田 2000 亩，年年都要向黑城子王府交租，因为他目睹了王府残酷剥削农民的罪行，对农民疾苦十分同情，所以他决定以联庄会的名义同王府进行抗捐斗争。在张宝三的领导下，抗捐斗争取得了一次次胜利。1933 年，沁布多尔济爬上伪旗长的宝座后，依仗日本人的势力，变本加厉地搜刮民脂民膏。张宝三等人被逼上了梁山，很快拉起了 1300 多人的

队伍，举起了反满抗日的大旗。

1933年冬，他率领队伍悄悄包围了沁布多尔济的王府，用土枪土炮攻打一夜，因没有战斗经验，再加上王府卫队武器精良，故未能攻下王府，最后撤出战斗。后来，他和栾天林抗日灭满救国军取得联系，接受栾天林指挥，其队伍被改编为"抗日灭满救国军独立团"，张宝三被任命为团长。

1934年秋，沁布多尔济勾结贝子府王爷，集合200多名的王府卫队，趁张宝三在牛河东活动之际，窜到河夹芯子放火烧了二色烧锅，又到张宝三家烧了60间住宅，把他家1200亩地庄稼全部割倒，用大车拉回王府。随后又把张宝三家的耕畜、羊群抢回王府。张宝三得知后，与栾天林、周荣久集合全部兵力，对黑城子进行四面合击。战斗十分激烈，第二天上午攻克了王府外城，将王府内宅围住。第三天，日伪当局调来大批援军，企图对救国军发起内外夹击。栾天林识破敌人阴谋，主动撤走了队伍，以保实力。张宝三独立团继续在这一带斗争。

1935年10月，日伪军村村设卡，步步为营，疯狂地围攻抗日救国军。11月初，张宝三按照栾天林的指示，为避开敌人锋芒，将独立团化整为零，开始向大黑山撤退，途中，队伍伤亡惨重。

近午夜，张宝三和其弟张怀三、长子张廷带领十几名战士骑马来到大黑山区长条沟村。第二天早晨，突然被乘着四辆卡车的100多名日军包围。在敌众我寡的形势下，张宝三率部进行英勇还击和顽强抵抗。激战中，张宝三之子张廷骑马冲出了包围圈，但看到父亲、叔父还被围困在敌人的包围之中，又返回阵地与敌人拼杀。战斗持续到太阳落山，张宝三和全体救国军战士壮烈牺牲，张宝三时年46岁。

高体乾（1911—1998.5.16）

高体乾，原名高赞兴，字化如，辽宁省建平县人，1911年出身于农民家庭。少年进私塾读书，后到建平高等小学读书，于1929年毕业。由于家庭人口多，生活困难，无力再供其深造。为了维持生计，父亲违心地让其当小学教员，高体乾求知心切，求助于老师，成功说服父亲，于1929年秋只身来到沈阳，半年后考取辽宁省第一师范学校。"九一八"事变后，高体乾到北平寻找中国共产党组织，未能如愿。1932年春，他参加东北抗日救国会组织的军政训练班。一个月后，他回到家乡，访亲串友，组织发动民众团结起来抗日。后第二次到北平，终于找到了中国共产党组织。

高体乾

1932年6月，中共热河特别支部成立，高体乾被吸收入党并兼特支委员。8月，高体乾回到家乡，组织起一支20余人的骑兵队伍，跟随彭筱秋领导的抗日义勇军攻打锦西日军。江屯一战，杀伤日本50余人，撤出战斗后，在朝阳县六家子休整。12月，高体乾第四次到北平向党组织汇报工作，党组织要他继续扩大力量，并批准他成立"东北人民抗日义勇军第一军团第十二支队"。12月底，高体乾回到建平，把40余名有武装的人员带到彭筱秋领导的东北人民抗日义勇军第一军团，领取了弹药和军装。嗣后，高体乾带领队伍，组织发动群众，到1933年3月，东北人民抗日义勇军第一军团第十二支队已发展壮大到2000余人，高体乾任支队长。3月初，日本侵略军进攻热河，东北军溃逃。东北人民抗日义勇军第一军团第十二支队因无统一行动，无法形成一个拳头，被迫向热中地区转移，经隆化、丰宁进入察东沽源县一带进行休整。7月，东北人民抗日义勇军第一军团第十二支队与辽西义勇军项忠义部在丰宁会合。10月初，该部被东北军骑兵第五师收编，单独成立一个团。不久，部队移防河南省驻马店。1934年夏，在蒋介石的指示下，遣散全团官兵。高体乾拒绝高官厚禄的诱惑，带领原东北人民抗日义勇军第一军团第十二支队的几十名被遣散的士兵，返回家乡。

1934年7月，高体乾带领3名战士突然袭击了公营子的"大满呈"，缴获了3支手枪、5支大枪。1935年1月，高体乾从北平返回建平，又秘密组织了七八十人的抗日武装队伍，在敖汉、平庄、喀左、建平等地活

动。不久，与以北票县大黑山为根据地的栾天林抗日救国军取得联系，于是，两支抗日队伍开始联合行动，8月中旬，日军进行大扫荡，调集六个县的伪军，以配合日军作战，动用飞机、大炮，分兵四路扫荡大黑山，在敌众我寡的情况下，两支抗日队伍与日伪军展开了殊死战斗，突破重围。在转移途中，又经历数十次大小战斗，部队受到损失。最后，高体乾为了保存革命实力，将部队化整为零，分散隐蔽。10月底，高体乾去北平联系党组织，途经朝阳时被敌人抓获。他没有暴露身份，后来他父亲用一百块银元将他赎回。

1936年2月，高体乾来到北平，在北平市委的兵委会做秘密的士兵工作。同年8月，他到商都王英部做秘密工作。11月，党组织又派他到冀东自治政府保安第三总队当班长。高体乾广泛联络总队中的党员和进步士兵，顺利地打开了工作局面。七七事变前夕，高体乾返回北平，党组织派他到北城做群众工作，以协助国民革命军第二十九军保卫北平。后由于国民革命军第二十九军撤退，市委决定派党员同志到西山去开展游击战争。在八大处西边遇到300余名散兵，高体乾等人向他们宣传抗战道理，介绍打游击战的经验，组成抗日游击总队，不久之后被编入冀察游击纵队。

1938年2月，高体乾被调到山西壶关县，接上了党组织关系。当时县里有中共领导的人民武装自卫队，县委就让高体乾到自卫队帮助开展工作。由于他参加过义勇军，打过仗，在自卫队受到干部、战士的敬佩，大家都愿意和他接近，向他请教作战经验。3月，县委将县自卫总队和县警察局合并为壶关县抗日游击支队，高体乾担任参谋长。高体乾带领2个中队到长治以东沿山边一带打游击，曾和日军的1个中队作战，打伤日军5人，缴获8支步枪。战果不算很大，但这是日军在进占长治后遭到的第一次打击，在当地影响很大。3月底，壶关县抗日游击支队被编为晋东南抗日游击第一支队，高体乾担任参谋长。7月初，晋东南抗日游击第一支队被改编为山西第五行政区保安第一支队，高体乾担任支队参谋长，还兼任壶关县警察局局长。阎锡山为了控制保安第一支队，派了一个检查团去调查中共在部队里的活动，并提出检阅部队，高体乾极力抵制，只派参谋处处长去主持检阅。当时党组织不在这支部队公开活动，高体乾秘密发展了一批党员。

1939 年 6 月，保安第一支队被改编为保安第九团，高体乾任团参谋长。8 月，高体乾指挥保安第九团的 2 个连和国民革命军第五十三军的 1 个营攻打壶关县城，战斗打响后，国民革命军第五十三军的那个营畏敌撤退，高体乾只好在攻城半小时后指挥部队撤出战斗。保安第九团的团长是个旧军官，党组织对他开展了斗争，11 月，决死三纵队撤换了这个团长，高体乾担任了保安第九团团长。高体乾从中国人民抗日军事政治大学要来了一批营连排干部和青年知识分子，后来被授予少将军衔的田维新、吕士英就是此时被调入保安第九团的。在十二月事变中，保安第九团仍保持完整无损。保安第九团后被改编为决死第三纵队第七团，高体乾担任团长，全团 2000 余人。1940 年 3 月，决死第三纵队完成整编，高体乾升任纵队参谋长。

高体乾后来调离决死第三纵队，在太行军区第五军分区和太岳军区第三军分区担任参谋长，还担任太岳军区司令部参谋处处长。解放战争，太岳军区抽调班排以上干部，组成五个干部团太岳支队，赴东北战场，高体乾任队长。后又被任命为辽西军区第五军分区司令员，不久，第五军分区转移到通辽，组成哲里木盟蒙汉联军，高体乾任司令员，通辽地区失守后，第五军分区机关、部队转移到洮南，高体乾又改任辽吉军区第四军分区司令员。1947 年，担任东北野战军第七纵队参谋长。

中华人民共和国成立后，高体乾历任兵团参谋长、军参谋长。1954 年任中南军区司令部训练处处长。1955 年 4 月任广州军区副参谋长。1955 年被授予少将军衔，获二级独立自由勋章、一级解放勋章。1960 年到中国人民解放军军事科学院工作，历任战役研究部副部长，战理研究部副部长、部长，1975 年升任军事科学院副院长。1982 年离休，1998 年 5 月 16 日逝世。

下篇

永远不能忘记的历史

苏 星

抗日战争的胜利，是中华民族历史命运的伟大转折，我们生逢这个时代，是很幸运的。但是，我们不能忘记这段历史，要牢记这场正义战胜非正义、进步战胜反动的大决战的历史经验。

我是蒋介石不抵抗政策的受害者，在日本侵略过的东北生活了 12 年。我遭到过日本飞机的轰炸，看到过侵略者对群众的掠夺和暴行，受过奴化教育，也接触到中国人民的抗日斗争。

苏 星

"九一八"事变那年，我 5 岁。1933 年日本进攻热河，我 7 岁。当时，我家住在热河省北部的一个小镇下洼。1932 年秋，有一部分东北军驻在镇上休整。1933 年 1 月，突然来了数架日本飞机，在镇上狂轰乱炸。离我家只有 200 多米的一间小房子里有一位老太太和三个孩子都被炸死了，惨不忍睹。为了躲避飞机轰炸，我们全家都逃到乡下去，只留祖父在镇上。祖父天天挖防空洞，受了风寒，没有几天就病死了，只活了 50 多岁。祖父死后，因我父亲随东北军进关了，叔父在商店学徒，我祖母、母亲、婶母便各自回了娘家。祖父死了，家也散了。日本侵略者给我们一家带来的是"家破人亡"。

日本侵略者占领东北以后，进行殖民统治的罪行罄竹难书，我只想讲一下我所接触到的，在日本侵略者铁蹄下，中国人民的反抗精神。

日本侵略者在东北实行的是奴化教育。但从我接触过的十几位中小学教师来看，认真执行奴化教育的是少数。有好几位小学语文教师都不用教科书上课，而是给学生讲《古文观止》《东莱博议》，选读一些名著。有一位教师花了一个月的时间讲标点符号，还有课余为我们补习中国历史。他们深受日本侵略者的压迫，有强烈的反日情绪。我在小学五年级的时候，一位叫樊国珍的教师在课堂上突然向学生提问："你们说，中国好，还是'满洲国'好？"学生们异口同声地大声回答："中国好！"他听到学生们的回答流泪了。接着就向我们讲，自从日本人占了东北，我们就戴上了枷锁，并说大家应当记住自己是中国人。这件事表明，老师信任学生，学生也信任老师。这种信任的基础就是反对日本侵略者。

我10岁的时候，还遇到了一件震撼东北的抗日事件，周荣久的抗日救国军收复了绥东县公署所在地——八仙筒，杀了7个日本人。1934年5月，下洼南边的鄂尔吐板的卜家出了"皇帝"，说有"三久保驾"，其中"一久"就是周荣久。实际上周荣久是利用卜家组织抗日活动，不久就打出了抗日救国军的旗号。义旗一举，四方响应。周荣久规定：不许打骂老百姓，不许调戏妇女，不许抢夺民财，并率部攻打八仙筒，准备进军开鲁、通辽，1935年7月23日，抗日救国军仅用了四个小时就收复了八仙筒，打死和处决了日本参事官、指导官等7人，人心大快。周荣久收复八仙筒后，因队伍内部分裂，放弃了进军开鲁、通辽的计划，撤出八仙筒，到黑山一带打游击。不久日军就来"围剿"，在下洼一带杀了许多人，也包围了周荣久的队伍。周荣久终因弹尽粮绝，壮烈牺牲。周荣久的抗日行动是自发的，没有党的领导，在强大的日本侵略者的面前，很难不失败。但他们的抗日精神长了中国人民的志气，给予家乡人民以极大的鼓舞。当时，周荣久的名字几乎妇孺皆知。

在抗日战争胜利前夕，毛泽东讲过一句非常精辟的话："战争教育了人民，人民将赢得战争，赢了和平，又赢得进步。"抗日战争给予我们这一代人的教育真是太深刻了。

我不是先从理论上，而是先从实际生活中，认识了什么是帝国主义，张乃夫同志送我一份《下洼镇志》篇目，看了很高兴。我看过一些省、市、县的地方志，还没有看过镇的地方志"。下洼镇是我的出生地，在镇里生活了14年。书中反映政区、自然环境、基础设施、经济、政治、事业、民情、人物等8个方面的情况，主要是解放以后在中国共产党领导下发生的翻天覆地的巨大变化。对我来说，多属新鲜事物，值得认真研读。

往事不堪回首。1933年2月，下洼被日本侵略者占领，那年我7岁，亲历过日本飞机的轰炸。抗日英雄周荣九收复八仙筒，杀了一批日本人以后，我看到日本侵略军到下洼一带进行扫荡，抓人杀人，深感亡国之苦。我要感谢的是我的老师们。他们抵制奴化教育，教我们读《古文观止》、《东莱博义》，唱岳飞的《满江红》。有的老师在课堂上告诉我们：不要忘记自己是中国人。他们启发了我们的爱国情怀，使我终生难忘。

读地方志，欣赏今天的繁荣景象，心情舒畅。但也不能忘记前人英勇奋斗的贡献。

中共中央党校原副校长 苏星
2005年4月18日于北京

苏星老师在《下洼镇志》作的序，其中提到了周荣久的抗日事迹

什么是军国主义，什么是侵略行为，什么是殖民统治的。这种认识，已经深深地刻在脑壁上。因此，无论什么人，想否定或者美化这些东西，都只能是颠倒黑白，掩盖罪行。最近日本的一位大臣公然否认侵略。在此之前，一些国会议员提出在不战决议里不能使用"侵略行为""殖民地统治"，有的日本右翼势力甚至妄图把侵略罪行说成是"进出"中国和"正当防卫"。这类荒谬言论，不仅中国人民通不过，就是有觉悟的日本人民也通不过。

中国人民应当记住这段历史。日本人民也应当记住这段历史，并且要正视这段历史。据日本《朝日新闻》的社论说："日本只有正视历史，才有未来。"这算是一句明白话。

177

（此文章发表于《人民日报》1995 年 9 月 7 日第 5 版。作者苏星是著名政治经济理论家，原为中共中央党校副校长、教授、博士生导师，全国政协常委）

为了英雄受到世代尊崇

——抗日英雄周荣久被追认烈士的前前后后

赵殿武

起来，不愿做奴隶的人们，

把我们的血肉，筑成我们新的长城！

中华民族到了最危险的时候，

每个人被迫着发出最后的吼声，

起来！起来！起来！

我们万众一心，

冒着敌人的炮火，前进！

冒着敌人的炮火前进！

前进！前进！进！

每当耳边响起雄壮的《义勇军进行曲》，心中不禁热血沸腾，仿佛回到那救亡图存的艰难岁月。小时候就非常敬佩国歌里所歌颂的义勇军，敬佩他们捍卫国家和民族尊严的血性，敬佩他们一往无前、抵御外侮的决心，感觉他们非常了不起。但他们究竟是什么人、什么部队，还不知道，也没有细究。这谜团直到我大学毕业从事了历史研究以后才解开，原来这令人肃然起敬的义勇军，是"九一八"事变后孤悬于东北四省那些誓死不当亡国奴的爱国民众自发组成的抗日武装，他们在难以得到外界支援的情况下，同日本侵略者展开殊死搏斗，用鲜血和生命写下了壮丽的英雄史诗。令人意想不到的是，在紧邻我家乡的奈曼旗，一位英雄横空出世，他就是东北抗日义勇军的领袖人物、著名抗日英雄周荣久。更意想不到的是，有朝一日，我的人生之路竟然会和这位抗日英雄紧密联系在一起。

179

一

周荣久本名周荣，是热河省奈曼旗衙门营子区（今内蒙古自治区通辽市奈曼旗青龙山镇）河南杖子人，其人身材魁梧，行侠仗义，善使双枪，百发百中，是当地远近闻名的英雄豪杰。我最初了解周荣久，是源于《敖汉文史资料》所刊抗日英雄贺生的回忆录《我是怎样走上抗日道路的》。贺生是我的家乡人，他所在的西北营子离我家仅有四五里，我小时候经常听在村委会工作的父亲提起他打日本鬼子、抓贼头等是如何的厉害，因而对其名印象深刻。可惜因为年纪小，没有太往心里去，因此父亲讲的老英雄故事大多已经忘却了，只留下依稀印象。贺生是在马圈"西泡子"（今丰源村丰西村民组）大地主王佩琦家参加吉林抗日义勇军总指挥冯占海将军领导的抗日队伍的，当地老百姓把冯占海部叫作"吉林军"。那个时候正值热河抗战，由开鲁转战至下洼的冯军正重整队伍，准备在此阻击日军西进赤峰南下朝阳。由于敌我力量悬殊，终不能抵挡日军的猛烈进攻，不久，热河沦陷，冯将军也退往察哈尔张家口一带。参军不久的贺生只好脱离部队，另谋出路，后来投奔了当时绥东县（奈曼旗和库伦旗分治前的旧称）衙门营子豪侠周荣久。当时日军精心运作成立新奈曼旗公署，以清理匪患为由实行残酷统治，以整理全旗土地为名敲骨吸髓，奈曼旗人民压抑已久的怒火随时可以点燃。正是在这种情况下，早就痛恨日军的周荣久趁势揭竿而起，于 1935 年 7 月 23 日率领抗日救国军攻占奈曼旗公署所在地八仙筒，杀死奈曼旗参事官山守荣治为首的 7 名日本人，把日军在奈曼旗的统治力量"全窝端"，这就是当时震惊伪满洲国和关东军司令部的奈曼事件，也称"八仙筒事件"。在当时国民党抗日军事行动一再失利、恐日病弥漫的环境下，周荣久在沦陷区高举"抗日救国军"的旗帜，沉重打击日本侵略者侵华的嚣张气焰，使其尝受断指之痛，如芒刺在背，极大提振了中国人抗日必胜的信心，这在当时实属难能可贵。

家乡人都知道贺生很厉害，在奈曼打死过日本鬼子，但具体是怎么回事，人们就说不上来了。贺生老人于 1987 年去世，当时我在上初中，与这

180

位传奇老人"失之交臂",始终没有见上面,实在太遗憾。不过,见证贺生参军的那位地主王佩琦的老宅院,在解放后被分给了我堂姐夫家。上小学时,我去堂姐家,还能看见她家院子东北角有一座一人多高的土炮台,那是我们当地唯一可见的"旧社会"遗存,由于风雨剥蚀,只剩断壁残垣,我们这些小孩子看了不仅感到好奇,还有些害怕,因此留下特别深的印象。从贺生的回忆录还知道,他追随周荣久抗日时还以北票和敖汉交界之处的大黑山为根据地开展过游击战。我的老家就在北票大黑山里,那是一个山清水秀的好地方,我的祖辈从山东闯关东来到这里,并经过几代艰苦奋斗,才得以安居乐业。可是当时日军为防止当地民众支援抗日救国军,实施毒辣的"集家并村"措施,老家的好多房子被鬼子和汉奸纵火烧掉。接着日军进行残酷扫荡,天上飞机狂轰滥炸,地上日军疯狂扫射。我的老家亲人四散奔逃,各求生路。年仅30岁的祖父带着全家,冒着敌人的炮火从死人堆里逃出来,背井离乡辗转逃难到敖汉下洼一带落脚。我的大姑在世时没少向我讲起当年逃难的凶险经历,每一次提起心酸往事,都不住地感叹。这些都令我非常想知道周荣久抗日的详细过程,由于我在求学阶段,一时没有条件去继续关注。但是,对于周荣久这个名字,却一直牢牢记在心里。

埋在心里的愿望时时冒出来,似乎在提醒我不要忘记。参加工作以后,我从事了历史研究,才有条件把愿望付诸实践。2014 年,内蒙古党委党史研究室筹划编辑出版《内蒙古抗战史》,这是关于内蒙古自治区抗战历史研究的一部书。在审看《内蒙古抗战史》时发现,关于周荣久抗日虽有所提及,但是很简略,基本为过去文史资料上的有限内容,因此提出修改建议,应该对周荣久领导的抗日救国军的征战历史进行深入调查,呈现其历史全貌,以弥补长期以来的缺憾,不致让这英雄事迹随着岁月流逝而湮灭。作为与周荣久抗日历史有"密切关联"的人,我也深感搞清这段历史是我义不容辞的责任。况且,周荣久的家乡和我的家乡相距不过百八十里,如此近的距离,我对他的抗日历史却如此模糊,这更让我心有不甘。尤其是与周荣久在大黑山并肩作战的抗日英雄栾天林早已于 1987 年被辽宁

省人民政府追认为革命烈士，而周荣久迄今无名无分，实在说不过去，于是我萌生了重启调查的念头。当时曾设法联系通辽史志部门，一时未找到相关知情人，加上当时我在忙碌其他事情，也只好暂时放下这个调查的念头。但是，对周荣久有关史料的搜集和挖掘并没有就此停止，我一直坚持进行着，并期待在史料上能有新发现和新突破。收获自然是令人惊喜的，从尘封的伪满报纸、义勇军通讯和文史资料中发现了以往闻所未闻的信息，特别是抗日英雄周荣久后期征战直至牺牲的情况。就连文献里记载的他的名字居然与我们通常所见的名字不一样。而这，恰恰是不少史志长期以来的空白点。

在搜集史料的过程中，我时时没有放弃寻找历史知情人，时时留心任何线索，哪怕只有一丝。非常欣喜的是，2019 年夏，我意外从网上看到阜新电视台摄制的关于抗日英雄周荣久的专题报道，虽然已属几年前的旧闻，但对我这苦苦寻觅的搜寻者来说却是盼望已久的"新闻"。从"新闻"中，我"结识"了奈曼旗史志办主任孙福昌先生，并看到抗日英雄家乡的山山水水，很令人向往。随后又与较早采访整理周荣久抗日事迹的原奈曼旗政协文史委员会主任张斌先生取得联系，我决定到奈曼走一趟，做一点历史调查工作，并推动抗日英雄周荣久追烈事宜，实现许久以来的心愿。

说起来，我对奈曼有着特殊的情感。我的家乡处在敖汉旗和奈曼旗交界处，上中学时，我的一些同学来自奈曼旗，大家彼此非常亲近，加之过去有"敖汉和奈曼是兄弟"之说，我上大学时每年都要从奈曼旗人民政府所在地大沁他拉乘火车，所以奈曼成了我生命中的第二故乡。2019 年 7 月 28 日，我在回乡探亲时，专程绕路前往奈曼，再次踏上了这片已阔别 22 年的土地，心情非常激动。那天火车到站时恰值正午，刚下车，一股热浪迎面扑来，似乎在"烤"验我这个离乡多年的游子。当时孙福昌主任正在外地开会，未能谋面。在大沁他拉拜会了张斌老先生，我们一见如故，在一家乡土小馆愉快地叙谈起来。老人家感慨地谈起了自己亲写的关于抗日英雄周荣久的纪实文学《抗日侠魂》的前后经过，著名经济学家、中共中央党校原副校长苏星先生给予鼓励、支持，特别是苏老到母校开鲁一中出席活动时，在时间非常紧的情况下，还专程到奈曼八仙筒看望他。张老先生在谈到激动处，声音哽咽了，眼里闪着泪光，流露出对苏星先生的深切怀念。苏星先生是我们家乡的骄傲，我曾拜读过他在抗战胜利五十周年时发表于《人民日报》上的纪念文章《永不能忘记的历史》和后来为《下洼镇志》所作的序言，文中深情讲述童年饱受日军欺辱的苦难和对抗日英雄周荣久的由衷敬仰，读来令人深受感动。苏星先生和张斌先生两位老人在文章中讲述抗日英雄周荣久的事迹，让我深深感受到启动抗日英雄周荣久追烈工作的迫切性和重要性，周荣久牺牲已经83年了，尽管一些志书里颂扬了他的事迹，但是关于他的名分还没有正式说法，实在是一大遗憾。我问过张斌先生，为啥这么多年没有追认周荣久为烈士，张老先生不禁感慨，周荣久抗日这一点，人们都没有异议，但是有一些人认为他当过"胡子"，有点顾忌，这事也就多少年一直没人张罗，我听了以后不禁感慨万千。常言道，英雄不问出处。栾天林的出身和周荣久都是相同的，为什么栾天林在30多年前就已经被追认为烈士，而周荣久还这样被搁着？所谓当过"胡子"根本不应该成为不宜追烈的理由。在那个兵荒马乱的年代，个人拉起队伍求生存、保家乡是常态，没有什么可大惊小怪的。张老苦笑，其实他对此也是很无奈，只是因为岁数大了，无力张罗此事。当我提出上刀山下火海也要推动抗日英雄周荣久追烈工作，张老非常激动地连声说："好！"辞别张老先生后，我利用一点闲暇时间参观了奈曼旗王府博物馆，这里曾留下过周荣久的足迹。1935年八仙筒事件发生后，日军对此事件进行了调查，怀疑奈曼旗札萨克苏达那木达尔济暗中支持了周荣久义军，故而撤销了他的职务，把他软禁起来。在王府博物馆的一处奈曼展厅中，发现陈列着几位奈曼著名英烈的塑像，里面竟然看到了周荣久的名字，这让我心生一股暖流，奈曼人民没有忘记为民族流血牺牲的英雄！

为英雄申烈，不是一件简单的事。近年来，我张罗了几位抗日英雄追烈之事，深知准备申烈材料很不容易。通常，史志资料和文史资料不能作为申烈的有效证据材料。也就是说，如果想追认周荣久为烈士，就需要重启调查，搜集能够佐证的第一手档案文献和相关证据。这在当事者和见证

183

人已经全都作古的情况下，要寻找到周荣久牺牲情况的关键证据，确实是重大考验，说实话，能不能找到，我心里也没底。但是，我深信当年这位震动伪满洲国和关东军司令部的重要人物，一定会留下历史记录。这记录，需要大海捞针般地寻找。万事开头难，一切还得从头做起。

回到家乡，我特意去了一趟西北营子，拜访抗日英雄贺生的亲属。他的侄媳和侄孙向我讲述了贺生的晚年情况。对于抗日历史，家里人不太注意，贺生老人生前也很少说。尽管如此，"文化大革命"中，贺生的"历史问题"还是没有被放过，曾经因"挖肃"被迫害得奄奄一息，体重只剩几十斤，多亏侄媳悉心伺候才大难不死。贺生倒是将其抗日事迹和侄孙悄悄说了一些，爷俩儿在一个屋睡觉，能引起孩子兴趣的就是这传奇往事。据他的侄孙贺瑞全讲，爷爷常常说的是他骑着一匹小青马，虽然不高大，但是跑得特别快。那个时候日本鬼子派了几路人马围剿他们，因为不熟悉地形，都没有得逞，最后想了个歹毒的办法，就是派汉奸队追，不让抗日救国军消停地吃口饭喝口水，有时刚端起碗还没吃，敌人就追来了，只得赶紧迎战或转移。让贺生老人最为津津乐道的是，他一身是胆，在绥远和平解放后的一次剿匪中，他曾单枪匹马捕获一窝有名的悍匪，立了大功。然而解放后不久，贺老却因"历史问题"受到不公正对待，直到20世纪80年代初才得到平反，并享受离休待遇，此时他已是风烛残年。时代的解冻才让他有了说真话的空间，才有了那篇口述回忆文章《我是怎样走上抗日道路的》，留下了有关周荣久抗日的珍贵史料。遗憾的是，老人因在一次访谈中忆及往事大受刺激，从此一病不起。老人临死前，一再嘱咐家里人把他埋到西沟，也就是他过去的老宅院的遗址，那是他开始抗日的地方。因为贺生抗日，他的哥哥被日本人抓到下洼，遭到残害毒打致死，为国家和民族献出了生命。贺生远离家乡，戎马倥偬，未能报答亲人是他终生遗憾，埋在那里，就是想死后能陪着父母和哥哥。听他们的讲述，我很感动，我专门让贺瑞全骑摩托带我到西沟祭拜这位老英雄。老英雄的旧居遗址在西沟东边的一个高坡上，经历了80多年的风吹雨淋，如今仅剩依稀的土堆轮廓。旧居前面有两棵80多年的柳树，两树的中间就是英雄贺生的墓地。此情此景，我想起了沈从文那句名言："一个士兵不是战死在沙场，便是回到故乡。"如今老英雄贺生终于长眠在家乡的老宅院前，他的墓已经多年没有填土，上面长满了衰草，已经快要看不出轮廓，简朴得连一块墓碑都没有，我再次不禁感慨万千，对于这样的老英雄，我们本应该给予更多关注。

我在家乡待了没几天，心里还惦记着操办申报烈士之事。8 月 1 日，在奈曼旗史志办主任孙福昌的热情支持下，我们一大早从下洼赶赴英雄周荣久的家乡青龙山河南杖子进行调查，正式启动申烈的前期准备工作。河南杖子在我心里是一个充满神秘感的地方，贺生的回忆录里专门提到过他到河南杖子投奔抗日英雄周荣久的情形，一路上我满怀着期待，急切地想知道是什么样的山水养育了这样一位杰出的英雄，80 多年前，这位抗日英雄又是如何在这片土地上举起抗日旗帜的……我们的车过了青龙山古庙子不远，向西拐入一条很开阔的沟谷，一路上的喧嚣在此顿然消失，犹如到了世外桃源，眼前呈现的是一片神奇的土地。车沿着河谷行驶了七八里路，远远就能看到前面有一处突兀的高坡，高坡上是一个村子，扼守着沟谷的要冲，这就是我向往已久的地方——英雄周荣久的家乡河南杖子。这个村子选址隐蔽而又占山河之利，从这个奇特地理位置来看，可以想见当初应是有高人参与，经过周详的考量，并非寻常随意而建的自然村落。周荣久的老宅院遗址就位于河南杖子的村东头，原来的宅院每面墙有 50 多米长，东南和西北两角各有一个炮台，用于防范外来土匪的袭击和劫掠。中华人民共和国成立后，该宅院由周荣久的外甥王九龄居住，后来他的儿子王子清兄弟在院里翻建了房屋，拆除了老宅的围墙和炮台，只有房基和西北角的土堆还依稀有一点当年的痕迹。王子清年轻时当过木匠，在周边十里八村没少干活，接触过一些救国军老战士，了解了不少情况。他向我们讲述了老一辈传下来的大舅爷的故事和宅院的变迁情况，还领我们见了他年近九旬的老母亲。他们说，老母亲过去对周荣久的抗日事迹比较了解，可惜因年事已高，近年来听力和记忆力都不行了。2014 年，整饬村容村貌，村里修了水泥路，旧迹已经难寻，只有村里街心丁字路口的那 150 多

年树龄的老柳树见证着村庄的历史。柳树主干已经干枯，像一位风烛残年的老人矗立在那里，诉说着沧桑往事。我站在老树下，望着英雄的老宅旧址，不胜感慨。周荣久家里能有炮台，可见经济条件应该是很不错的，至少衣食无忧。毕竟他在部队当过连长，后来又当过阜新县的保安队大队长，还在绥东县当了一段时间的自卫团大队长，在家乡一带算是个人物。周荣久在家乡的口碑特别好，他带的队伍纪律严明，从不糟害百姓。在那兵荒马乱的年月里，只要有他在，纵使多么豪横的土匪也不敢打河南杖子老百姓的主意。周荣久如果在日本人面前低眉顺眼、明哲保身，他完全可以享受荣华富贵，但是以他的性格，他根本做不到，他看不下日本人横行霸道，蹂躏压榨自己的同胞，看不下中国人沦为亡国奴，任人宰割，他要为同胞出口气，为中华民族争口气，所以，他豁出命来，要和日本人拼个鱼死网破，敢于把敌人残酷统治下的奈曼旗公署给端了，把参事官山守荣治等几位不可一世的日本统治者给干掉。这些事件恰恰证明了他为了国家和民族勇于牺牲自己的一切，是一位胸怀大义、胆识过人的民族英雄。英雄生前振臂一呼、慷慨赴死，身后凄凉寂寞、无人问津，这巨大反差让我悲愤不已，不禁想起了郁达夫说的那句名言："一个没有英雄的民族是不幸的，一个有了英雄却不知敬重爱惜的民族是不可救药的，有了伟大人物而不知拥护、爱戴、崇敬的国家，是没有希望的奴隶之邦。"站在周荣久的老宅院遗址前，我深深地感到，英雄已经做了他所应该做的，完成了他那代人的使命。我们作为后来人，应张罗为英雄追烈，这既不是雪中送炭，也不是锦上添花，其实是对我们生者和后来人的灵魂救赎，这救赎，就是为了守护我们的民族精神，不致在太平与繁华中健忘和迷失。当然，英雄舍身为国壮烈牺牲，对今人依然具有深远的教育和启迪价值。探访英雄的家乡，更加坚定了我一定要把申烈事宜办成的决心。

离开河南杖子时，已经是中午，我们在青龙山镇吃过午饭，未及休息就直接赶赴小东北沟，拜访英雄周荣久的侄女。我们希望能把周荣久后人的情况摸清楚，尽量寻找到其下落。日本人投降已经74年，中华人民共和国已经成立70年，周荣久后人还音讯皆无，下落不明，实在是一个遗憾。

更令人遗憾的是，我们要找的老人去了外地，只碰到他的一个儿子魏国立，我们简单聊了聊，他对老一辈的事情知晓不多。寻访不遇，令人怅惘。不过我们从魏国立口中还得到一个新线索，前些年以周荣久抗日为背景的电视连续剧《祥云奈曼》热播时，周荣久的一个外孙曾从阿鲁科尔沁旗来过奈曼旗。具体是什么个外孙，魏先生说得含含糊糊。因为我们一天之内已经联系了三个"外孙"，都不是血缘关系很近的"外孙"，所以对于魏先生所说的"外孙"究竟是什么个"外孙"，我也就没放在心上。离开小东北沟，我们径直南行，前往寒山皋，去采访周荣久的外孙崔辰相，崔辰相是周荣久三妹的外孙，当地人称之"崔大仙"。他平时看相，比较留意当地的人和事，都说他对周荣久的事非常了解。我们到他家时，老人没睡午觉，一直等着我们的到来。谈起大舅爷周荣久，崔老沉浸在往事的回忆中，心情非常沉重。"文化大革命"时，因为这层关系，他也受到了牵连，遭到批斗毒打，撩起衣衫，身上的疤痕依旧清晰可见。得知我们是为周荣久追烈的事而来，他非常激动。他跟我们谈的多是关于周荣久的家事，对于其抗日历史则知之不多。我们比较关切周荣久全家的下落，关于此事他也知之甚少，只说周荣久的后人为了躲避日本鬼子的追杀而隐姓埋名了，大闺女在阜新，找了杜姓人家。奈曼这边有其后人，听说姓邵。关于周荣久名字的来历，我感到很费解，因为从伪满报纸的报道来看，自始至终把周荣久称为"周永久"，当年担任奈曼副参事官并镇压过周荣久抗日队伍的战犯岛村三郎在 20 世纪 50 年代被关押期间所写的供述材料中，也是准确无误地写作"周永久"。再查当时东北义勇军联络机关所出版的书籍、杂志也是如此写法，这表明，"周永久"是当时得到确认的名字。因为这件事，我特意向崔先生了解情况。崔老说，周荣久的弟弟周明在青龙山教学那会儿，他特意问过舅姥爷周明，周明说，"永久"是周荣（周荣久之原名）拉队伍时的报号。至于后来为什么写成"周荣久"，崔先生也回答不上来。我倒以为，这可能与家乡一带的发音有关，比如当地人常把"容易"读作"yong yi"，把"光荣"读作"guang yong"。从这点看，就像把裴玉卿叫作"裴阎王"一样，把周荣久叫作"周永久"也应该是很

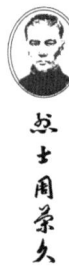

正常的。因为周的名字带"荣"字，后来人们根据发音把他写作"周荣久"或"周荣九"也就不足为奇了。在奈曼进行调查，虽仅一天，但是收获满满，最主要的是，我对抗日英雄周荣久有了熟悉感和亲近感，可以说，奈曼之行使我得以触摸历史，走近英雄。

二

回到呼和浩特后，我加紧搜集史料，同时在设法寻找周荣久后人方面取得突破性进展，因为这不仅关乎追认烈士的有关手续办理，同时也关乎解开若干历史谜团。我一直惦记崔老先生所说"姓邵的"重要线索，千方百计打听，但是一直没有进展。难道真是下落不明了吗？我很不甘心。俗话说："活要见人，死要见尸。"就是掘地三尺也要把英雄周荣久的后人找到。通过托人的方式打听，依然没有任何消息，我尝试网络搜寻，希望发现一点蛛丝马迹。惊喜的是，果然发现了！网上的一篇关于回忆祖母的文章引起了我的注意，内容涉及抗日英雄周荣久所部的事迹，作者笔名叫"我军"。我赶紧通过网络逆向追踪痕迹，终于寻找到这位作者，在电话里得知"我军"居然姓邵，真名叫邵占军，时任扎鲁特旗政协副主席，出生于奈曼旗，而且在奈曼旗长期工作过。这不能不令我感到欣喜！脑海里闪过一个念头，这难道就是崔老先生所说的隐姓埋名几十年的英雄周荣久的后人吗？邵先生所写的散文中，其祖母故事深深震撼了我，这位女人冒着杀头危险收养抗日英雄的骨血，保守秘密半个多世纪，直到临终才告诉子女，这背后究竟有怎样的内情？作者父亲的生母究竟有什么样的人生遭遇？通过深聊，才知道邵先生的祖父本姓周，名叫周凤林，奈曼旗青龙山于家地人，此人身材魁梧，也是善使双枪的神枪手。据传闻，在八仙筒事件中，他曾打死日本鬼子佐佐木正太郎，后来在南边的一次战斗中，他和两位战友被敌人围在一个房框里，因拒不投降，敌人点着秫秸，往房框里面扔，三人被活活烧死。后来，鬼子将这三人的人头割下来，挂在古庙子的树上示众。邵先生讲的祖父故事和我从《抗日侠魂》等书中所看到的周荣久抗日牺牲等情节虽有不同，但人头示众地点等情节有一定的相似性，因此我更加关注周凤林究竟是谁。为了弄明白情况，我还请邵先生帮我引荐他家族和亲朋里的知情人，逐一采访，了解情况。在接下来的采访中，我从他们的口中了解到当年八仙筒事件之后，青龙山于家地的周氏家族为躲避日本人的追杀，在奈曼王爷的秘密支持下，连夜搬到库伦旗芒汗沙区隐姓埋名。而周凤林却在后来的战斗中英勇牺牲。他牺牲后，妻子为了保住骨血，就把孩子秘密送给表姐，为了不引起村民怀疑，提前让表姐假装怀孕。在生完孩子后仅几天就送了人，后来不得不改了嫁。这样悲壮凄惨的故事让我揪心不已，让我想起了《嫂子颂》里的那位守望义勇军战士们的女人，那段时间，我几乎天天都要反复听这首脍炙人口的歌曲，歌声把我带到了那个年月，我仿佛看到了周荣久带领战士们奋勇杀敌的情形，常常听得泪流满面。正是这首歌给了我勇气和力量，让我度过那最煎熬的一段时光，依旧保持着激情和锐气，我下定决心迎难而上，要把许多难啃的硬骨头给啃下来。

关于周凤林的抗日事迹，我前前后后采访了 7 个知情人。在他们的讲述中，有周凤林在八仙筒自卫团当过"头儿"，救过被抢来的女孩，在鄂尔吐板商号里枪毙横行霸道的日本鬼子，在椴木沟被村民张某告密，在乌兰木图山被杀害等等情节，这里面有一些情节和《抗日侠魂》里的吻合，但是，《抗日侠魂》毕竟属于纪实文学类的作品，书中有些情节还不是严格意义上的史学调查考证，因此，八仙筒义救女子、鄂尔吐板商铺怒杀鬼子、古庙子悬首示众等情节是不是周荣久生平史迹，尚未有史料证实。仅就古庙子"悬首示众"一事来说，就与岛村三郎所述"首级用盐腌上送关东军"明显不同。当时日军为震慑民众，采取了各种手段威吓和欺骗，连贺生也曾被"悬首示众"过，可见古庙子被悬首者未必是周荣久。况且他们所描述的周凤林家境贫寒，属于于家地周氏家族，与周荣久家乡河南杖子没有关联（1960 年奈曼旗对八仙筒事件进行调查，确认周荣久是衙门营子区河南杖子屯人），并且周凤林的后人在 1949 年以后，不仅与周荣久的弟弟周明没有交集（现存 1956 年官方调查材料可证明周明确系周荣久弟弟），与已知的周荣久亲属也没有任何交集，所以不能确认周凤林就是周

189

荣久。邵先生也遗憾过去没有抢救家族历史，留下了好多难解之谜。据他分析，周凤林也许是周荣久的本家兄弟。但是在周凤林是救国军的一位重要人物这点上，他深信不疑。经过近两个月的努力，未能找到周荣久后人，但是却抢救了与周荣久所领导的抗日救国军的相关历史，自然也是意想不到的重要收获。这处线索中断以后，只好另起炉灶，接着寻找。在茫茫人海无处寻觅之际，我突然又想起了一件事，我在小东北沟采访魏家人时，魏家人曾随口讲过：周荣久外甥来过这里串门。心想这位"外甥"

周荣久的女儿周玉兰（左）、周淑清（右）
拍摄于 1939 年

那里会不会有什么线索呢？虽然不抱多大希望，但最好还是试一试吧。于是托魏家人设法搞到赤峰阿鲁科尔沁旗的那位"外甥"的联系方式。接电话的是家属，结果被告知人已经在两年前去世了，我瞬间感到特别沮丧，但没有放弃。于是接着问，他家还有没有其他兄弟姊妹对抗日英雄周荣久的事知情的？她说："我婆婆就是周荣久的闺女，具体我不太清楚，我们家他大哥清楚。"她的话让我顿感柳暗花明又一村，急切地想找老大了解情况。

接下来，我与老大宋化民通了话，他是阿鲁科尔沁旗白家段人，曾在赤峰电大当过老师，算是老乡，与老乡聊天自然多了几分亲近。提起抗日英雄周荣久，自然勾起他无限的感慨。他说，周荣久是他姥爷，他母亲是周荣久的二女儿，名叫周玉兰。说心里话，我每寻找到英雄后人时，对每一位受访者总会心存敬意和感激，但是我必须本着对历史负责的态度，对所获得的信息保持一定的警惕，用质疑的眼光使其"过筛子"，不能偏听偏信，因此，我常常少说多听，防止信息扰动，把这件严肃的事搞准搞稳妥。老宋一五一十地把姥爷周荣久的家世情况、任职情况、八仙筒抗日情况、家人逃难情况等娓娓道来，特别讲述了母亲和姥姥、大姨、舅母、表姐等逃难至阜新县，投奔姥爷的好友杜家的前前后后。杜家掌柜叫杜靖忱，是周荣久在阜新任大队长时的好友，是当地有名的士绅。两人曾口头为孩子定亲。周荣久牺牲后，家乡一带已无人敢收留周家人。于是大姨周淑清只好带着家人投奔未过门的"婆家"。当时收留"巨匪"家属将会面临灭门之祸，杜家夫人面有难色。毕竟周荣久人已经没了，定亲不过是口头之言，并无订婚之礼，完全

周淑清与丈夫杜志诚

可以推脱了事。而杜靖忱敬重周荣久的为人，对其壮烈牺牲非常悲痛，认为绝不能丧良心，不能不讲信义，不仅坚决收留了周荣久家人，而且为儿子和周荣久的女儿操办了婚礼。但是周荣久的其他家人待在阜新县毕竟不是长久之计，避过风口之后，只好继续逃难。危难之际，周荣久的二女儿被一位胆大义重的商人收留，秘密到阿鲁科尔沁旗白家段落脚，这位关键时刻敢于收留"周司令女儿"的商人就是老宋的父亲宋玉檀。后来他们又把周荣久的夫人周温氏接过来，在那里安稳下来。中华人民共和国成立后，老宋当过队长，他和母亲经常与阜新县大姨家、奈曼周明家走动。但是因为生活在那个特殊的年代，所以一直不敢声张姥爷周荣久的事。直到

191

电视连续剧《祥云奈曼》热播，他才感觉到姥爷的抗日事迹得到了认可。这些情况，在对阜新市的杜家和奈曼旗青龙山的周明后人及温家进行调查采访时，都对上了号。至此，寻找周荣久后人问题在我心里落了地。对于我最关切的周荣久直系后代的问题，老宋遗憾地告诉我，只有一个亲孙女，叫周砚君，在沈阳居住，今年87岁了，最近病重。周硕君过去常常念叨爷爷申烈的事，有一次老宋去看望表姐时，她特意把全家人都叫到一起，郑重地讲了祖父抗日的事，讲了发表于《人民日报》的苏星文章的事，谈起祖父的牺牲和家族的苦难，老人十分伤感。她非常希望祖父的一生能够得到国家的认可，给一个名分。可惜不知道该去哪里申请追认烈士，加上文化水平有限，也就没有张罗。我当即联系了沈阳方面，才知道老太太已经处于弥留之际，无法说话了。7天后，周砚君老人去世。没能采访到她，也没能让她知道我们正在为她祖父申请追认烈士之事，留下了太多遗憾。我看见过老太太小时候的一张照片，照片中，她穿着时髦的童装，天真烂漫，十分可爱。可见她的童年是多么幸福快乐，家庭生活条件是多么优越。可是不久之后，祖父发动抗日，年仅4岁的她跟着母亲等人

周砚君（左）、周玉兰（中）、马忠民（右）　　拍摄于1970年

192

逃难，一次马车过河时，她不慎掉到河里，差点被淹死。打完八仙筒后，父亲周行文失踪，母亲不得不改嫁，此后，小砚君的命运发生转折，生活一落千丈，连学也没有上过。但她一直牢记自己是周荣久的孙女，结婚时坚持恢复了自己的周姓。她的坎坷经历令人唏嘘不已，英雄唯一的嫡孙女走了，带走了太多历史。好在我已经从采访过的知情人中获得了相关信息，弥补了许多空白，这也是推动追烈工作的一大收获。申烈，不是想象中的走个程序就可以，而是抢救记忆、搜集史料、走近英雄的过程，唯有真诚与付出才能完成这个使命。

三

申烈材料的准备并非简单地汇总材料，而是通过搜集史料推进研究，从而重建可靠史实。这就相当于法院对于案情的认知并非简单地将原告或被告陈述的事实和提交的证据进行罗列和堆砌，而是经过甄别鉴定选取可信的证据，构建客观真实的案情，并且据此作出独立的判断。这就要求具体操办人在史料搜集方面要有丰富的经验，要具有很强的研究能力和考证能力，需要解决所遇到的很多疑难问题，这非一般人能做到，所以整理收集周荣久追烈材料存在很多挑战，这也是很多英烈的后代在申烈道路上困难重重的原因所在。在对周荣久抗日事迹调查过程中发现，"周荣久"这个名字其实在 20 世纪 50 年代才出现，而在民国报刊和伪满报纸上却根本寻找不到。周荣久抗日之际，敌我双方新闻报纸上记载的名字是"周永久"，因此必须搜集到能够证明"周永久"与"周荣久"确系同一人的证据，并进行说明，方能使搜集的相关报纸及材料得到官方认可，从而能够作为申烈佐证材料。毕竟"周荣久"这个名字已经广为人知，如果使用"周永久"作为申烈的名字，虽然有史料证据支持，但是在程序性审查过程中容易与地方史志所记载的内容发生冲突而遇到麻烦，所以只能使用大家已经熟知并约定俗成的名字——周荣久，以确保申烈顺畅通过程序性审查，并把"周永久""周荣九"进行注释说明，以便日后研究学者查询。对于周荣久牺牲地的问题，近些年来，文史资料和史志资料记载多是乌兰

木头山、乌兰木图山、乌鲁木图山，这三个名称倒是不易引起分歧，但是据搜集到的民国关键材料记载，周荣久牺牲地却是爱林木头山。这就需要考证清楚该山究竟是什么山。经过考证，确认爱林木头山也称阿里玛图山，系蒙古语，是乌兰木图山的另一种称法。有学者认为乌兰木头山、乌鲁木头山等属于音译之讹。也就是说，不管怎么叫，乌兰木头山、乌鲁木头山、乌鲁木图山等其实和爱林木头山其实是同一座山。关于周荣久的牺牲时间，常见资料多记载为1936年9月，连贺生老人的回忆录也说是9月，实际上这个时间是错误的。查当时伪满报纸，清晰记载"歼灭"周荣久的时间为1936年7月10日，执行人为金连长（即金宝仓）。还有周荣久牺牲的情节，并非举枪自尽而是被敌人抓捕后枪杀。这些与文史资料和地方史志记载存在矛盾，我们在尊重第一手文献记载的同时，也要呈现常规资料记载的信息，并进行说明，确保调查研究成果准确无误。通过查阅伪满时期的报纸、战犯交代材料和民国报刊，发现周荣久非常了得。他虽然在绥东县当过自卫团大队长，但是心里有着浓厚的爱国情结，经常暗中和日本鬼子对着干。他痛恨日本人的残暴统治，所以留了个心眼，连名字都使用假名"周耀廷"。周荣久的爱国情结终于有一天爆发出来，即1935年春夏，他和二弟周贵干掉了两个日本人，秘密埋到南山沟里。自此，抗日如箭在弦上，一发不可收，所以周荣久一不做二不休，接着联络各方豪杰，特别是做好向阳所大地主卜相臣家族的工作，大家皆因恨透日本人的残暴，所以一拍即合，有钱的出钱，有人的出人，有枪的出枪，在短短一个多月的时间里，秘密组织了抗日救国军。关于周荣久组织抗日武装的时间，有的资料里误将此记为1934年，实际是混淆了周荣久离职时间和周荣久组织抗日武装时间。1934年初，山守荣治即运作解散伪绥东县和成立伪奈曼旗公署之事宜，难以驾驭的绥东县自卫团自然是其拔除的重要目标，于是同年6月借机收缴自卫团枪支，解散自卫团。周荣久深感危险临近，不得不设法虎口脱险，回到老家河南杖子。同年11月，日本人开始在全县范围内收缴民间私藏武器，至1935年3月伪奈曼旗公署成立后，山守荣治为搜刮民财，强硬勘察全旗土地，触及了各方面的利益，造成极大恐慌，

194

点燃了全旗人民的反抗怒火，于是身怀爱国之心和报国之志的周荣久趁势打起反满抗日的大旗。他在 1935 年 7 月 23 攻占了八仙筒，震惊了日本朝野，事后及时转进北票一带，与栾天林会合，掀起声势浩大的反满抗日斗争。抗日救国军活跃在大黑山一带，不断袭击敌人，给当地日军和日伪政权以沉重打击，日军进行了秋季大讨伐。救国军北出外蒙边境计划未能达成，栾天林与周荣久二人只得分兵行动，从此栾天林武装走向沉寂，而周荣久则巧妙隐蔽起来，度过了最艰难的冬天，继续与日军进行殊死斗争。1936 年 3 月，周荣久部出现于阜新一带，袭击伪警察局和军火库，使得敌人心惊肉跳，不得安宁。此时周荣久部已经被伪满洲国列为"肃正"重点，全力围剿。从当时伪满新闻报道和参与追剿周荣久斗争的岛村三郎供述来看，当时周荣久所领导的救国军经常神出鬼没，转战各处，确实令敌人非常头疼。但是，武器弹药不断消耗，减员很大，却难以得到补充，加上敌人通过各种手段切断民众对救国军的支援渠道，形势越来越不利。4月，救国军被迫再次转移北上，在喇嘛塔拉汗庙附近老哈河渡口不幸遭遇敌人伏击，人员折损过半。余部再度北进，过老哈河进入翁牛特旗，在梧桐花和羊肠子河一带与追击之敌展开激战，终因敌我力量悬殊，归于失败。周荣久与贺生在此分别，带仅 6 名随从潜回奈曼，希图可以重整旗鼓，东山再起。1936 年 7 月初，周荣久途经家乡河南杖子，曾在家剃头并吃了一顿饭。不料其行踪被伪化吉营子治安队金宝仓部所侦知。金宝仓随即率部追击，从波力皋到石匠沟，再到库伦的韩家杖子、夏家营子，一直追到阜新乌兰木图山附近，几乎不给任何喘息之机。经过几天的交战，周荣久的身边只剩两人，人困马乏，弹尽粮绝。由于叛徒告密，7 月 10 日上午 10时左右，隐蔽于乌兰木图山东麓杨家洼西沟里的周荣久、海侠等三人，被金宝仓治安队包围，海侠与另一人当场被打死，周荣久不幸被捕，拒不投降，并破口大骂，惨遭杀害，年仅 42 岁。在岛村三郎的供述里，关于周荣久的牺牲情况也证实了这一点："后来周军以寡兵出现于乌丹城附近，在这里和伪满军发生战斗，仅仅和五六名部下回到奈曼旗。根本参事官派了警察队，终于杀害了周军长，并进行了将首级用盐腌上送往关东军的罪

195

行。"根本，即后来继任奈曼旗参事官的根本龙太郎，20世纪50年代曾任日本内阁官房长官，该人的双手和岛村三郎一样都沾满了抗日英烈的鲜血，却逃过了制裁，令人难消心头之恨，他们的罪行，将永远被钉在历史耻辱柱上。

1990年，阜新蒙古族自治县政协文史委员会的刘宪国老先生曾专程到杨家洼抢救性采访周荣久牺牲情况，为英雄的人生最后时刻留下弥足珍贵的记录，如果没有那一次抢救，周荣久的牺牲细节就永远说不清了。我辗转联系了阜新市、阜新蒙古族自治县两级政协和史志部门，寻找刘宪国先生，颇费周折，遗憾的是，刘老先生已经去世好几年了，所以，1990年刘老先生那次探访的详细内情也成了历史之谜。怅惘之余是对刘老的深深敬意和怀念，虽然我们未曾谋面。对于周荣久这样的名人为何留下如此之多空白，我曾采访过阜新党史办的一位老同志，他也不无遗憾地说："20世纪80年代阜新搞党史征研是按行政区划来开展工作的。周荣久虽然牺牲在阜新，但是他的籍贯属于内蒙古奈曼旗，所以我们就没有列入计划。"这件事对我来说颇为遗憾，我非常想尽一切努力把周荣久的牺牲详情，特别是被告密之谜弄清楚。后来调查发现，杨家洼是一个非常隐蔽的村子，如果不到村跟前，在几里之外根本看不到此处竟然有个村子。再者从杨家洼到西沟里，要拐几道弯，沟虽不长，但是从村里很难一眼看到沟里的情况。可以看出，周荣久之所以选择在此处藏身，说明他对此处地形是非常了解的。藏身如此隐蔽地形之下却在上午突遭包围，而且在村民朝沟里喊"有人么？"时，他们竟毫无防备地出现于敌人面前，可以想见，周荣久等人不仅是被告密且被诱捕。英雄牺牲之壮烈、遭遇之悲惨，令我心里异常沉重，犹如压着一块大石头，久久无法释怀。尤其难忘的是周荣久抗日的始和终。始，就是当初攻打八仙筒时，他立下严明军纪，要求对百姓秋毫无犯。没承想刚拿下八仙筒，就有百姓哭诉有人糟蹋民女，一查竟然是友军"裴阎王"手下的干将蔡海红所为。周荣久极为震怒，不顾和裴阎王的私人交情，当即命负责军纪的贺生去处理，处理的结果当然是"军法从事"，由此也导致两支队伍分裂。周荣久为民除害、清理败类，贺生大义灭亲、枪决表哥一时成为美谈。终，就是周荣久的牺牲。周荣久弹尽粮绝被捕时拒不投降，砸坏了手中的枪，绝不留给敌人。他面对伪军的枪口，大义凛然呵斥道："你们这些没有良心的中国人，替日本鬼子卖命，来欺压自己的同胞，真不如野兽，哪还有中国人的人味啊！……给你们毙吧！这仇……一定会有人报的！"英雄临死前振聋发聩、引人深思的话，直击敌人内心深处的拷问，让人看到了民族英雄的血性，也令每一个中国人警醒。如果我们今天对待英雄的态度是冷漠、麻木的，我们哪还有一点中国人的良心，哪还有一点中国人的人味，怎能对得起英雄为我们洒下的一腔热血。做有良心的中国人，有中国人的人味，不为世俗熏染而泯灭良知，这是我深深敬仰抗日英雄周荣久并坚定地推动追烈的原因所在。

在调查整理抗日英雄周荣久生平事迹的过程中，眼前常常浮现出一个个勇敢而鲜活的生命，一次次被感动，久久无法平静，还常常沉浸在《嫂子颂》的歌曲声中，不禁泪流满面。这感动不仅来自周荣久本人，也来自当年和他一起抗日的人们。比如向阳所的大地主卜相臣本是当地首富，国难当头、思想开明的他把家豁出来，饱读诗书的两个儿子卜昭鑫、卜昭森也参加了抗日救国军。八仙筒事件后，日军严密追查，疯狂报复，把向阳所卜家大院的几十间房子付之一炬。救国军北进失利后，周荣久安排卜昭鑫、卜昭森兄弟离开部队，两人辞别亲人，远离家乡，从此音讯皆无。卜昭鑫、卜昭森的失踪成为全家永远的心头之痛。这里还要指出的是，卜家支援抗日完全基于爱国热情，当时以山守荣治为首的日本帝国主义者对奈曼各族群众的残酷剥削和压榨，已经激起了包括地主在内的广大民众的强烈不满和反抗。所以在抗日问题上，周荣久一组织和发动，广大民众一呼百应，得到广泛支持。多年来，当地有"三久保朝"的传说，其实这个问题也需根据当时的历史条件来客观看待。当时对于抗日的问题，大家都清清楚楚，没有任何疑问。况且在沦陷区组织抗日是多么艰难，不可能还未等开打就在敌人眼皮底下公然吵吵嚷嚷要抗日。再者，从常识看，久经沙场的周荣久不可能迷信什么"皇上"。卜家人明知国民党连东北四省都快守不住了，哪里还可能相信什么"出皇上"。不过，当地发生的这一切，

战士周荣久

确实瞒过了日军的监视。连当时奈曼旗副参事官岛村三郎多年后在抚顺战犯管理所的供述中也没有搞明白奈曼南部山区"出皇上"是怎么回事。更有意思的是，当周荣久的部队把奈曼旗公署所在地八仙筒攻占后，日本关东军和伪满洲国庞大的情报系统竟然不清楚来者是周荣久的抗日救国军，竟误认为"系刘振东匪部"。可见，周荣久等人运作的"三久保朝"实在是高明。所以对待"三久保朝"没有必要过于解读，更没有必要看作封建迷信，它不过是当时历史条件下为了应对敌人所采取的智慧策略而已。根据史料所载周荣久的名字来看，"三九保朝"叫法不确，实际应该叫作"三久保朝"。

在周荣久抗日救国军中，还有一个重要人物不能不提，他就是宁中孚，一个被岛村三郎认为是"周荣久的参谋长"的人。宁中孚在救国军中究竟扮演了什么角色，目前尚未有史料证实，但可以相信，他是一位重要人物。不然，伪兴安西省警务科科长盘井文雄不会命令奈曼旗副参事官岛村三郎亲自带队抓捕。令人难忘的是宁中孚被捕时的镇定、机智和牺牲时的壮烈，他的机智居然瞒过了岛村三郎，两人放心地睡在一个大炕上。当宁中孚自知身份暴露后，毅然用菜刀（一说犁铧）砍破脖子自杀殉国，令岛村三郎惊骇不已。读岛村三郎的供述，令人深受震撼的，除了宁中孚，还有宁中孚的女儿。当时她才十几岁，看到父亲被抓，拼命地拉住父亲的手，不让敌人带走。岛村三郎见状，赶紧用花言巧语欺骗小女孩，还递给一把糖哄她。"我不要你的糖，我要我的爸爸！"女孩说完就把糖扔到岛村三郎的脸上。一个小女孩当然阻挡不了一群凶恶的敌人，她的父亲最终还是被带走了。但是这个小女孩的异常勇敢坚毅如电影中的画面深深印刻在我的心里，不能忘怀。这位失去父亲、可敬又可怜的小姑娘究竟在哪里？她是否还在人间？令我十分挂念，一想起她的样子，我就忍不住落泪，想方设法也要找到她。我托了奈曼旗各个部门好多同志帮忙寻找宁中孚的后人，找了很长时间，仍没有任何线索。好在后来经过蒋丽敏老师的不懈努力，终于把宁中孚这位铁骨铮铮的英雄的事迹和后人情况搞清楚了。宁中孚的本名叫宁璞，奈曼旗三七地人，曾就职于绥东县劝学所，是当地有名的抗日志士，其职业、居住地、经历、牺牲情节与历史事实或背景吻合。令人痛心的是，那个叫婉玉的小女孩在16岁时因染鼠疫而过早病殁，殊为遗憾。但是这个幼小而坚强的孩子留在了岛村三郎的文字里，让人永远怀念。

经历千寻百觅，深深感受到，历史有时是顽强的，一代代人的耳濡目染，总会有人把历史真相设法传承下来；历史有时又是脆弱的，如果不去及时抢救记录，随着最后知情人的离世，历史真相就永远淹没于迷雾中。比如周荣久究竟长什么模样，亲友都说他是大个子、长瓜脸，却没有一张照片能够流传下来。好在找到他三妹的一张照片，家人说周荣久和他这个妹妹长得最像，由此也能想象周荣久的模样。顺便说一下，现在网络所见的周荣久画像系取自辽宁阜新万人坑纪念馆，据馆方工作人员说，是制作展览时由鲁艺方面绘制。由于申烈时已经来不及请人为周荣久再次画像，况且效果也未必好。万人坑纪念馆那张画像虽然有些书生气，与我们所了解的周荣久形象有所差异，但也算画出了英雄气概，故临时选取了那张画像，但这并不意味着它是公认的周荣久的真实形象。希望时机成熟，有画家能够根据调查成果再创作一幅抗日英雄周荣久的画像，以示永久纪念。

四

为英雄申烈并非一蹴而就之事，往往是好事多磨。因为有了一定的经验，我深知只要材料初步形成，就先积极申报，边申请边完善，因为究竟能搜集到什么程度，谁也无法知道，只能做自己力所能及之事。早在2019年9月，我就已经将抗日英雄周荣久的申烈材料寄给奈曼旗退役军人事务局了，正式履行申报手续。因为当时还没有找到周荣久后人的下落，因此我和孙福昌主任商量，由我起草追认烈士申请书，并准备佐证材料，我俩以事发地公民的身份作为申请人先把手续办起来。不管成不成，必须先有一个态度。奈曼旗退役军人事务局受理后，我们很快进行了对接，联系我的是王伟军副局长，他对周荣久申烈的事很支持，他的老家是敖汉旗的，"距离"自然拉近一些。但是作为烈士褒扬工作的分管局长，他有审核把

关的责任，所以聊归聊，工作归工作，一切还得按部就班照规矩来。所以，局里还需进行调查核实，走若干程序，确保扎实可靠。毕竟，为非共产党员的抗日英雄周荣久追烈，对他们来说属于"大姑娘坐轿——头一回"，对此保持十分谨慎的态度。我们最初提交的申报材料以及佐证材料，尽管付出了不小努力，但是没有完全闭合证据链条。对于英雄的牺牲情况，也只能证明什么时间在阜新牺牲，但是对其牺牲具体地点却缺乏佐证。在难以找到新证据的情况下，只好请阜新县八家子镇政府出一个证明，以证其实。其实，这只能算临时办法，毕竟证据的力度偏弱。踏破铁鞋无觅处，得来全不费功夫，经过大海捞针般的寻找，终于找到了周荣久牺牲情况的清晰记载。1936 年 7 月 31 日，上海边讯社出版的《边讯》杂志刊登了"周永久部不幸连番败北 在阜新北方被获就义"这个报道。对于周荣久的牺牲情节，该报道这样记载："于二十日午前十时在爱林木头山被日伪军所包围，此著名之抗日首领周永久及海侠等遂不幸以捐躯闻矣。"其出版时间距周荣久牺牲时间仅 11 日或 21 日（以日方公布日期计），非常之近，报道基本情况当是可靠的。关于周荣久牺牲问题的原始报道和 20 世纪 90 年代的调查终于在乌兰木图山、农历六月左右上午 10 时许、被获就义这三点关键信息上吻合了。有关周荣久牺牲的原始报刊影像虽已查阅到，但是还不能直接作为佐证材料，需要收藏该报刊的图书馆盖印证明。而当时正值新冠疫情，不便外出。我思来想去，联系了学校图书馆的副馆长李新，她热心联系了内蒙古大学的张志坚老师。张老师待我说明意图之后，爽快地答应了，不过两天就通过馆际交流渠道从上海图书馆搞到了盖章版《边讯》高清扫描件，后来为了提高整理申报材料的效力，又特意请馆方提供纸质版盖章文件。有了这份材料，为周荣久申烈的事就算板上钉钉了。为把申烈佐证材料准备得更充分扎实，张老师还帮忙从长春市图书馆把关于镇压周荣久抗日的纸质报道给搞回来。可以说，在申烈的关键时刻，朋友们帮了大忙，没有这些关键材料，申烈欲成功是很难的。

为了防止因个别短板而导致前功尽弃，我对申请人进行了补充，增加了周荣久的亲侄女和亲外孙，并代他们撰写了申请书，毕竟他们和子女都是农村人，写申请追认烈士的材料，对于他们来说实在太为难。在英雄没有健在后人的情况下，只能通过这种方式为周荣久追烈，以表达我们的心愿。

奈曼旗退役军人事务局对周荣久申烈材料的受理非常认真，除了调阅档案资料进行核实，还派专人赴英雄的家乡等地进行调查，进一步了解情况。在各方面申烈材料基本齐备之后，2020 年 1 月，我专门从呼和浩特飞抵赤峰，接着转乘火车去辽宁阜新，与奈曼旗退役军人事务局的同志会合，对周荣久的牺牲地乌兰木图山杨家洼西沟进行联合调查。腊月的乌兰木图山尚有很厚的积雪，我们冒着严寒勘察了西沟的地形，还找到了英雄牺牲时旁边的那块大青石。青石并不在西沟的紧里边，而是离村头很近。山里的大石头很多，很容易让人眼花缭乱。其实，由沟口沿着洪水冲刷的小水沟往里走，见到的第一块大石头就是英雄周荣久的牺牲处。在我的印象里，这块巨石离村头也就 200 米左右，可见当时周荣久等 3 人被伪军发现并包围极为蹊跷，非时间巧合所能解释。此处沟内通向村口的小路坡度为 10° 左右，回撤突围对于弹尽粮绝、筋疲力尽的英雄们来说是何等艰难与绝望。看到期盼已久的青石，想起英雄的壮烈牺牲，心情很沉重。84 年了！我们来得太晚了！因为此行主要为调查，时间很紧，未能举行正式的祭礼，我们一行朝那块青石的方向三鞠躬，表达我们的哀思和敬意，并合影留念。从大沟走出来，我们接着采访部分村民，采访结束后更深感遗憾，此时距离刘宪国先生调查此历史，已过去 30 年了，当年的亲历者都已作古，村里的年轻人听我们提起周荣久在西洼牺牲之事，表情惊愕木然，仿佛在听传说。只有村里一位老人向我们提到，她嫁到村里后听说西洼里打死过 3 个人，尸体都被狼、野狗等给吃了，有的骨头还被村子里的猪给叼回来过，其惨状令人耳不忍闻。至于再详细的事，老太太也说不上来了。幸好刘宪国先生 30 年前来到这里抢救历史，留下了可资参考的珍贵记录。调查完后已经中午，我们未在八家子停留，直接赶回家乡。虽然行程匆匆，但是圆满完成了具有历史意义的联合调查，事后看来实在是太及时

201

了，因为十多天后，武汉新冠疫情暴发了！如果那一次不做调查，不难想象，由于疫情防控期间外出不便，周荣久申烈事宜可能推迟甚至搁置。因为这三年里，我曾采访的周荣久外甥媳妇、亲侄女、外孙崔先生相继过世，真是世事难料，幸亏我一直以时不我待的紧迫感推动追烈工作。

为了使申烈材料更加容易理解并顺利通过审查，2020 年 4 月 29 日，我又向奈曼旗退役军人事务局寄送了补充证据材料并附《关于申烈材料的有关情况说明》：

一、对于周荣久牺牲情节档案材料之查找，极其重要，我们虽历尽千辛万苦搜集，然而因满洲国原始档案在日本投降时多已被销毁，寻找已无可能。幸而从上海图书馆和长春图书馆发现有关周荣久牺牲具体情节的报道，弥足珍贵，并加盖收藏单位公章，以示权威可靠。另有周荣久牺牲地阜新蒙古族自治县八家子镇政府的证明，以及公安部群众出版社出版的《我们在满洲做了什么》一书中所录参与镇压周荣久所部的战犯岛村三郎的口供，此四要件足以证实抗日英雄周荣久牺牲之情况。

二、由于战争年代的特殊环境影响，"周荣久"的名字在当时的中日双方报刊和档案中亦被记作"周永久"，在解放后，有人根据发音又记作"周荣九"，三者实系同一人。

三、周荣久的牺牲地乌兰木头山，在历史上按蒙古语音译也被叫做阿丽玛图山、爱林木头山，今也被叫做乌鲁木头山、乌鲁木图山、乌兰木图山，实际都是同一座山。

四、2019 年最初办理申烈手续时，因周荣久的后代下落不明，故以事件发生地公民身份提交申请。后在调查中，广泛寻找，终于辗转寻找到周荣久后代的下落，由他们补充并提交申请。

疫情的发生，曾让我很是担心申烈工作受阻，好在此项工作并未受到太大影响。追烈工作的关键一环是奈曼旗，按照《烈士褒扬条例》规定，追烈一般需经县级、地市级、省级三级主管部门受理和两级人民政府同意上报，省级人民政府审批并经退役军人事务部备案，还要报国家功勋委员会办公室，程序极为严格。基础工作做好了，第一关顺利通过，将意味着迈出成功的第一步。但是追烈是专业性很强的工作，需要对历史有客观的认知。而这其中经历的各个环节中，有些人未必了解追烈对象的历史情况，作出的判断可能偏离实际。因此，让褒扬工作各环节人员充分了解英雄的历史至关重要。原本以为在英雄的家乡奈曼旗的流程会非常顺利，不想却节外生枝，险些出了麻烦。原因是个别同志对周荣久借"三久保朝"发起抗日有点看法，认为这是封建迷信。我当时非常震惊，非常担心这种论调占了主导，会搅黄申烈工作，马上明确表态：周荣久是著名的抗日英雄，这一点毋庸置疑。多年来，很多党史、革命史等史志中已经给予他高度评价和充分肯定。对于为国家、为民族牺牲的英雄，我们不应求全责备。对于历史人物，要根据当时的历史条件去看待、去分析，民间所说的"三久保朝"不过是周荣久基于当时的客观情势所采取的应对策略，我们不能苛求那一代人在那样艰难险恶条件下用今天的思维方式来开展工作，也不能苛求他们像影视剧里有些演员那样形象好、气质佳，行事没有半点瑕疵。只见树木，不见森林，这不是对历史人物负责的态度。如果我们的英雄地下有知，看到我们如此看待他们当年为国家和民族出生入死的经历，该作何感想？我越说越激动："对于英雄的某些问题，我们进行客观评价都很正常，如果说确实不符合追烈条件，能拿出充分理由和依据这都没有问题。但是绝不能给英雄出题目！如果谁胆敢给英雄出题目，我就给他出题目！"我的一通激愤之语，那边再也没有动静了。幸好此事没有受到干扰，不久，奈曼旗人民政府正式将追烈事宜上报至通辽市人民政府。通辽市人民政府很快上报至内蒙古自治区人民政府。原因是：一是申烈的材料扎实全面，二是周荣久的知名度高，当地已将他作为通辽的骄傲，通辽市人民政府官方网站也宣传了他的抗日事迹。所以通辽市人民政府在进行例行调查并核实无误后就向上级提交了报告。自治区退役军人事务厅方面，我在一年前因为英烈褒扬的事情与几位领导同志会面了，并郑重建议他们关注抗日英雄周荣久追烈工作，还指出了多年来英雄追烈过程中存在的问题，英雄家属多无力操办申烈事宜，而烈士褒扬部门不能光把关审核材料，对于著名英雄的褒扬事宜应代表国家主动介入，给予支持，毕竟家

属也好，志愿者也罢，个人力量非常有限，做起来困难重重。领导们很重视我的建议，表示会给予关注。我之所以要做这些工作，不是庸俗意义上为了"打通关节"，而是为了让主管部门的同志对英雄有所了解，带着情感严谨把关，而不是机械生硬地处理。我特别担心万一有人戴着有色眼镜看问题、拍脑袋做决定，那就轻易把一个人的光荣历史给否了。我们在现实生活中见到的类似例子太多了。对于一件事情，说它行，能找出一堆理由；说它不行，也能找出一堆理由。这行与不行完全出于个人好恶，而不是全面科学地去评判，以常识去认知。烈士褒扬是严谨细致的工作，来不得半点马虎，这非常正常。但是，对于为国家和民族牺牲的英雄，我们的态度起码应该是充满尊敬和爱戴的，而不是像判官似的"站着说话不腰疼"。英雄们把生命献给了祖国，他们已经不能说话了，更无法为自己的一生进行说明和辩解。从这个角度说，他们也是"弱势群体"，我们要维护他们的尊严、荣誉和正当权益，我拍案而起的原因也在于此。后来才知道，因为有人觉得周荣久当过"胡子"及其他经历有点"复杂"，有关方面还是非常慎重，作为疑难案例提交至专家会议审查研究，好在最终顺利通过。针对周荣久的情况，专家们还说了公道话：只要是没有糟害过老百姓，没有残杀过共产党，就应该被追认为烈士。这，其实也是常识，是我一直以来坚持为他追烈的基本认知。道理很简单，如果我们不能尊崇为国牺牲的民族英雄，就会不辨莠麦，这样的愚昧无知不仅让英雄寒心，也让生者心寒，更会被当年的侵略者耻笑。

在通过退役军人事务部备案之后，2021年5月6日，内蒙古自治区人民政府正式批复同意追认周荣久为烈士，终于为这几年的努力画上了圆满的句号。通辽也好，奈曼也好，当地不少人获悉后非常高兴，称赞和感谢我做了件大好事。然而在我看来，周荣久不仅是内蒙古的英雄，更是中华民族的英雄，因此，为他申烈不仅是为内蒙古做事情，也是为我们中华民族做事情。

最后还要说一下，我为什么要给英雄张罗事情，为什么因此而"冲冠一怒"呢。平心而言，我与抗日英雄周荣久非亲非故、毫无关系。如果非要说有一点关系，那就是我们都是中国人。我之所以不惜一切代价做这件"傻事"和"闲事"，不是我境界有多高，也不是我有多"闲"，而是我觉得，一个国家也好，一个民族也罢，我们能屹立于世界，能够有安宁的生活，能够幸福地享受这美好时光，都是英雄们在这里或那里给撑着，因此对待英雄，我们必须有起码的良知和良心。当然，包括我们自己在内，免不了世俗，免不了吃瓜，免不了患得患失，但试想一下，如果一个国家的国民、一个民族的族群都在吃瓜，都在患得患失，这天肯定得塌下来。所以，英雄就是一个国家和民族最坚强的柱石、脊梁，是最优良的种子，他们的精神就是一个国家和民族最优良的基因，这一切也是人间正气所在。崇尚英雄、学习英雄和爱护英雄不能挂在嘴上，必须化为自觉的意识和行动。英雄们在关键时刻，为了国家和民族大义，义无反顾冲上去，牺牲自己，令人崇敬。毕竟他们也是血肉之躯，他们和我们一样也有生的渴望和对幸福的追求。作为生者和后来人，没有理由不把他们奉为神灵，没有理由不为他们做一点什么，否则真是愧对他们的英灵，愧对他们付出的巨大牺牲。

从申烈到成功历时两年，再到现在又过去了两年，时间过得很快，真有岁月催人老之慨。我一直想把这件终生难忘的事记录下来，往往刚开了头就百感交集，无从下手。这几年东奔西走地为英烈呼号，最终成功，令人振奋，但是当停下了却感到身心疲惫，犹如大病了一场。四年的沉淀，心绪平复了，于是静下心来，把这前后难忘的经历如实记录下来，给历史留下痕迹。于过去，这是我的回忆；于未来，这是我的"交待"。此外，我撰这篇文章，也敬献给我的祖父和父亲。我的祖父乐善好施，走南闯北，很有威望，当年在大黑山支援过抗日救国军。后来因为心实而遭磕头兄弟暗算，英年早逝。我的父亲刚直不阿、两袖清风，深得群众的称道。然因坚持原则，不幸遭奸人陷害，含冤去职，郁郁而终。祖父和父亲虽已走入历史，但是他们的坎坷人生为我们留下了最宝贵的精神遗产，那就是正直和善良，他们教育我人生一世要伸张正义，主持公道，要有悲悯情怀和恻隐之心。这无言的教诲如同夜空中的明灯照亮我人生之路，鼓舞我勇

205

毅前行。我正是怀着对英雄的深切同情和由衷敬意，为了人间正义，为了坚守英雄所坚守的"中国人的滋味"，坚持把为周荣久追烈这件看似不可能的事变成可能，最终申烈成功，让为国家和民族牺牲的英雄受到应有的褒扬，不再流血又流泪。

申烈工作并非我一人之力完成，我不过主持其事、竭力推动而已。申烈过程中，许多朋友和各方面人士给了我宝贵的支持和帮助，令我终生难忘。没有这些接力式的支持和帮助，要完成这样一大"系统工程"是很难的，所以我对他们心怀感激和敬意。人到中年才深深感觉到人生苦短，年华似水，做不了多少事。能为深受人民敬仰的民族英雄张罗一点身后事，足慰平生。

2023 年 5 月 26—31 日写于青城

这是一片英雄的土地

蒋丽敏

　　岁月的长河奔流向前，片刻不曾停息。带走了曾经的战火硝烟和屈辱苦难，沉淀下一个民族深沉的记忆，以及一个个英雄人物的铁血抗争、豪情壮举。在奈曼这片充满血性和希望的热土上，一代代人们期冀着，追求着，奋斗着，把血汗洒下大地，把荣耀写进历史，供人们追念、品评。

　　让我们把近百年的历史深情回望。

　　民国时期奈曼旗，旗、县并存，辖于热河省。由绥东县、奈曼旗札萨克分管，绥东县府设于奈曼旗八仙筒，管辖奈曼旗和库伦旗，奈曼旗王府设于大沁他拉，由奈曼王爷署理旗政。

　　"九一八"事变后，日本侵略者加快了侵略中国的步伐。1933年2月21日至3月10日，由于日本扶持的傀儡政府发表《满洲国建国宣言》，凡长城以北关外东北四省均为所谓的"满洲国"法理领土，热河也包括在内，于是日本即以《日满议定书》侵略热河。因为国内舆论普遍反对承认伪满洲国，2月11日，国民政府行政院院长宋子文至北平，与张学良、宋哲元等27名将领一起发表《保卫热河》通电。

　　1933年2月21日，热河战役爆发。装备不良、士气低落的东北军节节败退。3月4日，省会承德失守，热河全境沦陷，至此东北全境沦入伪满统治之下。东北军关外余部部分转入游击战，参加东北抗日义勇军，继续与日军斗争，另一部分转入长城沿线，参加长城抗战，之后撤入关内，与之前撤入关内的东北军继续活跃在抗日战场，期盼有朝一日"打回东北去"。承德沦陷后不久，古北口沦陷，热河抗战结束，长城抗战开始。

　　1933年3、4月间，日军松室大佐所部侵入绥东县府八仙筒，奈曼旗

沦陷，绥东县县长夏秉恒弃官逃亡，社政局解体。县里的治安由曾经担任过县长的何庆伦（又名何绪武）维持，松室大佐便任命何庆伦为代理县长。县里治安全靠自卫团团长周荣维持治安。1934 年 1 月，日本派山守荣治入绥东县，任参事官。同年，日伪政权完成了对绥东县全面情况的调查，写出了"绥东县概况"，加速了对奈曼旗经济、文化、土地等方面的全面侵略。

此时东北全境，各地义勇军风起云涌，给日军以沉重的打击。他们是以旧军队为基础的自发的抗日武装，没有统一的组织和指挥系统，这些部队在抗击日军的过程中，又收纳了大量的民间武装力量和各阶层的抗日群众。日军侵入奈曼旗后，奈曼旗各族各界人民都表现出了强烈的爱国主义情怀，从封建王公到普通百姓，都表现出了对民族前途命运的关心和担忧。

1933 年 3 月，冯占海领导的吉林抗日救国军组建了"大刀队"。在一个暴风雪之夜，冯占海将军的部下宫长海在奈曼旗大沁他拉的一座蒙古大庙中，重创了日军阿部联队。拂晓，五旅围攻，敢死队队长宫长海率 500 人手舞大刀，攻入庙内，日军百余人死于刀下，投降者 65 人，联队长阿部生死不明，但是在缴获的一件军大衣发现上面绣着"阿部"的字样。同时缴获步枪、机关枪、野炮多件、3 部电台、8 辆汽车，军马弹药若干。此役重创阿部联队及张海鹏队一部。此战是在奈曼土地上对日军发起的第一战。

日本参事官山守荣治凶狠诡谲，统治手法老辣，诡计难测。山守荣治到奈曼旗后，为了搜刮民脂民膏，取消绥东县县制，实行旗制，并开始对奈曼旗的土地进行调查，这就触动了汉族地主的利益，也挑起了汉民族和蒙古族之间的民族矛盾。汉族地主认为，蒙古族人取得支配权的时候，汉族地主的"地权"会被没收。此时，奈曼旗上上下下涌动着抗日的暗流。

担任县保安队队长的周荣目睹日本人欺压百姓、惨无人道的罪行，常常愤怒不平。奈曼旗地瘠民贫，兵匪连年，群众生计艰难，面对日军的横征暴敛，早已无粮可征。周荣总是以各种理由替百姓开脱，应付差事。日军觉察到他心怀不满，不肯忠心效劳，山守荣治认为：周荣对老百姓的仁慈就是对"皇军"的犯罪，对日本官吏的不尊重，就是对大日本的不效忠。1934年4月的一天，山守荣治借宴请之机，缴了他的械。周荣为避免不测，连夜带上几个亲信，逃出县公署，回到老家衙门营子（今青龙山）。

周荣的抗日救国之心更加迫切，决意要痛痛快快地大干一场。1935年5月，河南杖子屯的大财主卜相臣家儿子被传是"皇帝"的命，说有"三久"保驾，其中"一久"就是周荣，周荣从此更名为周荣久。实际上这是周荣久想利用有钱有势的卜氏家族组织抗日活动。不久，他就打出了抗日救国军的旗号。义旗一举，四方响应。周荣久规定，不许打骂老百姓，不许调戏妇女，不许抢夺民财，亦决定率部攻打八仙筒。

为了顺利攻下八仙筒，周荣久派了两名部下到同村的老乡、时任伪绥东县公署财粮科征收股股长的石廷琏（字子珍）家了解八仙筒镇内日伪驻防情况。石廷琏的内兄于振英、于振九都参加了抗日义勇军。侦察清楚情况以后，1935年7月23日凌晨，周荣久率领抗日救国军将八仙筒小镇团团围住。他们部署严密，分工明确，一声令下，枪声骤起。镇内，爱国的蒙汉各族人民群众紧密配合抗日救国军，挖墙窟窿、割电话线，八仙筒镇的多数伪军因受抗日救国思想的感召，放弃了还击。这样外攻内应，抗日救国军仅用不到4个小时就攻陷收复了八仙筒镇，打死了日本参事官山守荣治和指导官中根长一，在公署院内活捉了罪大恶极的日本署官佐佐木正太郎和警长鹤田金座及盐务局局长穆村等7人，只有一个名叫须藤的日本人逃掉了。伪公署卫队和警察除战死和逃跑者外，余下全部投降。

战斗结束的当天下午，周荣久下令将活捉的3个日本人捆绑在十字街南路西院，召开群众控诉大会，而后全部枪决。战斗胜利后，周荣久下令打开监狱，解救出被日军关押入牢的无辜群众。

这就是内蒙古历史上著名的八仙筒抗日事件。

周荣久收复八仙筒后，因队伍内部分裂，放弃了进军开鲁、通辽的计划，撤出八仙筒。不久，日军反扑回来，八仙筒再度沦陷，奈曼人民再次饱受日军的血腥镇压。周荣久是日军报复的重点对象，他家仅有的3间土

房被烧成灰烬，父母、妻子和 3 个子女也不知去向，死活不明。周荣久率领抗日救国军转战辽西大黑山、乌兰木图山，与日军周旋，凭他的大智大勇，仅靠战马、步枪的简陋设备，抗击着日军的汽车、飞机、坦克和大炮。一听说是周荣久的队伍，日军就闻风丧胆，抗日救国军也随之不断壮大，有 1000 多人。

1936 年 7 月，周荣久率队向羊羔子庙一带撤退，途中被围在一片高粱地里。日军动用飞机、大炮疯狂轰炸、扫射救国军，在敌人的强大火力面前，周荣久率队进行了顽强的抵抗，终因寡不敌众，大部人马战死在高粱地里。周荣久率领几个人冲出包围圈，准备奔往乌兰木图山，途经化吉营子时，被人发现告密。日军的铁杆、化吉营子保安队队长金宝仓领着一伙人追到乌兰木图山，将周荣久围困在山上。最后由于弹尽粮绝，筋疲力尽，周荣久被杀，时年 42 岁。从此，这支抗日救国军在奈曼大地上永远消失了。

周荣久牺牲后，日本人割下他的首级，悬挂在鄂尔吐板街东的树上示众。当人们看到嘴里有几颗金牙的周荣久确实牺牲时，对狠毒的日本人充满了无比的愤恨，对抗日英雄周荣久更加崇敬和赞扬。早在 20 世纪 60 年代，内蒙古自治区人民政府主席乌兰夫在内蒙古自治区文代会上的讲话中说："八仙筒事件是内蒙古东部时间最早、影响最大的抗日事件，史学家要记载，文学家要歌颂。"

在周荣久高举义旗的同时，大沁他拉镇的一些大户人家也有了抗日行动，最有名的是宁家。宁家是书香世家，祖辈曾经担任奈曼王府的家庭教师，被大沁他拉人称为"宁秀才"。宁家居住在距离大沁他拉镇偏南 10 公里左右的三七地村，世代以耕读为主，但是日军的侵略打破了他们宁静的田园生活，特别是听说敖汉旗车罗城村本家宁玉声"拉大团"抗日，宁家男儿镌刻在骨子里的爱国情怀瞬间被点燃。宁琨将当地的王家、姜家、李家、贺家、朱家、姚家、丁家等组织起来，成立了地方抗日武装，号"平东洋"，以游击的方式在八仙筒、开鲁一带与日军作战。在奈曼旗，一直流传着将日本人钉在八仙筒北城门上的传说，而宁氏家谱中也有记载宁琨将日本军官的尸体挂在城墙上。而比宁琨年长一岁的族兄宁璞是周荣久部的参谋长，是八仙筒事件的策划者。

在曾经任奈曼旗公署副参事官的日本战犯岛村三郎的供述中，周荣久部队中的参谋长叫宁中孚。经考证，宁中孚即宁琨的哥哥宁璞。宁璞曾在绥东县劝学所任劝学员，后来在一所学校任校长。奈曼旗沦陷后，宁璞与具有反日情绪的旗公署官员财务科科长王显中、商会会长王允中交往甚密。在大沁他拉镇北部的敖包围子村（今奈曼旗苇莲苏乡东奈曼营子村）里，有一个中药铺子，大夫名字叫李英。这个中药铺子就是他们秘密聚集的地点，因为敖包围子村虽然离大沁他拉很近，但是中间是沙漠地带，根本没有路。所以这是个很合适的联络点。

1935 年 9 月，周荣久攻占八仙筒两个月后，奈曼旗副参事官岛村三郎在三七地抓捕了宁璞（宁中孚）。根据宁琨的儿子宁志恒（1936 年出生）回忆，他听叔叔宁瑞说，来抓宁璞时候，院子里的四个角都有日本兵站岗。后来宁璞被日军砍死，很悲惨。根据岛村三郎的资料记载："宁中孚参谋长在残酷的严刑拷打面前，坚贞不屈，没有出卖一个同志，在监禁中，他用铁器割断了自己的气管，鲜血流了一地，最后悲惨地死去。"

根据《宁氏家谱》记载，日本人将宁璞抛尸沙漠，宁璞的二弟听到哥哥惨死的消息，冒死寻找哥哥的遗体，他沿着囚车的车辙找到了哥哥的遗体，不禁放声大哭，碍于当时严峻的形势，宁瑞只好将哥哥的遗体就近草草掩埋。根据宁瑞的儿子宁志远（1927 年出生，现已去世）2017 年录音资料称：父亲（宁瑞）找到大爷（宁璞）的尸体，发现裹着旧席子的遗体里面还有一把菜刀，掩埋了宁璞的遗体后，拿着菜刀找日本人理论，日本人说，宁璞是自杀。后来日本人将宁瑞也抓进了监狱。宁璞牺牲后，宁家人在宁璞家里的房前屋后发现了许多宣传抗日的传单，为了不被日本人发现，家人将这些传单都烧掉了。

王显中、王允中兄弟俩是敖汉旗下洼河西大地主王三老虎的后人，家里拥有大量的土地、牲畜、店铺，日本人侵占奈曼后，为了建立所谓的"共荣圈"，将王氏兄弟任命为伪县公署官员，王显中任县公署财务科

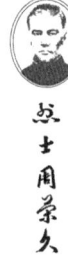

长，王允中被任命为副官，同时担任商会会长。人们称王允中为"小副官"。但是兄弟二人并不真心为日本人做事，对日本人不卑不亢。在大沁他拉，上了年岁的人都知道这个"小副官"经常把家里的钱捐给周荣久，支持周荣久抗日的故事，那时候流通的银元有"袁大头"，还有一种"立人"银元，两种银元在市面上有差价，王允中就想方设法从母亲手中往外拿钱，支援周荣久抗日。

八仙筒事件后，日本人很自然地怀疑到王氏兄弟。1935年冬，一队全副武装的日伪军将王氏兄弟抓到兴隆地，对王家兄弟行刑。几天工夫，王家兄弟就被折磨得不成样子。接着又将兄弟二人拉到八仙筒镇，让二人在山守荣治、佐佐木正太郎的"忠魂塔"前长时间守灵，两人双手反绑，未戴帽子，耳朵都冻坏了，随后被押到开鲁关押起来。

王氏兄弟被抓后，王家表示，就是倾家荡产也要救出哥俩的命。于是打发王显中的妻子和管家崔老七押车，由榜青的杨清海赶着大马车，一连好几次往开鲁县送金银财宝，可是每次送礼，日本人都悉数收下，就是不放人。到了第二年二月，王家已经没有东西可送了。

前面提到的宁璞、王显中等人的联络点，即位于敖包围子村的中药铺子，根据李英的女儿李素文（1942年出生，赤峰实验中学退休教师）介绍：她母亲健在的时候时常听她抱怨：好多人经常在铺子里嘀嘀咕咕，不买药，也不让她听到什么。而李素文老人的姐姐们也经常谈起父亲的中药铺，因为只要中药铺子来人，父亲便让他们到村口去看着点，有陌生人就回来报信。老中药铺子的人，既有蒙古族人，也有汉族人。她们还依稀记得有姓马的，姓周的，姓宁的……李素文的姐姐还记得在一个大旱之年，父亲策划和参与了去大兴安岭抢粮运粮的斗争。根据《奈曼旗文史资料》记载，1942年，奈曼旗大旱。4月至5月仅降雨16毫米，6月25日降第一场接墒雨，8月份降雨不足15毫米。

1942年李英被捕。李英被抓走后，家人也受尽折磨。

1943年，李英被日军枪杀于功成庙泡子（今奈曼西湖），张伯昌老人（1943年出生，敖汉旗教研室退休教师。但是此时张伯昌父亲张开诚在莒

212

莲苏一带教学）听自己的姐姐张树伦（1934 年出生，目前居住在锦州）
说过，和李英一起被杀害的还有几个人，有一个叫"马三"的人也在其
中，残忍的日本人让每个被杀的人自己挖坑，然后将这些人杀害了。

奈曼旗的抗日英雄中，还有一个重要的人物，在奈曼旗的抗日史上也
有重要的地位，他就是马老牌。马老牌汉名马全宝，也叫马守山。1933
年，奈曼旗保安队更名为奈曼旗保安总队，下辖 2 个中队，7 个分队，共
210 人。另有王府卫队 100 人，归一中队节制，马全宝任队长。蒙古语称
队长为"牌金达"，因为他年岁较大，汉族人就把其姓氏和职务连起来称
为"马老牌"。马老牌在奈曼旗声望较高，是个私官两相、很有势力的人
物，但是日本侵略者入侵奈曼后，随着王爷府的垮台和保安队的解体，马
老牌真的成了"牌位"，只得靠边站了。

1934 年 5 月，周荣久借"三久保朝"拉起了抗日队伍，之后为了壮大
抗日力量，周荣久与马老牌秘密联络，这个富有民族正义感的老人，对周
荣久的举动非常赞赏和支持。他出于对日本人的仇恨，坚决地表示："对
日本鬼子要狠狠地整，整他个你死我活！"

张树军主编、邢野编著的《中国抗日战争全景录》（内蒙古卷）记载：
周荣久找到原奈曼旗王府保安队队长马老牌，得到他的支持。马老牌年迈
体弱不能亲自参加，特派亲信部下小敖力布为首的 70 名保安队队员全副武
装，秘密投奔周荣久，马老牌又指点周荣久联络活动于北票一带的绿林好
汉"阎王"裴玉卿、"平东"栾天林两支队伍，共 200 余人。在马老牌的
指点和帮助下，周荣久打出了"抗日救国军"的旗号。

马老牌部署了小敖力布为首的 70 人马，是训练有素的保安队队员，周
荣久原有的 200 人马大多数是没有战斗经验的农民，他们很多人甚至没有
摸过枪。小敖力布的加入大大提高了周荣久部队的战斗力。

马老牌的一个儿子在八仙筒王府卫队任职，名叫马占元，性格直爽稳
重，他作战勇猛，连日本人也惧怕他三分，在周荣久抗日救国军进攻八仙
筒之前，马老牌把他叫回家里，命令他在攻城之时从内部进行接应。

八仙筒之战的胜利，马老牌发挥的作用功不可没。

首先，马老牌的亲信部下小敖力布的加入，直接改变了敌我力量的对比，做到了"把自己人搞得多多的，把敌人搞得少少的"。接着，谋划布局，联络北票一带的栾天林、裴玉卿等抗日力量，形成了广泛的统一战线。最后，战时实行里应外合。激战开始后，马老牌的手下心里有底，向城里呼喊道："我们都是中国人，不要给日本人卖命了！"城内守军早就对日本人不满，听到喊话，不少人停止了射击，接着又听到呼喊："你们瞎爷爷（马老牌一目失明，故有此绰号）有令，不许你们开枪！"城内守军便纷纷放下武器。这样的鼓动起到了相当大的作用，这也离不开马老牌平时爱兵如子的带兵作风。这样扩大抗日队伍的力量和战时相互配合，形成了一个强大的整体力量，确保了攻打八仙筒的战斗取得了绝对胜利。

八仙筒事件后，由于密探告密，马老牌潜入库伦旗的一个小村子里，后来被密探告密，最终被俘，老人惨遭酷刑，后来被押往开鲁。

王显中、王允中、马老牌等人被捕后，伪兴安西省政府派盘井义雄通知奈曼旗第一任旗长苏达那木达尔济、何文章、龚子全，以召开会议的名义将这些人物留在开鲁。对此，奈曼旗不少有名望的人到开鲁交涉，强烈要求当局立即释放被捕人员。日本人在审讯毫无所获的情况下枪杀了马老牌、龚子全、王显中、王允中等人，这更加激起了人民的义愤。日本人一方面摄于奈曼民众的反抗力量，另一方面为了进一步追查八仙筒事件的线索，未对苏达那木达尔济、何文章下毒手，而是将他们押往新京（今吉林省长春市）监禁。

1937年6月，在伪公署里工作的伪职员石廷琏涉嫌向抗日救国军提供情报，被日本侵略者谋害。石廷琏的儿子石柏乾回忆说："我父亲得病后，日本医生瓦田到我家给父亲治病，并强行注射药针，究竟注射的什么药，我们也不明白。瓦田注射完后匆匆离去，大约一袋烟的工夫，我父亲气断身亡。"

伪满统治奈曼旗的十三年间，规模最大的反抗活动就是周荣久领导的抗日救国军，这是日本侵占满洲十四年里，中国人成功收复一座县城的唯一实例。这次胜利既是周荣久领导的抗日救国军对敌人进行的殊死搏斗，也是奈曼旗人民共同支援，齐心协力的结果，例如攻城之时，城内的百姓积极切断电话线，为了让义军进入城内，在城墙上挖洞，义军进城后，百姓箪食壶浆，欢迎抗日队伍。除此之外，蒙古族、汉族人民同仇敌忾，出钱出兵，全力支援抗日。

在伪满统治奈曼的十三年中，奈曼人民的抗日是有目共睹的，还有一些没有留下名字的抗日力量也值得我们记住他们，例如一些资料记载，奈曼旗的高氏父子的两个团，接受高体乾将军的领导，在奈曼旗白音昌一带进行抗日活动。也有一些零星的个人行动，例如，衙门营子李姓农民，看到一个日本人躲在深沟里，就和另外一人约定去夺枪，但是没能成功，反被日本人杀害。还有些不知名的英雄牺牲在日本人的魔爪下。在我们的调查访问中，经常有一些老人向我们诉说，他们的先辈被日本人残杀，但是家里人并不知道他们究竟做了什么。这些案例说明奈曼人民抗日的群众基础深厚，但是奈曼旗人民也付出了惨重的代价，人员伤亡无数，财产损失难以估量。奈曼旗各阶级、各阶层、各民族，甚至包括一些绿林好汉，从贫穷到富有，都视民族利益高于一切，携手并肩，团结一致，英勇对敌，用血肉之躯共同谱写了一曲奋勇杀敌的正气歌。周荣久、马老牌、宁中孚和一些无名英雄在奈曼旗的抗日史上有他们血染的风采，他们用鲜血和生命在奈曼人的心中树立了永远的丰碑！

中国人民抗日战争的胜利，是中华民族历史命运的伟大转折。在抗日战争胜利前夕，毛泽东讲过一句非常精辟的话："战争教育了人民，人民将赢得战争，赢得和平，又赢得进步。"抗日战争给予中国人的教育实在是太深刻了。中国人民应当记住这段历史，只有正视历史，才有未来。

什么是英雄？聪明秀出，谓之英；胆力过人，谓之雄。夫英雄者，有包藏宇宙之机，吞吐天地之志者也。英雄能承受心理、物质甚至肉体上的煎熬，但绝不会屈服，英雄有超出常人的意志和本领，为整个国家和民族造福。

英雄者，有凌云之壮志，气吞山河之势，腹纳九州之量，包藏四海之胸襟！他们肩扛正义，救黎民于水火，解百姓于倒悬，用生命为中华民族

215

的独立与自由、利益与安全、尊严与荣誉无私奉献、无怨无悔。

　　周荣久在强大的日本侵略者面前，发起抗日行动，虽然失败了，但他们的抗日精神长了中国人的志气，给奈曼及其周边人民以极大的鼓舞。当时，在英雄转战过的地方，周荣久的名字几乎妇孺皆知。

　　英雄倒下了，倒下的是他的身躯，永远站着的是他高尚的灵魂。

　　让史实告诉未来，英雄倒下的地方，注定有无数仁人志士肩负使命而负重前行。

　　走进新时代，奈曼这片沃土又焕发出了勃勃生机。旗帜领航，山河如画，千帆竞发，百业振兴，在幸福的家园里，人们辛勤地描绘着现代化的壮丽图景。

　　这，也许就是对英烈最好的告慰。

赓续英烈精神　传承红色血脉

蒋丽敏

英雄是民族的脊梁，是时代的先锋，古往今来，沧海横流，方显英雄本色。在历史的转折处，英雄常常横刀立马，力挽狂澜；在命运的转折点，英雄常常视死如归，勇赴国难。

1931 年 9 月 18 日，日本帝国主义经过长时间的准备和精心策划，悍然发动了"九一八"事变。从此，大片的国土沦丧，中国人民开始了长达十四年的艰苦抗战。面对凶恶的侵略者，无数抗日英雄用鲜血和生命捍卫了民族的尊严。

"我有我的信念，我们中国人全投降了，还有中国吗？"这是抗日英雄杨靖宇在面对汉奸劝降时发出的掷地有声的宣言——"我虽华夏一匹夫，然以堂堂七尺须眉，抗日救国之信仰坚如磐石，不可动摇！今日得以血溅山河，我足矣！"

"你们这些没有良心的中国人，替日本鬼子卖命，来欺压自己的同胞，真不如野兽，哪儿还有中国人的人味！……给你们毙吧，这仇一定会有人报的！"这是奈曼旗的抗日英雄周荣久在弹尽粮绝之际，面对荷枪实弹的汉奸伪军而发出的振聋发聩的质问！

日本帝国主义十四年的侵华史，中华民族十四年的抗战史，是千千万万英雄儿女以血肉之躯筑起拯救民族危亡、捍卫民族尊严的钢铁长城，谱写下惊天地、泣鬼神的爱国主义篇章。

1935 年 7 月 23 日，历史注定这是一个史诗般的日子，历史注定让一个英雄的名字和一座城市紧密联系起来。

奈曼旗八仙筒镇地处内蒙古东部地区，八仙筒，在蒙古语中意思是

217

"有平房的地方"。1930年至1935年间，这里曾是伪兴安西省绥东县所在地。1935年夏，这里发生了一件震撼东北的八仙筒抗日事件，事件的中心人物是奈曼抗日救国军副司令周荣久。

1935年7月23日凌晨，周荣久率领的抗日救国军将八仙筒镇团团围住。他们部署严密，分工明确，一声令下，枪声骤起。镇内爱国的蒙汉各族人民群众紧密配合抗日救国军，挖墙窟窿，割电话线，八仙筒镇的多数伪军因受抗日救国思想的感召，放弃了还击。这样外攻内应，抗日救国军不到4个小时就攻陷收复了八仙筒镇，打死了日本参事官山守荣治和指导官中根长一，在公署院内活捉了罪大恶极的日本署官佐佐木正太郎和警长鹤田金座及盐务局局长木村等7人，只有一个名叫须藤的日本人逃掉了。伪公署卫队和警察除战死和逃跑者外，余下全部投降。

战斗结束的当天下午，周荣久下令将活捉的3个日本人捆绑在十字街南路西院，召开群众控诉大会，而后全部枪决。战斗胜利后，周荣久下令打开监狱，解救出被日军关押入牢的无辜群众。

这就是内蒙古历史上著名的八仙筒抗日事件。伪满洲国报纸称此次战役为"东蒙事件"，这是日军侵占满洲十四年里，中国人成功收复一座县城的唯一实例。

被日伪控制的《盛京时报》在1935年7月26日第4版报道了这一震惊中外的事件——兴安南省奈曼旗署被匪袭占骇闻，在1935年7月27日第4版报道了"奈曼匪团凶悍势犹直冲开鲁"。还有当时的报纸《边讯》《泰东日报》等都报道了此事。

周荣久的抗日救国军在日本人眼皮底下毅然攻占一旗政治中心，并将地方政权中主政之日本人全部处决，这在沦陷区绝无仅有，八仙筒抗日事件极大地震动了日本关东军司令部和伪满洲国高层，展现了中国人民英勇不屈的民族精神，让日本人尝受到切肤之痛，震撼了其残酷统治，振奋了中国人民抗日的自信心。

撤出八仙筒的抗日救国军，在没有时间休整、没有弹药补给、行军靠马、弹药靠缴获的情况下，在阿鲁科尔沁、开鲁、大黑山、敖汉、北票、朝阳、黑城子一带与拥有飞机、坦克、汽车等精良装备的日本侵略者周旋了近两年的时间，也取得了多次战斗的胜利。

1936 年 7 月的一天，一阵激烈的枪声从乌兰木图山的一处山沟里传来。面对死心塌地投靠日本鬼子的汉奸及其那黑洞洞的枪口，弹尽粮绝的周荣久向他们发出了振聋发聩的质问——"你们这些没有良心的中国人，替日本鬼子卖命，来欺压自己的同胞，真不如野兽，哪儿还有中国人的人味……！"

周荣久的鲜血染红了乌兰木图山，他那颗不屈的头颅被残暴的日本鬼子悬挂在鄂尔吐板的一棵大树上，上面还写着"抗日下场"四个字……

英雄的家人以及后人在日本鬼子的追杀下，流离失所。周荣久的二弟周贵牺牲在攻打八仙筒的战场上，周贵妻子改嫁。周行文在参加父亲周荣久的抗日救国军之前，已经成家，还有了一个可爱的女儿。他随父亲周荣久的抗日救国军参加了攻打黑城子王府的战斗。周荣久在撤出八仙筒后，为了安全，将儿子周行文送走，自此周行文不知所踪。周荣久牺牲后，日军松井部队追杀报复周荣久家属，周行文的妻子带着已经 9 岁的女儿逃到沈阳，后改嫁。周行文的女儿周砚君自幼就知道自己是周荣久的孙女，并在出嫁时坚持恢复周姓。

周荣久牺牲后，人民不惧日军的报复，冒着巨大的危险收留烈士的亲人。如周荣久的大女儿周淑清嫁到住在阜新蒙古族自治县的杜姓人家，1969 年，周淑清去世。二女儿周玉兰嫁到阿鲁科尔沁旗白家段的宋家，并将周荣久的夫人周温氏接来，为她养老送终。英雄的第三代亲人不管走到哪里，都时刻不忘自己是周荣久的后人。

卜昭鑫和卜昭森兄弟俩在抗日救国军北上受挫后，被周荣久安排离开部队，两人辞别亲人，远离家乡，自此卜氏兄弟和周行文一样杳无音信，成为卜家和周家永远的痛，这是日本侵略者欠下的一笔血债。

卜昭鑫离开家后，董秀芳还收到卜昭鑫的一封信。因为卜夫人姓刘，逃出奈曼旗的卜昭鑫改名为刘汉中。他在信中告诉董秀芳，要她等自己，等打跑了日本鬼子就回来。自此，董秀芳守着这封信等了一辈子。卜昭鑫离开家的时候，母亲刘明秋怀里抱着小弟弟，叫卜昭宇，卜昭宇成年后，

战士周荣久

将自己的大儿子过继给了董秀芳，卜昭宇的几个儿女一起照顾董秀芳的晚年生活。58岁那年，董秀芳在无尽的等待中离世。

2021年5月6日，内蒙古自治区人民政府下发文件，追认周荣久为革命烈士。周荣久的名字镌刻在革命烈士英名录上，更是镌刻在每一个奈曼人的心里——

奈曼旗关工委编纂的《旗情教育读本》里有一篇文章《抗日义士周荣久》，读本下发至全旗中小学生，早在2005年，关工委宣讲团宣讲员吴凤瑞老师将周荣久的故事带给了千千万万个中小学生。

《奈曼旗志》《奈曼文化史》《奈曼旗文史资料》等重要著作都将周荣久列为重要章节，予以记载。奈曼旗老作家张斌经过多次实地采访，早在23年前就写出了纪实小说《抗日侠魂》。

多年以后，奈曼旗已经发生了翻天覆地的变化，周荣久烈士的故乡河南杖子更是今非昔比，只周荣久故居的一个角落残存着当年炮台的台基。唯有村头那棵百余年的老柳树，见证了周荣久传奇的一生，虽然现在已经干枯了一半，但是依然顽强地舒枝展叶，仿佛在向人们讲述着英雄的故事，难道它顽强地活着也是为了给英雄做见证？

1990年，位于阜新的一位姓宋的老人，在家里清理房前残土的时候，挖到一块残存的圆形大石板，上面赫然刻着"松井部队讨伐纪念碑"，纪念碑上还刻着日文碑文，碑文中不仅丝毫不承认其侵略行径，甚至还恬不知耻地鼓吹为阜新治安日夜"操劳"，把当时的抗日民众称为"红枪匪团"，把打击抗日称为"讨伐"。碑文中还记载了此碑立于"康德三年秋"（1936年）。追杀讨伐周荣久抗日救国军的正是松井部队，立此碑的时间恰好是周荣久刚刚牺牲后，此碑的发现成为日军侵华战争中残害抗日救国军的又一个铁证！

历史和现实相遇，总能激发出震撼人心的力量。让人们在跨越历史的回望中，收获心灵的洗礼、精神的升华。天下兴亡、匹夫有责的爱国情怀，视死如归、宁死不屈的民族气节，不畏强暴、血战到底的英雄气概，百折不挠、坚忍不拔的必胜信念，在这片土地上生生不息，成为中国人民

1990 年在阜新发现的"松井部队讨伐纪念碑"

攻坚克难的制胜密码。

每一位英雄的名字都值得被永远铭记，每一位烈士的精神都将被传承不息。他们是历史长河中不灭的灯塔，也是中华民族伟大复兴征程上的永恒坐标。

这段历史之所以不容忘记，不仅在于这是近代以来中国反抗外敌入侵的第一次完全胜利，更在于其铸就的伟大的抗战精神推动了中华民族觉醒和民族精神的升华。

烈士牺牲前振聋发聩的质问犹如一发重磅炸弹，震醒国人，以生命赴使命，用热血铸就新的长城！正如习近平总书记所言"一个有希望的民族不能没有英雄，一个有前途的国家不能没有先锋。包括抗战英雄在内的一切民族英雄，都是中华民族的脊梁。"回望历史，若无抗战英雄的流血牺牲，何来今日的社会安定，人民康乐；还看今朝，若无人民解放军的日夜守卫，何来你我的平安喜乐。

对历史最好的纪念，就是创造新的历史；对革命先烈最好的致敬，就是赓续他们的精神，让他们的精神世代传承！

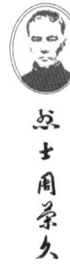

后　记

创作纪实文学《烈士周荣久》时，我的情绪一直是亢奋的，这位顶天立地的英雄震撼着我，感动着我……

绵延起伏的青龙山，镌刻着那段血与火的峥嵘岁月，也见证了抗日英雄的热血和烽烟。

最早听到"周荣久"这个名字，是从婆婆口中听到的。婆婆的娘家住在青龙山，我俩时常在做饭的时候闲聊。婆婆说，当年"闹周荣"的时候，自己的老爹因为名字也叫"周荣"，就改名叫"周升"。公公爱看书，他翻看一本大型杂志，时常陷入沉思，这本杂志是1984年第四期《啄木鸟》，里面有一篇日本战犯岛村三郎的文章《中国归来的战犯》。公公对我说："周荣久是衙门营子人，衙门营子就是现在的青龙山，当年，他带着400多人，以'三久保朝'的名义攻下了奈曼旗公署所在地八仙筒，杀死了日本参事官等7个日本人。这篇文章就是在写当年日本鬼子追杀周荣久的事。"这一年是1984年，我的公公正在编纂《奈曼教育志》。

后来，我在《奈曼报》读到了张斌老师连载的纪实文学《抗日侠魂》，那些日子，我几乎天天盼着《奈曼报》出版，在《抗日侠魂》中，我了解了英雄周荣久的一些故事。渐渐地，《奈曼旗文化志》《奈曼旗志》等都以大量篇幅记载了抗日英雄周荣久的喋血传奇故事，"周荣久"这个抗日英雄的名字渐渐地走进了人们的视野，一个尘封了近九十年的英雄浮现在人们面前。

2021年5月6日，内蒙古自治区人民政府同意追认周荣久为烈士，这让老作家张斌欣喜若狂。为周荣久申烈背后的故事，更是让人感动。

内蒙古中共党史学会常务理事、内蒙古农业大学赵殿武老师经过不懈的努力，终于使这段历史有了公正的定论，可以说，如果没有赵殿武老师的深入调查、推进，为周荣久申请烈士之事根本不可能成功。

除了翻阅大量的史料，我还多次去青龙山镇小东北沟村了解情况，在这里，我见到了周荣久弟弟周明的外孙子魏国清，他很自豪地对我说："周荣久是我大姥爷！"流露出的自豪之情溢于言表，但是对于周荣久的英雄事迹，他却知之甚少，只知道大姥爷周荣久带兵攻打八仙筒，后来在阜蒙县乌兰木图山被日伪军杀死。后来，我联系上周荣久的亲外孙宋化民老先生，并且多次与宋化民先生进行视频采访，宋老先生向我提供了周荣久儿子周行文的照片以及周行文女儿周砚君的照片，还有周荣久两个女儿、女婿的照片，也了解了周荣久后人的情况。在谈到周荣久的英雄事迹时，宋老先生数次潸然泪下，宋老先生谈到当年因为外祖父是"周司令"，自己的工作受到牵连，讲到外祖母和母亲周玉兰逃难时的悲惨经历，更是几度哽咽。宋老先生至今保存着 1995 年 9 月 7 日的《人民日报》，因为在《人民日报》第 5 版刊登了苏星的文章《永远不能忘记的历史》，这篇文章肯定了周荣久的抗日功绩。同样珍藏着这张报纸的还有宋老先生的表姐周砚君，爷爷牺牲、父亲失踪的时候，周砚君才 9 岁，但是她时刻没有忘记自己是周荣久的孙女，更希望在有生之年能够看到自己的祖父得到公正的评价。

那本 1984 年的刊物《啄木鸟》，我也一直珍藏着，虽然中间搬了几次家，我仍然舍不得丢弃这本已经破损的杂志。岛村三郎在《中国归来的战犯》中还提到了一位英雄——宁中孚，文中说宁中孚宁死不屈，在日本人的严刑拷打面前，没有出卖一个同志，在监禁中，用铁器割断自己的气管，鲜血流了一地，最后悲惨地死去。

我在大沁他拉的周边范围开始寻访宁中孚的后人。根据岛村三郎的记载，他是在距离奈曼王府南边 4 公里处的一个叫"三间房"的村子抓捕宁中孚的。我找遍奈曼旗的村名，始终没有找到"三间房"这个村子，但是在大沁他拉镇南四五公里处有个叫"三七地"的小村子，这里正是宁氏家族的居住地，但是如今宁姓人家都搬出了这个小村子。

经过多次调查寻找，与周荣久抗日救国军几乎同时发起的另一支抗日队伍"平东洋"浮出了水面。此队伍的组织者"平东洋"，名叫宁琨，根

223

据家族人讲述，当年宁琨曾经在八仙筒将日本人佐佐木正太郎钉在城门上，至今在奈曼旗也流传着将佐佐木正太郎钉在城门上的传说，但是没有书面资料可证明这件事。我联系到宁琨的儿子宁志恒，这位已经88岁的老人向我讲述了他的叔叔宁璞被日本人抓走时的情况。他说，日本人是开着汽车、带着马队去抓宁璞的，先是包围了宁璞的家，并在四周站岗。宁璞被抓走后，又在兴隆地王家大院，被日本鬼子用菜刀砍了八刀，后来尸体被车拉到沙坨子里面了。当年为宁璞收殓尸体的是宁璞的弟弟宁瑞。我又辗转赤峰，找到宁瑞的儿子宁志远生前的一段珍贵的录音资料，根据录音了解到，宁瑞听说哥哥被日本人杀害后，沿着车辙找到宁璞的尸体，但没有办法带回家，只能就地掩埋。但是宁家人并不了解宁璞当时做了什么事，更不知道为什么被日本鬼子杀死。据岛村三郎口述材料，说宁中孚是一所小学校的校长，是周荣久部队的参谋长，他参与和策划了"八仙筒事件"。宁璞是做什么工作的呢？宁璞的妻子儿女在后来的瘟疫中均已离世。我在《奈曼旗教育志》中，终于找到了宁璞在绥东县劝学所担任劝学员的记载。在寻找宁中孚的过程中，我联系到了当年在八仙筒小学担任教师的张开诚老师的儿子张伯昌先生，张老先生向我提供了更为详实的资料，他说，张开诚老师在世时，经常向他讲述宁璞在八仙筒的监狱中受到敌人严刑拷打，最后用半块犁铧割断气管自杀的故事，张开诚老师在看过岛村三郎的文章《中国归来的战犯》之后，非常肯定地说："宁璞就是宁中孚！"而宁中孚在狱中坚贞不屈的表现，是当时的狱卒告诉张开诚的，狱卒也是非常敬佩宁中孚的骨气。

在采访中，英雄们的每一个故事都荡涤着我的灵魂，我仿佛看到，周荣久、周凤林、周洪文等抗日救国军将士们在手持双枪射向敌人，也仿佛看见宁中孚在大沁他拉小镇宣传抗日道理，最后为了不连累战友而悲愤自杀，也仿佛看到九十年前的奈曼旗人，不畏强敌，愤然抗击日本侵略者……

这部长篇纪实文学的创作，首先应该感谢张斌老先生，张老先生很早就深入挖掘整理周荣久的英雄业绩，并创作了纪实文学《抗日侠魂》，为创作《烈士周荣久》提供了依据；感谢内蒙古农业大学赵殿武老师，是他为周荣久申报烈士八方奔走，在浩如烟海的资料中寻找关于周荣久烈士的蛛丝马迹，最终申报成功；感谢中共奈曼旗委宣传部对这部作品的大力支持，感谢奈曼旗文联党组书记、主席胡建国在创作中给予的指导、支持；感谢通辽市文史办和奈曼旗文史办的认真审核、指导；感谢奈曼旗退役军人事务局、奈曼旗王府博物馆提供的资料。有了大家的支持，才能顺利创作《烈士周荣久》，才能让周荣久的形象更加真实、丰满。

拂去历史的尘埃，展现真实的历史！崇尚英雄，敬畏历史，有些过往，远去了，仍然值得一提再提，有些人，故去了，依然值得永远铭记！

作　者

2024 年 4 月 22 日